VAMPIRE BEGINNERS GUIDE

Roman

von
KAY NOA

PUBLZ oHG – München

INHALTSVERZEICHNIS

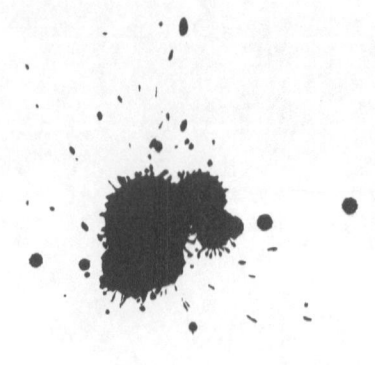

Impresssum
Vampire Beginners Guide
von Kay Noa

© 2013 Kay Noa
1. Auflage

Covergestaltung, Illustration: Jacqueline Spieweg, Berlin
Lektorat, Korrektorat: Matthias und Sabrina Sundelmeger

Publz oHG, Klugstraße 127, 80337 München
ISBN: 978-3-942935-36-4

Bibliografische Information der Deutschen Nationalbibliothek:
Die Deutsche Nationalbibliothek verzeichnet diese Publikation in der
Deutschen Nationalbibliografie.
Detaillierte bibliografische Daten sind im Internet über
http://dnb.d-nb.de abrufbar.

1 – EiN GUTER TAG ZUM STERBEN

Lexa beschloss, dass sie irgendwann in der letzten Nacht gestorben war. Wer sich so elend fühlte, *musste* auf dem Weg ins Jenseits sein, alles andere wäre vollends unerträglich. Es ist nicht gut, wenn einen der Tag über der Kloschüssel hängend erwischt. Von dem Geschmack, der ihn dann begleitet, ganz zu schweigen.

Blinzend spülte sie sich den Mund aus und vermied dabei tunlichst jeden Kontakt mit dem Spiegel. Was war bloß passiert? Ein mäßig ausufernder Streifzug durch Münchens ohnehin nicht übermäßig spannendes Nachtleben sollte sie doch nicht so fertig machen. Da war sie nun wirklich Schlimmeres gewohnt.

Stöhnend tappte sie aus dem Bad zurück ins Schlafzimmer. Das Bett war zerwühlt, ihre Kleidung hatte sie sich allem Anschein nach gestern in fliegender Hast vom Körper gerissen und wie in einem schlechten Film im Zimmer verteilt. Ihr BH hing in den Wedeln ihrer Yucca-Palme und rutschte nun unter ihrem kritischen Blick mit sicherem Gespür für etwas Drama langsam aus dem Grünzeug auf ihr leeres Bett.

Noch eine Enttäuschung.

Sie war sich sicher, dass sie gemeinsam eingeschlafen waren. Sie und diese grandiose Mischung aus Robbie Williams und Raubkatze.

Wenn man dann alleine aufwacht, ist das eine Niederlage. Man fühlt sich benutzt und schmutzig. Schlampig sozusagen. Mit einem Ächzen, in dem alles Elend dieser Welt Platz hatte, ließ Lexa sich aufs Bett fallen. Genau in dem Moment, als der Wecker zu satanischem Leben erwachte.

Nein, beschloss sie, heute war wirklich ein guter Tag zum Sterben. Da fällt der Abschied leicht.

Während der Wecker mit in langen Jahren morgendlicher Machtkämpfe erworbener Gelassenheit piepend wenigstens ihr Gewissen weckte, unterzog sich Lexa einer kurzen Bestandsaufnahme. Das war ein Ritual, das sie damit aussöhnte, dass sie einen Beruf hatte, der sie ohne Rücksicht auf ihren Biorhythmus zu einem viel zu frühen Dienstantritt zwang.

Ihre Hände fühlten sich taub an, ihr Magen rebellisch, ihr Hals wund und ihr Kopf... als würde er nicht durch die Tür passen. Gähnend stellte Lexa fest, dass auch ihr Gebiss über Nacht gewachsen sein musste – jedenfalls spannte ihr Kiefer.

„Schnauze", wies sie den Wecker an und drückte den Knopf.

Auch unter der Dusche fühlte sie sich nicht wirklich besser. Immerhin wurde sie wach genug, um sich wenigstens in Fetzen an den gestrigen Abend zu erinnern. Sie war mit Freunden losgezogen, auf eine Tour durch ihre bevorzugten Bars, und am Ende in einem neuen Club gelandet, der irgendwie Gothic mit Münchner Schick zu etwas verband, das die Nachtschwärmer anzog.

Lexa war angeheitert aber nicht wirklich betrunken gewesen. Bei weitem nicht betrunken genug, um sich am Morgen so elend zu fühlen! Jedenfalls hatten sie sich geschmeichelt gefühlt, als der Türsteher sie und ihre Freundinnen willig durchgewunken hatte und dann diesen Sieg an der Bar gefeiert.

Dort hatte sie auch ihn getroffen.

Oder er sie.

Das wusste sie nicht mehr so genau. Jedenfalls war er ein außerordentlich appetitanregender Anblick gewesen, einer von der Sorte, bei dem frau sich automatisch die Frisur richten und neues Makeup auflegen möchte. Düster, geheimnisvoll und doch verletzlich mit diesem hungrigen Blick in den Augen, der wilde Abenteuer verhieß. Er war wohl auch gerade erst gekommen, denn er trug noch seine schwarze Lederjacke über einem grauen Shirt, das eng genug war, um mit einem sehr wohlgeformten Körper ihr lüsternes Interesse zu wecken.

Lexa hatte ihren Freundinnen den Rücken gekehrt und sich langsam herangepirscht, beiläufig, betont zufällig. Sie war stolz auf ihre Verführungskünste. In einem überfüllten Club ist es nicht schwer, sich von der Menge an jeden beliebigen Ort drängen zu lassen. Und mit einer zwinkernden Entschuldigung für das Anrempeln hatte sie schon oft der großen Liebe eine Chance verschafft. Wenigstens für die Dauer einer mehr oder minder leidenschaftlichen Affäre.

Während sie aus der Dusche kletterte und behutsam ihren schmerzenden Körper abtrocknete, grübelte sie, wie es weiter gegangen war.

Sie hatte dem Kerl in die Augen gesehen und war prompt ertrunken. Es waren hellbraune Augen gewesen, von einer Tiefe, die sie noch nie erlebt hatte und er hatte sie angeschaut und den Kopf schief gelegt. „Bitte entschuldige, dass ich unter Deinem Fuß stehe. Die Königin der Nacht ist es gewiss gewohnt, dass man ihr Platz macht, wenn sie kommt."

„Ich bin Lexa", hatte Lexa gesagt und generös gelächelt. „Und ich stehe gerne weich."

Sie wusste nicht mehr, worüber sie sich dann noch unterhalten hatten, aber irgendwie waren sie dann gemeinsam weitergezogen und mit der Unvermeidlichkeit die alkoholisierten Hormonen und der Schwerkraft zu eigen ist, im Bett gelandet. Auch daran konnte sich Lexa nicht mehr genau erinnern, aber es war wild zugegangen, unfassbar intensiv und die zerfaserten Puzzleteilchen ihrer Erinnerung transportierten wirre Bilder ineinander verknoteter Körper, heißer Küsse und ihrer vollkommenen Niederlage. Lexa war kein Kind von Traurigkeit und diejenigen ihrer Bekannten, die nur so taten als würden sie Lexa mögen, nannten sie hinter ihrem Rücken gerne *Schlampe*.

Aber sie wollte bei dem, was sie tat, die Kontrolle behalten und das galt üblicherweise gerade beim Sex. Doch gestern hatte Baghira sie vernascht, so wie sie das aus den pseudoromantischen Plüsch-Girlie-Porno-Fantasy-Filmchen kannte, deretwegen sie ihre Freundinnen immer so hingebungsvoll auslachte. Sie hatte sich hingegeben und er hatte sie genommen. Bis sie zitternd neben ihm liegend eingeschlafen war.

Und jetzt war er weg, der Saukerl. Sie wusste nicht einmal, ob sie seine Nummer hatte.

Griesgrämig tappte sie zum Spiegel und fuhr erschrocken zurück.

„Ach nee!"

Dass es so wild zugegangen war, hatte sie nicht geahnt. Quer über ihr Dekolleté gingen drei lange rote Kratzer und ihren Hals zierte ein gigantischer Knutschfleck. Blaurot schillernd und geschwollen. Lexa ließ ihre Zahnbürste wieder sinken und betastete mit der freien Hand vorsichtig ihren geschändeten Hals. Über dem Bluterguss lag sogar Schorf. Langsam sah sie an sich herunter. In der rechten Leiste trug sie einen weiteren Knutschfleck und ihre Handgelenke waren so gerötet, als hätte sie sich nicht nur eingebildet, dass der Kerl sie gefesselt hatte.

„Das müssen K.O.-Tropfen gewesen sein", erklärte sie verlegen ihrem Spiegelbild und versuchte die schmutzigen Gedanken beim Zähneputzen wegzubürsten. „Unglaublich..."
Nun fühlte sie sich endgültig nicht nur genommen, sondern benutzt. Wenn sie ihre Blessuren so betrachtete, brauchte sie sich jedenfalls nicht zu wundern, warum sie sich so schlecht fühlte. Von solchen Orgien hatte sie bislang nur gelesen.

Unter etwas Concealer und viel Puder verschwanden mit geübten Schwüngen Augenringe und Nachtbleiche, aber nur weil sie besser aussah, hieß das nicht, dass es ihr auch besser ging. Warum ihr Kiefer so spannte? Ihr fielen nur einige wirklich unanständige Erklärungen ein.

„Und ich hab noch nicht mal was zu erzählen", grummelte sie vor ihrem Kleiderschrank, „weil ich mich an fast nichts erinnere. Dreckskerl."

Immerhin erfuhr ihre morgendliche Textil-Unentschlossenheit heute eine Variante. Da sie keine Lust hatte, sich von ihren Patienten und Kollegen blöd anreden zu lassen, suchte sie nach einem Rollkragenpullover und entschied sich für bequeme Jeans. Sie war ohnehin viel zu spät dran.

Das wenigstens war normal.

Als sie deshalb ohne Frühstück ins Freie trat, hätte sie fast geschrien. Die Sonne stach ihr mit all der Kraft des berühmten Münchner Altweibersommers in die Augen und brachte sie zum Tränen, was angesichts all der Tarnschminke in ihrem Gesicht gar nicht wünschenswert war. Doch das war ihre geringste Sorge, denn ihr Kopf drohte zu explodieren. Für einen Augenblick erwog Lexa ernsthaft, umzudrehen und sich krank zu melden. Gebrochen an Leib und Seele sozusagen.

„Soweit kommt's noch", schimpfte sie mit sich. „Wer feiern kann, kann auch arbeiten."

Mit Sonnenbrille ging es gleich besser. In der Klinik würde sie sich sogleich auf die Suche nach ein paar Kopfschmerztabletten machen und dann musste es auch wieder gut sein. Allerdings gestand sie sich zu, mit dem Auto zur Arbeit zu fahren.

Physiotherapeuten rangieren in der fein abgestuften Rangordnung einer großen Universitätsklinik nur deshalb über den Kakerlaken, weil letztere erschlagen werden, wenn man sie trifft. Das zeigt sich auch daran, welchen Parkplatz man in der Tiefgarage zugewiesen bekommt. Lexa fragte sich auch unter günstigeren Bedingungen oft, warum sie angesichts der ihr täglich zugemuteten Wanderung durch die abgasverrauchten Katakomben der Klinik nicht gleich zu Fuß in die Arbeit ging. Heute war es natürlich besonders schlimm. Ihr war schlecht, was kein Wunder war, wo sie sich doch noch vor dem Frühstück übergeben hatte. Und ihr war schwindlig. Den Geruch in der Tiefgarage mochte sie nie, aber so intensiv wie heute hatte sie den kalt-metallischen Rauch noch nie empfunden. Wieder verlangte hinter ihren Schläfen ein dumpfer Schmerz nach überfälligem Aspirin.

Schwach wie sie sich fühlte, nahm Lexa an diesem Morgen entgegen ihrer sonstigen Gewohnheit den Aufzug. Als sich die Kabine nach oben bewegte, drückte ihr Magen maulend nach unten, nur um dann nach oben zu hüpfen, als mit einem aufdringlich lauten „Bing" der Fahrstuhl hielt.

„Ich hätte wirklich zu Hause bleiben sollen." Lexa straffte sich und trat durch die Tür.

„Allerdings." Oberschwester Iriza hatte ihren Stoßseufzer wohl aufgeschnappt und maß sie mit einem skeptischen Kakerlakenblick. „Du siehst schlimmer aus als unsere Kranken", befand sie streng.

Lexa, die sich gerade insgeheim zum wiederholten Mal für ihre dumme Angewohnheit, Selbstgespräche zu führen, verfluchte, verzog nur das Gesicht und deutete ein Nicken an, bevor sie in den Personalraum ging, um ihr Weißzeug anzulegen. Irizas knarrender Ostblockakzent war ihr gerade zu viel. Neben der Tür hing ein Spiegel, dem sich Lexa tapfer stellte. Ihr Triple-Magic-Puder hatte sein Bestes gegeben, doch das war eben noch lange nicht gut. Ganz so schlimm war es nun auch wieder nicht, befand sie und grinste ihr Spiegelbild trotzig an. Irizas Vergleich mit den Patienten ihrer Onkologie-Station war jedenfalls ungerecht.

Lexa knotete ihr Haar für die Arbeit zusammen und bemerkte traurig, dass sie dringend ihre Tönung auffrischen musste. Die teuer erkauften superhaftenden Mahagoni-Glanz-Effekte waren jedenfalls kaum mehr zu bemerken und so versuchte ihr eher durchschnittsbraunes Haar eben den Eindruck von Langeweile mit ein paar lässig eingestreuten weißen Strähnchen zu bekämpfen. Kein guter Einfall...

„Guten Morgen, Frau Schusterstamm!" Mit einem professionellen Lächeln betrat Lexa das Krankenzimmer, in dem ihre erste Patientin auf ihre Lymphtherapie wartete. Wenn sie sich so ansah, wie es vielen Menschen ging, durfte sie sich wirklich nicht beschweren. Lexa blinzelte in den sonnendurchfluteten Raum und vermisste ihre Sonnenbrille.

Visionen sich windender Körper, die wie im Vorspann von irgendeinem James-Bond-Film durch Wogen samtig schimmernder purpurner Flüsse trieben, irrlichterten durch ihr überreiztes Hirn. Sie atmete tief durch und bedauerte es sofort. Der Geruch von Krankheit und Verzweiflung in dem Einzelzimmer war überwältigend.

Frau Schusterstamm richtete sich in ihrem Bett auf und schüttelte betrübt den Kopf.

„Lexa, Kindchen", rief sie, während sie unbeholfen mit einer Hand ihre Brille geraderückte. „Warst du gestern wieder feiern? Wo soll das nur enden, wenn du es immer so toll treibst? Du wirst dich eines Tages noch an die Nacht verlieren..."

„Ach was", wiegelte Lexa schnell ab und trat an das Bett, um der alten Dame den Verband zu lösen. „Aber ich gebe zu, dass das gestern etwas aus dem Ruder gelaufen ist. Das kommt so schnell nicht wieder vor."

Das war nicht einmal gelogen. So einen Kerl wie diesen Baghira hatte sie nie zuvor gesehen.

„Das hoffe ich, das hoffe ich", sagte Frau Schusterstamm nachdrücklich. „Ich bete dafür, dass du endlich zur Ruhe kommst, Lexa. So eine hübsche lebenslustige Frau muss doch nicht in diesen grässlichen Bars ihr Leben vergeuden."

Lexa ließ dies lieber unkommentiert. Frau Schusterstamm meinte es gewiss nur gut, aber es war ihr Leben und das verbrachte sie gern in Bars. Und sie wollte schon gar nicht, dass irgendwer für sie *betete*. „Wie geht es Ihnen denn", fragte sie stattdessen. „Ihr Arm sieht heute schon etwas besser aus."

„Aber nur im Vergleich zu dir, mein Kind", verweigerte Frau Schusterstamm den Themenwechsel und blinzelte hinter ihren dicken Brillengläsern eulengleich. „Du siehst aus wie diese grässlichen Zombies, die abends neuerdings immer im Fernsehen kommen."

„Du schaust aber echt aus wie frisch vom Set von einem Zombiefilm", bestätigte später beim Mittagessen Mick mit seinem typischen Grinsen, statt Frau Schusterstamms Behauptung mit Empörung zu entkräften. „Braiiiiin!"

„Haha, sehr witzig", fauchte Lexa. Die Schmerzmittel hatten ihren Kopf überhaupt nicht beeindruckt und auch ihr Kreislauf kam heute einfach nicht in Schwung.

„Du bist doch Arzt, oder tust jedenfalls so als ob", bemerkte sie ungnädig.

Mick nickte zögernd. Der faule Kerl witterte Arbeit schon von weitem. „Ja?"

„Dann sag mir mal, wie K.O.-Tropfen wirken. Ich bin mir nicht sicher, ob mir da nicht gestern wer was in den Drink gemischt hat."

„Zu wild gefeiert, eh?" Micks Grinsen stahl sich zurück und Lexa dankte Mutter Natur dafür, dass die Ohren da eine natürliche Grenze bildeten. „Maya hat mir schon erzählt, dass ihr gestern auf der Piste wart. Das kommt davon, wenn ihr ohne ärztlichen Beistand loszieht."

Lexa zuckte unverbindlich die Schultern und studierte die Speisekarte. Ihr war immer noch schlecht und nichts lachte sie an. Obwohl tief in ihr durchaus Hunger nagte...

„Also", lenkte sie sich ab und entschied sich für eine klare Brühe. „Wie ist das mit diesen Tropfen?"

Mick hatte gerade Maya an der Tür ihres Mittagsbistros entdeckt und winkte ihr, bevor er sich mit seiner zweitbesten Arztmiene wieder Lexa widmete. „K.O.-Tropfen wirken unterschiedlich, je nach körperlicher Verfassung, wie lange die letzte Mahlzeit zurückliegt, Alkoholgenuss, oder Medikamentenkonsum. Je nach Dosierung reicht die Wirkung von Entspannung, sexueller Enthemmung bis hin zu tiefer Bewusstlosigkeit, die auch lebensbedrohlich sein kann."

Lexa nickte bestätigend und bereute es. Ihr Kopf und ihr Magen waren darin einig, dass jede Art von Wackeln gerade unerwünscht war.

„Servus", lärmte nun Maya heran, klopfte lässig zur Begrüßung auf den Tisch und ließ sich auf die Bank fallen. „Einen Spezi, bitte", grölte sie der vorbeischlurfenden Bedienung zu und schnappte sich Lexas Speisekarte. „Du warst ja gestern mit deinem Aufriss sehr plötzlich verschwunden", bemerkte sie und warf ihr einen neugierigen Blick zu. „Scheint, als wäre euer Abend durchaus noch nicht vorbei gewesen…"

„Bevor du dich in schmutzigen Fantasien ergehst", unterbrach Lexa rasch. „hör dir lieber an, was Dr. Mick hier zu K.O.-Tropfen weiß. Ich glaub, mir hat da gestern irgendwer was untergeschoben."

Spott wich Sorge und als sie alle bestellt hatten, fuhr Mick fort: „Unter der Wirkung dieser Substanzen wird man praktisch willenlos und leicht manipulierbar. Rückwirkend können sich die meisten an nichts mehr erinnern. Dann fallen die Opfer irgendwann in tiefen Schlaf, der bis zur Ohnmacht und in schlimmen Fällen auch zum Atemstillstand führen kann. Beim Aufwachen fühlt man sich meist extrem verkatert, völlig matt und viele stehen immer noch neben sich. In Fachkreisen spricht man von *antero-grader Amnesie*. Zu einem späteren Zeitpunkt können die zurückliegenden Ereignisse dabei meist nicht mehr erinnert werden. Daher wissen zum Beispiel viele Betroffene nicht mehr, wie sie nach Hause gekommen sind. Viele spüren, dass etwas geschehen ist, haben Schmerzen und Verletzungen, die sie sich nicht erklären können. Das ist häufig auch psychisch sehr belastend."

„So hätte ich deinen Prinzen gar nicht einge-schätzt", sagte Maya schließlich, nachdem die lust-lose Aushilfsbedienung das Essen serviert hatte. „So wie der aussieht, muss der doch die Mädels mit dem Besen abwehren. Wozu also den Aufwand, sich solches Zeug zu beschaffen?" Als Pharmazeu-tin konnte sie den Aufwand sogar einigermaßen zuverlässig abschätzen.

„Mich hat er jedenfalls nicht abgewehrt", sagte Lexa und löffelte lustlos an ihrer Brühe, während sie Mayas Carpaccio begehrliche Blicke zuwarf. Der feine Duft von frischem Fleisch regte ihre Lebens-geister. Micks Sandwich hingegen lockte sie gar nicht.

„Wenn Du mal Blut gerochen hast, bist Du auch mit so simplen Dingen wie einem Besen nicht mehr abzuwehren", neckte Maya. „Wobei ich den Typen auch genommen hätte, wenn ich nicht so mit Susa und ihren Eishockey-Spielern beschäftigt gewesen wäre."

„Was war denn", fragte Lexa.

„Wir waren mit Susa an der Bar, als sie einen Be-kannten getroffen hat. Tom, der mit seinen Team-kollegen ihren neuen Coach aus Kanada gefeiert hat. Auch ein rechter Schnuckel übrigens. Modell *Einsamer Wolf*..."

„Das meinte ich nicht", unterbrach Lexa. An die Eishockeyspieler, große Kerle mit mächtigen Muskeln, konnte sie sich sogar dunkel erinnern. Das war gewesen, bevor sie an der Bar Baghira entdeckt hatte. „Ich will wissen, was ich angestellt habe."

„Mit deinem Lover meinst Du? Du hast ihn gesehen, dein Blick wurde starr, dann hast du dir die Lippen geleckt und bist zur Bar gesteuert. Ihr kamt schnell ins Gespräch. Du scheinst dich gut amüsiert zu haben und als ich mal nach dir sehen wollte, hatte ich auch den Eindruck dass dein Panther außerordentlich charmant war."

„Panther?"

„Ja, heißt er nicht wie das schwarze Vieh aus dem Dschungelbuch?", fragte Maya, die Belesene. „Baghira?"

„Ich kenn nur ein Motorrad, das so heißt", warf Mick ein, schwieg aber angesichts der bösen Blicke der beiden Damen.

„Ja. Er ist ein faszinierender Gesprächspartner", sinnierte Lexa konzentriert, auf der Jagd nach glitschigen Erinnerungsfetzen in den sumpfigen Untiefen ihres Hirns. „Baghira hat nie gesagt, was ich erwartet hatte..."

„Faszinierend trifft es", stimmte Maya zu, verputzte gnadenlos das letzte Stück Carpaccio und orderte noch einen Espresso. „Ich habe ihn gefragt, wo sein Name herkommt. Baghira ist Sanskrit. Aber wie ein Inder sah er nicht aus, zu hellhäutig. Eindeutig kaukasischer Typ."

„Wir haben uns also unterhalten", lenkte Lexa behutsam wieder zurück, „und dann?"

„Dann bin ich wieder gegangen und habe mich meinen Werewolves gewidmet. Lustiger Name für einen Eishockey-Verein, findest Du nicht?"

„Doch", schnappte Lexa. „Zum Totlachen! Mensch Maya, mir hat irgendwer K.O.-Tropfen untergejubelt und ich versuche gerade meinen Filmriss zu kitten. Hilf mir gefälligst!"

„Du hast mit Baghira geflirtet, als gäbe es kein Morgen mehr. Ich war fast neidig, obwohl mir Ron, einer der Werewolves, wirklich sehr süß den Hof gemacht hat. Stell dir vor, er hat mich Engelchen genannt... mich!"

„Maya!"

„Schon gut. Als ich mit Ron frische Luft schnappen wollte..."

„Du meinst wohl Rauchen", warf Mick giftig ein. „Das ist das exakte Gegenteil von frischer Luft."

Mick war ein friedlicher Mensch, aber gegen Raucher führte er einen privaten Kreuzzug.

„Kinders, bitte", flehte Lexa. „Helft mir aus dem schwarzen Loch heraus. Ich hab also neiderfüllend geflirtet. Und dann?"

„Als ich nach draußen ging, um meine Lunge rücksichts- und gedankenlos zu räuchern, standest du mit Baghira, der mir übrigens viel besser gefällt, als dieser Polizist, mit dem du zuletzt herumgezogen bist, wild knutschend in einem Winkel neben der Garderobe", berichtete Maya. „Danach habe ich dich nicht mehr gesehen, weil ich mit Ron nach Hause bin..."

„Sodom und Gomorrha", stöhnte Mick und rührte sich die übliche Vierfach-Portion Zucker in den unschuldigen Espresso.

„Es kann ja nicht jeder einen so vorbildlichen Lebenswandel wie du haben", grinste Maya.

„Ich werde mich jedenfalls nicht bei zwei Vamps wie euch dafür entschuldigen, dass ich monogam hetero bin", bemerkte Mick würdevoll und stand auf, um an der Theke zu zahlen. „Die Espressi gehen auf mich."

Der Espresso war ein Fehler gewesen, denn auch nachdem sie sich nochmals hingebungsvoll übergeben hatte, zog sich der Nachmittag für Lexa, die mit einigen Bürohengsten über den neuen Belegungsplan stritt. War es so schwer zu verstehen, dass eine Massageliege nur dann vernünftig eingesetzt werden kann, wenn man sie in ein Zimmer stellt, das groß genug ist, dass man auch von allen Seiten an sie heran kommt?

Jedenfalls war Lexa völlig erschöpft, als sie endlich wieder in ihre Wohnung kam. Sie freute sich auf einen gemütlichen Abend daheim und hoffte, dass Grizzly ausnahmsweise mal pünktlich nach Hause kam. Der undankbare Kerl wusste es überhaupt nicht zu schätzen, dass sie ihm listig mit zwei Planken über den an die Friedhofsmauer angrenzenden Hausmeisterschuppen einen Katzenausstieg gebastelt hatte. Wie viele Großstadtkatzen hatten denn das Privileg, sich als Freigänger ihre Zeit selbst einteilen zu können? Noch dazu mit einem so großen und so sicheren Revier wie dem teils denkmalgeschützten Ostfriedhof?

Natürlich war der wertlose Leisetreter noch nicht hier.

Lexa beschloss, heute ihr Fitnessprogramm ausfallen zu lassen und stöberte stattdessen im Kühlschrank, auf der Suche nach etwas Essbaren. Sie hatte Hunger, eine Tasse Brühe hält nicht so lange vor, aber trotzdem konnte sie sich für nichts begeistern. Kaffee ist übrigens absolut unverträglich mit K.O.-Tropfen, stellte Lexa fest. „Da geht man mit

Arzt und Apotheker in ein Lokal und beide sehen tatenlos zu, wie sie sich vergiftet. Vermutlich waren sie so mit dem Essen beschäftigt, dass sie abgelenkt gewesen waren. In Gedanken bei Mayas Mittags-Carpaccio schlug sie Ei auf und trank den Dotter direkt aus der Schale.

„Miau?"

Gerade kam Grizzly durch die Klappe gekrochen und warf ihr einen entgeisterten Blick zu, den Lexa ehrlich erwiderte. Seit wann mochte sie denn rohes Ei?

Irritiert öffnete sie eine Dose Katzenfutter und rührte das Eiklar unter die süßlich riechende Masse, die von sich behauptete, Entenragout zu sein.

Grizzly beobachtete sie so eingehend, wie das nur Katzen können. „Miau."

Als Lexa ihm die Schüssel hinschob, wich er ihr scheu aus. Grizzly? Scheu? Das war ja noch nie da gewesen. „Hast du auch einen miesen Tag gehabt, alter Brummbär", fragte sie leichthin, zog sich dann aber artig zurück, um den Kater in Ruhe fressen zu lassen.

Eingekuschelt in eine Decke verdöste sie die Tagesschau, die wie jeden Abend berichtete, was für ein ganz und gar verwirrender und grässlicher Ort die Welt doch war. Draußen ging die Sonne unter und versteckte sich hinter den herbstlaubbunten Bäumen, die den angrenzenden Friedhof säumten. Viele ihrer Freunde fanden die Altbauwohnung dieser Lage wegen gruslig, aber Lexa liebte ihre Bude. Sie mochte das alte Treppenhaus, das nach dem Bohnerwachs von Jahrhunderten roch und die Haustür mit dem langen Kratzer am Rahmen, der ihr seine Geschichte nie verraten hatte. Sie störte es auch nicht, dass die Wände krumm und schief waren und sie im Wohnzimmer ihre Regale verkeilen musste, damit sie nicht umfielen. Sie mochte die altmodische Küche und das Bad mit der freistehenden Badewanne. Einem richtigen Zuber wie aus den alten Filmen, mit Blick auf einen Hinterhof, in dem seit dem Krieg eine Mofawerkstätte war. Auch wenn sie Herrn Wagmüller aus dem Parterre zufolge neuerdings von Italienern betrieben wurde, wobei *neuerdings* ihren Informationen zufolge ungefähr einen zehn Jahre langen Zeitraum umfassen musste.

Lexa seufzte. Allmählich ging es ihr besser. Hier in ihrem Sessel war die Welt vielleicht doch nicht so grässlich. Irgendwo knirschte es.

Kein Wunder, sie lebte in einem Haus mit Charakter. Einem der letzten alten Bürgerhäuser ihres Viertels, das zwischen Friedhof und Brauerei vergessen worden war.

Das Haus gehörte ihrer Tante und Lexa nutzte jedes Familienfest, um ihr auszureden, das Anwesen endlich zu modernisieren. Gesichtslose Yuppie-Wohnanlagen mit tiffigen Dachterrassen und Panoramafenstern, Halogendeckenflutern und Dampfbadduschen schossen überall im Stadtgebiet wie Pilze aus dem Boden und stahlen damit der Stadt unauffällig das, weshalb doch alle herwollten – ihren Charme.

Die Sonne ging unter und nahm ihre Kopfschmerzen mit. Den freigewordenen Platz nutzten ihre Lebensgeister, um verschämt zurückzukehren. Feiges Gesindel.

Grizzly kam gleichfalls ins Wohnzimmer getappt, setzte sich vor sie und begann sich zu putzen. Das konnte dauern. Als Lexa aufstand, um ihr Handy zu suchen, huschte der Kater schnell beiseite und verschanzte sich auf dem Sofa.

„Was ist denn?", fragte Lexa belustigt, während sich die Verbindung aufbaute. „So scheu bist du doch sonst nicht."

„Fashion Victim", erklang es an ihrem Ohr.

„Servus Maya", rief Lexa. „Wie sieht es bei dir aus mit Essen? Ich habe Hunger."

„Das passt ja vorzüglich, ich wollte dich auch schon anrufen", schepperte Maya am anderen Ende der Leitung, als säße sie gerade in der U-Bahn. „Ich bin in einer Stunde mit Ron ins Steakhaus am Rindermarkt verabredet. Wenn du magst, kannst du dich anschließen."

„Wir können ja noch Mick fragen..."

„Mick ist heute in der Muckibude", erinnerte sie Maya eine Spur zu schnell. „Bis du den überredet hast, sind wir beim Zahlen."

„Auch wieder wahr", stimmte Lexa zu. Bei Mick geriet Sport zur Besessenheit.

„Soll ich dir Begleitung ordern oder ist dein Panther wieder aufgetaucht?"

Lexa lachte etwas gezwungen. „Nein, nur Grizzly und der hat schon gegessen."

„Dann sehe ich, was ich für deine Sammlung tun kann. Bären, Panther – da passt ein Wölfchen doch ganz gut dazu. Ein wehrhaftes, denn du willst ja Gegner und keine Opfer."

„Stress dich nicht, Maya. Nach gestern lasse ich es heute ausnahmsweise ruhig angehen und brauche wirklich nur jemand, der mich von eurem Geturtel ablenkt. Bis dann."

„Ich bin happy, dass ich nicht als drittes Rad am Wagen hier sitzen muss", erklärte ihr gut eine Stunde später ein blonder Hüne mit amerikanischem

Akzent und einem aufrichtigen Naturburschenlächeln. „Mein Name ist Dave, ich wohne derzeit bei Ron."

„Lexa", sagte Lexa und legte artig ihre zierliche Hand in die ihr entgegengereckte Pranke. Sollte sie ihm sagen, dass das dritte Rad wenn dann ans Fahrrad gehörte? Am Wagen würde es hingegen nicht stören... eher das fehlende vierte.

„Du schaust schon wieder viel besser aus", befand Maya mit einem kritischen Blick. „Das ist gut. So wie du heute Mittag drauf warst, habe ich mir schon fast Sorgen gemacht. Diese K.O.-Tropfen darf man nicht unterschätzen. Da sind Sachen im Umlauf, die haben mehr Power als das, was ich für den OP zusammenbraue."

Tatsächlich ging es Lexa zum Abend hin immer besser. Die gestrige Nacht erschien ihr nur noch wie ein wirrer Traum.

Wenn da nicht der kapitale Bluterguss am Hals gewesen wäre.

Doch davon wusste Maya ja nichts. Wieder irrlichterten wirre Erinnerungen vor ihrem inneren Auge auf, leidenschaftliche Küsse in hitziger Umarmung und dann Baghiras Lippen an ihrem Hals... Lexa überlief ein Schauder, den Dave mit einem seltsamen Blick quittierte. Sie lächelte gewinnend und zog Dave hinter Ron und Maya her in das Steakhaus.

„Ich habe Lust auf ein richtig großes Steak", verkündete Lexa während alle das Angebot studierten. Ron grinste.

„Wir auch. Darum sind wir hier", sagte Dave. „Ein großes T-Bone-Steak. Blutig."

„So, wie es sich für echte Werwölfe gehört", kicherte Maya und schmiegte sich verliebt an Rons

Oberarm, der bei weniger kräftigen Menschen vermutlich auch als Oberschenkel getaugt hätte. „Ich möchte lieber einen Salat mit Putenbrust. Irgendwer muss ja die Klischees pflegen."

Neckisch wickelte sie ihre lange Perlenkette um ihre wie immer tadellos manikürten Finger.

Lexa verdrehte still die Augen. Sie mochte Maya wirklich und schätzte ihren scharfen Verstand, aber falls sie ihre beste Freundin doch eines Tages erwürgen sollte, wäre es gewiss wegen dieser Barbie-Tour!

Wie eine so kluge Frau den größten Teil ihres Verstandes mit der Jagd nach dem nächsten Trend vergeuden konnte, war Lexa jedenfalls ein Rätsel. Sie verstand schon meistens gar nicht, worüber ihre Freundin mit ihren anderen Glamourgirls sprach. Loops zum Beispiel hätte sie bis vor kurzem noch für eine Figur im Kunstflug gehalten und naiv gefragt, was ein Clutch sei. Nicht, dass es Lexa egal war, was sie trug. Aber sie übte sich gern in klassischer Schlichtheit. Nur wenige Teile in ihrem Schrank unterlagen aktuellen Modeschwankungen und ihre Lieblingsfarbe war schwarz. Das erleichterte ihr morgens die Wahl des Outfits ungemein. Auch heute trug sie einen schwarzen Parka zu einem rot-schwarzen Schottenrock und ihrem Rolli – der war dank Baghiras Souvenirs gesetzt – und blieb damit natürlich im Eindruck abgeschlagen hinter Maya zurück, die ihr cremefarbenes Strickkleid effektvoll mit einem flauschigen Schal – oder vielmehr Loop – in aktuellem Rosé aufgepeppt hatte. Passend zum Nagellack. Ein kurvenreicher Traum, der nun zusammen mit Ron zum Salatbuffet entschwebte und wie ein Magnet die Blicke der zahlreich anwesenden Geschäftsleute fort von ihren Tablet-PCs auf sich zog.

„Magst du keinen Salat?" fragte Dave und lenkte ihre Aufmerksamkeit wieder auf sich. Er hatte ungewöhnliche Augen. Blau wie ein Husky, aber das passte ja irgendwie. Ron hatte erwähnt, dass Dave aus Kanada kam.

„Heute nicht. Mir ging es untertags nicht so gut und Salat ist nicht sehr bekömmlich."

„Aber dann solltest du statt Steak besser Hühnchen essen."

„Ich will aber ein Steak", fuhr Lexa sich selbst überraschend heftig auf. Sie lächelte verlegen und fuhr ruhiger fort. „Seit ich heute Mittag Maya mit ihrem Carpaccio gesehen habe, will ich ein Stück Fleisch, obwohl ich sonst gar nicht so wild darauf bin. Kennst du solche Gelüste nicht?"

„Oh doch." Dave grinste, offenbar nicht im Geringsten beeindruckt. „Mein Coach sagte immer, man soll essen, was der Magen verlangt. Der weiß, was er will. Es ist Instinkt."

Lexa nickte. „Was führt dich nach München", fragte sie dann, um die Unterhaltung in Schwung zu halten.

„Business", sagte Dave mit einem Schulterzucken. „Eure Werwolves haben einen Pakt mit meinem Club geschlossen und nun soll ich ihnen lernen, worauf es ankommt."

„Einen Pakt?" Lexa runzelte die Stirn und grinste dann. „Die schließt man nur mit dem Teufel oder im Kindergarten, was eine besondere Form der Hölle ist. Du meinst wohl einen Vertrag oder eine Partnerschaft?"

Dave warf ihr einen irritierten Blick zu. „Vermutlich", räumte er dann ein. Besonders überzeugt klang er aber nicht. „Jedenfalls werde ich ein paar Monate hier sein."

„Und da wohnst du die ganze Zeit bei Ron?", staunte Lexa, die bei dem Gedanken spontan Platzangst bekam. „Können dir die Werewolves kein Hotelzimmer zahlen?"

„Stay with the Pack", meinte Dave gleichgültig und nahm einen tiefen Schluck von seinem Bier.

Der Ober kam zusammen mit Maya und Ron. „Wir hätten gern ein Putenbrustfilet mit Avocado und drei T-Bone-Steaks", orderte Maya für alle. „zwei blutig und das dritte so damn-black-well-done, dass es normale Gäste zurückgehen ließen."

„Nein", unterbrach Lexa, die sonst ihrer Vorliebe für sehr durchgebratenes Grillgut den ganzen Sommer über verhöhnt wurde, rasch. „Ich möchte mein Steak heute auch englisch."

Maya warf ihr einen irritierten Blick zu, zuckte aber nur die Schultern. „Von einem Extrem ins andere – so kenne ich dich."

„Beilagen?", fragte der Kellner gelangweilt.

„Wir haben Salat vom Buffet", antwortete Ron. „Was ist mit Euch?"

„Ich möchte eine Potato", bestellte Dave. Lexa, die eigentlich am Liebsten ihr Steak pur vertilgt hätte, traute sich nicht, das zuzugeben, und nickte rasch.

Hungrig starrte sie auf das Entrecote am Nachbartisch und versagte es sich gerade noch, die Lippen zu lecken. Was war nur los mit ihr? Wieder überfielen sie Erinnerungen an die letzte Nacht, an Baghira, der zwischen ihren Beinen lag und sein Kinn auf ihren Bauch gestützt hatte, bevor er sich gleichfalls die Lippen geleckt und sie dann auf die Leiste geküsst hatte.

„Lexa?" Maya klang besorgt und auch die Jungs warfen ihr neugierige Blicke zu. „Alles in Ordnung?"

Schnell nickte Lexa. „Es war nur so eine Hitzewallung. Ich weiß auch nicht. Vielleicht werde ich doch krank."

„Soll ich dir was geben?" Lexa war Pharmazeutin aus Leidenschaft und vertrat die unbeirrbare Ansicht, dass es gegen einfach jedes Unbill dieser Welt eine geeignete Pille gab.

Das Essen kam und enthob Lexa einer Antwort. Sie bemühte sich langsam zu essen und jeden Bissen zu genießen. Das Steak schmeckte warm und lebendig und sie meinte zu spüren wie die Kraft des Ochsens zu der ihren wurde. Es war ein seltsames Gefühl, das sie so beim Essen noch nie gehabt hatte; barbarisch, urtümlich und befremdlich, aber dennoch unbeschreiblich wundervoll.

Dave warf ihr einen nachdenklichen Blick zu. Vermutlich hatte er nicht oft eine Frau gesehen, der Essen Spaß machte. Gerade in den Staaten waren die Menschen doch alle fett oder magersüchtig. In Kanada war das gewiss nicht anders. Sie lächelte und tupfte sich etwas Fleischsaft von den Lippen. „Wenn ich gewusst hätte, wie köstlich das ist, wäre ich schon früher umgestiegen."

Nach dem Essen war Lexa mit sich und der Welt zufrieden. Ihr war wohlig warm, als sie mit Dave hinter Maya und ihrem „Wölflein" durch die nun abendlich ruhige Fußgängerzone zu einem Irish Pub am Dom zog, in dem es heute Karaoke gab. Eine Veranstaltung, die Maya gern und oft besuchte. Die Luft roch herbstlich frisch, nach Nebel und einem Vorgeschmack von Winter und Lexa war froh, dass sie ihren warmen Parka mitgenommen hatte. Eigentlich hatte sie keine Lust mehr auf ein überfülltes Pub.

„Geht es dir wieder besser", fragte Dave an ihrer Seite.

„Mir ging es nie schlecht." Lexa wollte nicht, dass er sich für das interessierte, was sie hatte – oder vielmehr haben könnte. Mit einem Mal fühlte sie sich beobachtet und bedrängt. Dave war der genaue Gegenentwurf zu Baghira und der Vergleich bereits war ihr unangenehm. „Schau, das ist der Marienplatz", lenkte sie ab. „Diese Prachtfassade ist das Neue Rathaus mit dem berühmten Glockenspiel. Im Sommer treten dich hier die Japaner tot."

Dave nickte und schmunzelte. Sie hätte gern gewusst, was er jetzt dachte.

„Ich glaube, ich gehe lieber heim", sagte Lexa.

Dave nickte und musterte sie wieder prüfend. „Das ist clever."

Maya und Ron waren umgekehrt und zu ihnen zurückgegangen. „Ich muss mir aber keine Sorgen wegen dir machen", fragte Maya fürsorglich. „Wenn es morgen nicht besser wird, dann gehst du mit mir zu Dr. Frankenstein, ja?"

„Frankenstein?"

Maya warf Ron einen amüsierten Blick zu. „Unser Oberarzt. Dr. Frank Stein... Der Scherz ist nicht besonders gut, aber er hält sich beharrlich."

„I see", grinste Dave. In der Dunkelheit schimmerten seine Zähne. Lexa fiel auf, dass sie immer noch Kieferschmerzen hatte. Plötzlich fröstelte sie wieder. Vielleicht wurde sie wirklich krank?

„Versprochen, wenn es nicht besser wird, gehe ich zum Arzt", beschwichtigte sie Maya und umarmte sie schnell. Dann tauschte sie auch mit Ron Küsschen aus. Als sie sich Dave zuwandte streckte der ihr förmlich die Hand entgegen.

„Nice to meet you", sagte er mit diesem halben Lächeln, das Lexa nicht einschätzen konnte. Verblüfft gab sie ihm die Hand. „Ganz meinerseits", sagte sie und warf ihm einen forschenden Blick zu. Warum war er so abweisend? Irgendwie erinnerte er sie gerade an Grizzly, der am Abend auch so seltsam distanziert gewesen war. „Ich glaube nicht, dass ich ansteckend bin", bemerkte sie lächelnd.

„Wer weiß", entgegnete Dave und es klang nach mehr als seine Worte hergaben. „Ich bin misstrauisch. So ist eben meine Natur."

„Ein guter Wolf will eben beschnuppern, worauf er sich einlässt", ulkte Maya und zog Ron weiter. „Liebes, mir ist kalt. Wir sehen uns morgen."

„Na, bis die Tage", sagte Lexa zu Dave, der nickte und den beiden anderen lässig folgte. Ein einsamer Wolf in der Großstadt.

Lexa beschloss, die U-Bahn zu verschmähen und sich ein Taxi zu gönnen.

Nachdenklich fuhr sie durch die nächtliche Stadt nach Hause.

2 – GEH DAVON AUS...

Als der Wecker läutete, fuhr Lexa schlaftrunken aus dunklen und sehr seltsamen Träumen hoch, in denen Wölfe und Panther eine ziemlich blutrünstige Rolle gespielt hatten. Stöhnend wälzte sie sich herum und tastete nach der Lärmquelle. Grizzly, der im Weg gelegen war, maunzte und zog sich auf die Kommode zurück, von wo aus er Lexa ärgerlich beobachtete.

„Ich hab doch nichts getrunken", beklagte Lexa die Ungerechtigkeit dieser Welt und fuhr sich mit den Händen übers Gesicht.

Sie hatte noch nie Migräne gehabt, aber nach allem was sie davon gehört hatte, könnte es sich genau so anfühlen.

Mit wackligen Knien tapste Lexa zum Fenster und zog den Vorhang zu. Im Dunklen war es gleich besser. Das sprach eindeutig für Migräne. Auch die tränenden Augen.

Grizzly hopste von der Kommode auf ihr Bett und von der Erschütterung hätte Lexa sich fast übergeben. Der Wecker begann wieder zu lärmen. Sie hatte die Schlummertaste erwischt. „Oh nein!"

An ihrem Kater vorbei schnappte sie sich den Wecker und drückte diesmal die richtige Taste. Dabei fiel ihr Blick auf die LED-Anzeige.

„Samstag?"

Lexa stöhnte. Das war ja so was von klar! Sie hatte wie üblich vergessen, den Wecker auszuschalten.

„Was schaust du denn so", fragte sie Grizzly, der sie von der Bettkante aus unverwandt anstarrte. Nachdenklich und vielleicht etwas besorgt. Sehr intensiv jedenfalls, so wie das eben nur eine Katze kann. „Das bist du doch gewohnt. Du weißt, dass du das chaotischste aller Frauchen hast. Und Frühstück muss noch warten."

Sie piekte den Kater neckisch in die Rippen. „Du hast ja Reserven, von denen du zehren kannst."

Lexa legte sich auf den Rücken und versuchte sich zu entspannen. Mit geschlossenen Augen atmete sie ruhig ein und aus, ein und aus... Ihr Kiefer schmerzte fast so sehr wie ihr Kopf. Die Luft im Zimmer war abgestanden, roch nach ihrem Parfum und ein bisschen nach Katze. Irgendwo knackte es in einem Rohr. Ein altes Haus hat viel zu erzählen.

Nach einer Weile stand Lexa auf und gab in der Küche etwas Trockenfutter in den Katzennapf. Grizzly schnaubte entrüstet. Aber Lexa wurde allein beim Gedanken an das süßliche Dosenfutter schlecht. „Geh davon aus, dass auch wieder bessere Zeiten kommen."

Aus dem Bad holte sie sich ein paar von Mayas besseren Pillen und setzte sich dann mit einer großen Tasse Tee in die Küche, die morgens immer recht dunkel war. Lustlos kaute sie an einem Stück Brot.

Die Wanduhr tickte. Draußen im Hof schepperte jemand mit den Mülltonnen. Luigi in seiner Werkstätte pfiff ziemlich schräg einen italienischen Schlager, den Lexa nicht erkannte. Ihr war noch nie aufgefallen, dass das Fenster zum Hof so hellhörig war.

Allmählich wirkte das Schmerzmittel und Lexa befand, dass sie sich nun dem Tag stellen konnte.

Im Bad bereute sie, den Blick in den Spiegel riskiert zu haben. Ihre Augen waren entzündet und rot. Eine Träne kullerte über ihre Wange.

„Na, das sorgt immerhin wenigstens für etwas Farbe", murmelte Lexa und spritzte sich erst mal

Wasser ins Gesicht. „So kalkig wie ich sonst bin, muss ich auch für kleine Gesten dankbar sein."

Auch die Augenringe machten ihr Sorgen. Damit hatte sie sonst nie Probleme, selbst nach wild durchzechten Nächten nicht. Der Knutschfleck an ihrem Hals schimmerte farbenprächtig in allen Schattierungen, aber nicht mehr so dunkel wie am Tag zuvor. Auch der Schorf war wundersamerweise verschwunden. Beim Zähneputzen bemerkte sie, wie wund ihr Kiefer war.

„Meine Weisheitszähne sind doch schon draußen", beschwerte sie sich und legte dann etwas Make-up auf. Da ihre Kopfschmerzen nicht wirklich verschwunden waren, könnte sie Mick in der Klinik besuchen. Normal war das nicht und da sie keinerlei Erfahrung mit K.O.-Tropfen hatte, wollte sie kein Risiko eingehen. Während Mick – ganz anders als Maya – sonst immer sehr zurückhaltend war, wenn sie ihn nach alkoholischen oder sonstigen Exzessen um Hilfe bat, stand er hier ausnahmsweise einmal auf ihrer Seite.

Sie hörte den Postboten im Treppenhaus klappern und Grizzly zu seiner morgendlichen Tour durch den Friedhof aufbrechen. Gerade wollte sie ins Schlafzimmer zurück, um sich einen Schal zu holen. Dieser grässliche Fleck an ihrem Hals nervte sie gewaltig und sie hatte überhaupt keine Lust auf die dummen Kommentare in der Klinik.

Dabei fiel ihr Blick auf den Fußboden im Flur. Ein dunkles Päckchen, das direkt vor der Haustür lag. Offenbar hatte es jemand durch den Briefschlitz geschoben. Sie wunderte sich, dass sie den Boten nicht an der Tür gehört hatte. Neugierig trat sie näher. Das Päckchen war unfrankiert, also war es nicht vom Postboten gebracht worden. Das erklärte, dass sie nichts gehört hatte. Lexa bückte sich, nahm das in Stoff gewickelte Päckchen auf und trug es in die Küche. Es war weder ihre Adresse darauf, noch ein Absender. Sehr seltsam.

Sie zerschnitt die schlichte Packschnur und schlug den Stoff zurück. Ein Buch mit schwarzem Einband. Ein schönes Buch, altmodisch. So, wie man sich als Kind ein Buch vorstellt. Aber keine Karte, kein Zettel, nichts, das auf den Absender schließen ließe. Notgedrungen besah sich Lexa das Buch genauer. Den schlichten Lederumschlag zierte ein schmales Etikett, nicht anders als bei einem Schulbuch:

„VAMPIRE BEGINNERS GUIDE".

„Wer schenkt mir den so etwas?" Lexa runzelte die Stirn. „Ich mag keine Vampirgeschichten. Schau ich so als, als würde ich solche Schmonzetten lesen?"

Trotzdem schlug sie das Buch auf. Vielleicht war darin ja eine Widmung. Ihre Oma hatte das immer gemacht und in die geschenkten Bücher reingeschrieben, warum sie ausgerechnet dieses Buch ihrer Enkelin anvertraute. Ein guter Brauch, der in diesem speziellen Fall auch dringend nötig war. Ohne Unterstützung hätten Lexa und ihre Eltern nie verstanden, wie man einer 12-jährigen Kants *Kritik an der reinen Vernunf*t und einem 16-jährigen frontalpubertierenden Teenie dan*n Heidi* von Johanna Spyri schenken kann.

Doch dieser seltsame Schenker jedenfalls wollte anonym bleiben und erklärte auch nicht, warum Lexa eine englischsprachige Einführung in den

Vampirismus interessieren könnte.

Da die inzwischen in die Küche hereintastende Sonne ihre Kopfschmerzen wieder aufschreckte, verschob Lexa diese Fragen auf später. Sie war ohnehin wie üblich spät dran und so musste dieses zugegebenermaßen spannende Rätsel eben warten. Schnell flüchtete sie an dem sonnendurchfluteten Flurfenster vorbei ins Treppenhaus, das sie mit gastlicher Dunkelheit empfing.

Als Lexa im Krankenhaus ankam, fühlte sie sich hundelend. Trotz der Sonnenbrille brannten ihre Augen und ihr Kopf fühlte sich an, als würde sie durch keine Tür mehr passen. Warum war ihr noch nie aufgefallen, wie schrecklich es in Bussen stank?

Nach Menschen.

Und nach Abgasen.

Nach Lebensmitteln und feuchtmodriger Wolle.

Nach Großstadt.

Grausig.

Aber mit einer kapitalen Migräne und Mayas Mittelchen im Blut war Radfahren auch nicht besser. Sie hätte allen Parkplatznöten zum Trotz das Auto nehmen sollen, trotz des ekelhaften Gestanks in der Tiefgarage. Aber dafür war es nun zu spät.

Unwillkürlich atmete sie auf, als sie in die überwiegend von Kunstlicht erhellten Gänge der Klinik trat. Dennoch ließ sie die Sonnenbrille auf. Ihren Augen ging es auch nicht gut. Vielleicht lag das daran, dass sie in ihrem bis zum Bersten gefüllten Kopf keinen Platz mehr fanden? Lexa rollte probeweise mit den Augen. Wider Erwarten knirschte und quietschte nichts.

Unterwegs durch die Gedärme der riesigen Universitätsklinik grüßte sie freundlich im Vorbeigehen die Kollegen, ignorierte aber die fragenden Blicke. Das würde wieder Gerede geben. Als Physio rangierte man nicht gerade ganz oben in der von feinen Treppchen durchzogenen Hierarchie des Klinikkosmos' und wenn man dann so wie Lexa eher schrill und unangepasst war – und sich dafür nicht schämte – dann dient man eben als beliebter Lückenfüller für den Hausklatsch.

„Servus", begrüßte sie Mick in seinem mit Medizinreports und irgendwelchen Kartons völlig überfüllten Kämmerlein, das von Schwester Iriza wenig charmant aber zutreffend als *Ärzteparkplatz* bezeichnet wurde. „Was verschafft mir die Ehre?"

„Mir geht's nicht gut", klagte Lexa und ließ sich theatralisch auf einen Stuhl fallen.

„Dass Sehnsucht dich nicht hergetrieben hat, habe ich mir schon gedacht", sagte Mick und klappte eine Patientenakte zu. „Aber geht's ein bisschen konkreter?"

Dabei lehnte er sich vor, und schob unvorsichtigerweise die Tasse, die als Stiftbehälter diente, über den Rand des Schreibtischs.

Ohne weiter darüber nachzudenken, griff Lexa mit einer leichten Drehbewegung nach der Tasse und bewahrte so diese nicht nur vor dem Scherbentod, sondern fing auch die hinterherpurzelnden Stifte und Büroklammern auf. Fast schon zirkusreif. Lexa grinste.

„Gut reagiert", staunte Mick etwas verlegen. „Und das auch noch mit der dunklen Brille auf der Nase. Dass du so überhaupt was siehst."

Seufzend stellte Lexa die Tasse zurück auf den Tisch. „Damit geht es schon los."

Sie schob langsam die Sonnenbrille zurück, bemüht dem Lampenlicht auszuweichen. „Meine Augen tränen und sind sehr lichtempfindlich. Mein Kopf droht zu platzen, mein Kreislauf fährt Achterbahn und einerseits muss ich aufpassen, dass ich auf der Straße nicht den nächsten Dackel reiße, aber andererseits wird mir beim Gedanken an Essen schlecht."

„Hmhmhm."

Das sagte Mick immer, wenn ihm nichts Gescheites einfiel. Doch da Mick sich beim Reden nicht hetzen ließ, wartete Lexa mit schlecht verborgener Ungeduld, bis ihr Freund so weit war. Der prüfende Blick, den sie währenddessen ertragen musste, ging ihr allerdings gehörig auf die Nerven. „Tu doch nicht so, als hättest Du mich noch nie gesehen!"

„Hmhmhm."

Mick kramte in den Taschen seines Arztkittels und holte eine dieser Lampen heraus, mit denen man dem Patienten ins Auge leuchten kann. Unwillkürlich wich Lexa zurück.

„So schlimm?"

Tapfer schüttelte sie den Kopf und ließ es zu, dass Mick mit seinem Bürostuhl dicht an sie heranrollte. Er roch unter dem unvermeidlichen Krankenhausgeruch nach dem After Shave, das ihm Maia und sie zum Geburtstag geschenkt hatten.

„Ah!"

Peng!

„Verdammt!"

Mick blinzelte erstaunt. Er hatte mit einer so heftigen Reaktion nicht gerechnet. Lexa auch nicht. Reflexartig war sie vor dem grellen Licht zurückgefahren und hatte sich prompt den Kopf an der Wand gestoßen. Der ohnehin schon aufgeregte Kopfschmerz wuselte wie aufgeschreckte Ameisen durch ihren Kopf, um auch den unter der Beule neu hinzugewonnen Platz auszufüllen.

Beim zweiten Mal ging es besser. Auch wenn Lexa mit den Fingern ihre Lider zurückziehen musste, so sehr tränte das Auge.

„Die Pupillen sind vergrößert, ein bisschen wie bei Belladonna", sagte Mick schließlich. „Hast du…?"

„Nein! Das würde ich dir doch sagen."

„Das Auge ist gerötet, aber ich sehe da jetzt keine Verletzungen. Auch wenn sie gerade tränen, sind sie insgesamt eher zu trocken. Ich schreib dir ein paar Tropfen auf. Aber wenn es nicht besser wird, musst du rüber in die Augenklinik."

Wieder dieser prüfende Blick. „Wie ist es denn mit Mund und Nase?"

Unwillkürlich durchforschte Lexa mit der Zunge ihren Mund. „Auch eher trocken", befand sie dann. „Allerdings tut mir seit dieser K.O.-Tropfen-Nacht der Kiefer weh."

„Aufmachen!"

Bei dieser Untersuchung blieben Lexa wenigstens weitere Schmerzen erspart. Im Gegenteil. Der Holzspatel, mit dem Mick ihre Lippen wegzog, wirkte entspannend. Das war gut zu wissen.

„Ziemlich gerötet, der gesamte Kiefer. Gerade im Bereich der oberen Eckzähne auch geschwollen. Das kann natürlich schon eine Erklärung für deine Beschwerden sein. Jedenfalls die Kopfschmerzen. Wann warst Du denn das letzte Mal beim Zahnarzt?"

„Von etwas Karies schwillt mir doch das Maul nicht so an, dass jeder Tellerlippenneger vor Neid erblassen würde." Lexa wurde gar nicht gern daran erinnert, dass sie seit mindestens zwei Jahren nicht mehr bei der Zahnvorsorge gewesen war. Aber irgendwie ging sich das aller guten Vorsätze zum

Trotz eben zeitlich nie aus.

„Dennoch solltest du dich einer anderen Ausdrucksweise befleißigen", rügte Mick unbeeindruckt. Der Saukerl kannte ihre galoppierende Dentaphobie und wusste, dass sie überfällig war. „Wenn das unsere Antidiskriminierungsbeauftragte hört..."

„Unser*e was*?"

„Du hast schon verstanden. Und jetzt geh endlich zum Zahnarzt, Lexa."

„Ja, Mama." Dann sah sie unglücklich auf. „Mick, bitte! Das kann doch nicht von Karies oder einer maroden Plombe kommen. Mir schwillt über Nacht der Kiefer an, dass mir der Kopf platzt. Das ist doch nicht normal..."

„Was je ist an dir normal, Lexa?" Mick seufzte. „Aber gut. Wir messen jetzt mal noch deinen Blutdruck und schicken eine Blutprobe ins Labor. Vielleicht bist du gestürzt? Wenn du dich an nichts mehr erinnern kannst, könnte das gut sein. Diese Tropfen können schlimme Sachen mit einem machen."

Nachdem die Blutdruckwerte normal waren, holte Mick eine Kanüle und zwei Auffangröhrchen. Gehorsam schob Lexa ihren Ärmel zurück und sah zu, wie Mick auf ihren Unterarm klopfte um ihre Vene wachzurütteln.

„Was schaust du so?" Etwas in Micks Stimme ließ Lexa aufhorchen.

„Wieso, wie schau ich denn?"

„Seltsam." Mick lachte gezwungen. „Du hast mich gerade an Grizzly erinnert, bevor er einen Vogel schnappt."

Lexa lachte mit. „Dann besteht ja keine Gefahr. Was mein Kater fängt, hat schon vorher mit dem

Leben abgeschlossen und sich ihm vorsätzlich in den faulen Schlund gestürzt."

Als das Blut in das Röhrchen lief, rumpelte es in Lexas Magen laut und vernehmlich. Sie leckte sich fasziniert die Lippen. Wie gut Blut roch... Dass ihr das noch nie aufgefallen war. Süß und warm und voller Leben.

„Sollen wir ins Bistro?" grinste Mick. „Heute ist es ruhig auf Station, da kann ich in der Pause raus."

Lexa nickte. „Wobei ich lieber zu dem Metzger ginge. Ich kann den Bistrokram nicht mehr sehen."

Die Sonne traf Lexa vor dem Seitenausgang, der über den Parkplatz zu ihrem Mittagessen führte, wie ein Hammer. Rasch setzte sie ihre Sonnenbrille wieder auf und hielt sich unwillkürlich im Schatten von Micks breiten Schultern.

„Seit wann geht eigentlich jemand mit mir zum Metzger", wunderte der sich gerade. „Das war euch doch immer zu brutal, zu blutig, zu neandertalig..."

„Maya vielleicht", schnaubte Lexa, die gerade für einen schönen Presssack willig in eine Steinzeithöhle übersiedelt wäre. „Ich bin doch keine Tussi!"

Mick lachte nur.

Die kleine Metzgerei hinter der Klinik war bei Pflegepersonal und den Handwerkern des nahegelegenen Gewerbehofs gleichermaßen beliebt. In einem Altbau gelegen, trat man zwei Stufen hinunter in den dunklen und kühlen Laden, in dem sich in der Auslage sauber parierte Fleischstücke zwischen Würsten stapelten.

Lexa entspannte sich unwillkürlich.

„Seit wann verträgst du denn keine Sonne mehr", fragte Mick mit einer Mischung aus Spott und Sorge in der Stimme.

„Da siehst du mal, wie ernst mein Zustand ist", rief Lexa über die Schulter während sie mit großen Augen die Auslagen betrachtete. Sie hatte wirklich Hunger. „Ich hätte gern ein großes Stück von dem roten Presssack dort."

Der Metzger nickte im Gegensatz zu Mick, der erstaunt blinzelte, nur gelangweilt. „Semmel dazu?"

Bei dem Gedanken schüttelte sich Lexa unwillkürlich. „Nein, danke. Nur etwas Salz."

3 – BILDER VON DIR

Als Lexa erwachte, war es dunkel in der Wohnung. Sie hatte sich nach dem Mittagessen von Mick verabschiedet, ihren guten Vorsatz, ins Fitness-Studio zu gehen, ohne Reue aufgegeben und sich Zuhause noch einmal ins Bett gelegt, um den Nachmittag zu verschlafen.

Eine gute Entscheidung, denn jetzt fühlte sie sich schon viel besser. Ihre Kopfschmerzen hatten soweit nachgelassen, dass sie das Ziehen im Kiefer endlich richtig würdigen konnte. Seufzend schlug sie die Bettdecke zurück und setzte sich auf. Mick hatte schon recht, dem Zahnarzt kann man wie dem Totengräber nicht entkommen... Gleich am Montag würde sie einen Termin ausmachen.

In der Küche setzte sie Teewasser auf und schaltete das Radio ein. Grizzly saß auf dem Fensterbrett neben seiner Katzenklappe und beobachtete sie misstrauisch.

„Was schaust du denn schon wieder so?"

Irgendwas schien dem Kater an ihr nicht zu passen.

Doch wie üblich blinzelte Grizzly nur und begann sich dann betont gelangweilt zu putzen. Allerdings ließ er sie dabei anders als sonst nicht aus den Augen.

Lexa beschloss, das seltsame Verhalten ihres Katers zu ignorieren und durchsuchte ihr Teesortiment nach etwas, das man gut mit Milch trinken konnte. Den Gedanken an Milch fand sie neuerdings außerordentlich verlockend.

Auf dem Küchentisch lag immer noch das schwarze Buch.

Nachdem sie die Teekanne aufgegossen hatte,

setzte sie sich und begann eher aus Neugierde, denn aus wirklichem Interesse in dem Buch zu blättern.

„Vampire", erklärte sie Grizzly, „sind nun wirklich nicht das, was man bei mir vermuten würde. Diesen ganzen Edel-Gothic-Scheiß brauche ich für gar nichts. Und Särge, Fledermäuse und Gruften machen mich auch nicht an. Wer schenkt mir nur so was?"

Grizzly, der wenigstens in dieser einen Hinsicht unschuldig war, gähnte demonstrativ und legte sich hin.

Das Buch war in altmodischer Schrift gedruckt, was Lexa nicht überraschte und in einem Englisch verfasst, das gerade mal nicht ganz so alt wie die Shakespeare-Stücke wirkte, die Lexa aus der Schule kannte und hingebungsvoll gehasst hatte.

Auch ein paar Federzeichnungen waren darin enthalten, allerdings keine wild-romantischen Bildchen von halb bekleideten Damen, die dem atemberaubend gut aussehendem Gentleman-Vampir ihren Schwanenhals zum Biss darboten, sondern eher wissenschaftliche Detailzeichnungen, die sich Lexa auf den ersten Blick nicht erschlossen. Doch bei genauerem Hinsehen erkannte sie die Skizze eines Raubtiergebisses, bei dem die Eckzähne erst aus dem Kiefer geschoben wurden, wenn der Kiefer ganz geöffnet wurde. Nicht groß anders als eines dieser Schnappmesser wie sie bei den Straßengangs in Filmen üblich waren. „Raffiniert!"

Sie nahm einen Schluck Tee, erfreute sich an dem Milchgeschmack und blätterte nach vorn zurück, um nun doch ein wenig in dem seltsamen Buch zu lesen.

Obwohl der Titel eigentlich Hinweis genug gewesen wäre, staunte Lexa nicht schlecht, als sie erkannte, dass es sich tatsächlich um ein bierernstes Handbuch für beginnende Vampire handelte. Die einzelnen Kapitel behandelten scheinbar ausführlich Herkunft, Lebensweise und Besonderheiten des gemeinen Vampirs, gefolgt von einem langen Kapitel über nahestehende „Fabelwesen ohne Zutritt zur Wahrnehmung" („legendary creatures without access to realization"), die dem Buch zufolge in einer sogenannten Schattenwelt hausten, und deren Erkennungsmerkmalen.

„Originär sind Vampire Wesen, die ihre Existenz und Fähigkeiten über ihre ursprüngliche Natur hinaus verstärken, indem sie sich der Kräfte anderer Wesen, bevorzugt jener ihrer ursprünglichen Gattung bedienen. Wissenschaftlich betrachtet handelt es sich um eine hochspezialisierte parasitäre Lebensform."

Das las sich ziemlich logisch und erfreulich frei von Gräbern, Kruzifix-Allergien und traumatischen Erlebnissen mit Knoblauch. Auch wenn *parasitär* nun nicht besonders charismatisch klang.

Stirnrunzelnd las sie weiter.

Als sie einige Stunden später ihre Teekanne geleert hatte, stellte Lexa erstaunt fest, wie dunkel es bereits war. Oder vielmehr, wie problemlos sie in dem schlechten Licht über die Mythen und Legenden gelesen hatte, mit denen man sich überall auf der Welt von Vampiren erzählte. Und über das, was nach Ansicht des unbekannten Autors dieses Werkes tatsächlich einen Vampir auszeichnet.

Katzengleiche Nachtsicht zum Beispiel. Zögernd sah sie zu Grizzly hinüber, der auf der Fensterbank eingeschlafen war und neckisch eine Pfote über das Fensterbrett vor die darunterliegende Heizung hängen ließ.

Dann schob Lexa ihren Stuhl zurück, stand auf und schaltete demonstrativ das Licht an.

Der befürchtete Blendeffekt blieb aus. Oder jedenfalls im normalen Bereich. So wie es sich halt anfühlt, wenn man nachts plötzlich das Licht anschaltet. Grell, unangenehm, aber erträglich. Kein Vergleich zu dem auch mit Tränen nicht zu beruhigenden Brennen, das ihr Tageslicht verursachte.

„Vampire erfreuen sich vorzüglicher Nachtsicht. Diese Anpassung an eine über Jahrhunderte geübte Lebensweise führt allerdings zu einer extremen Lichtempfindlichkeit speziell gegenüber Sonnenlicht. Die Toleranz anderen Lichtquellen gegenüber ist deutlich höher."

Lexa schnaubte verächtlich. „Es könnte natürlich auch sein, dass die Wirkung dieser dämlichen K.O.-Tropfen endlich nachlässt."

Und doch – ein unangenehmes Gefühl blieb. Zweifel nagte sich mit spitzen Eckzähnchen in ihr Bewusstsein. Unwillkürlich fuhr sie mit den Fingern über ihren geschundenen Hals. Waren dort im Zentrum des Hämatoms zwei kleine, nebeneinanderliegende Schwellungen?

Sie erinnerte sich verschwommen daran, wie Bagihra sie fest umarmt und ihr irgendwelche Verrücktheiten ins Ohr geflüstert hatte. Wie erregt sie gewesen war, als er mitten im Liebesakt an ihrem Ohr geknabbert hatte... und auch daran, dass sie erschrocken war, als er sie tatsächlich gebissen hatte! Während in der Nacht der Schreck schnell der Erregung und diesem irren Gefühl absoluter Vereinigung gewichen war, blieb jetzt ein hässlicher Gedanke zurück. Der ganz und gar grässliche Verdacht nämlich, dass tatsächlich K.O.-Tropfen das geringere Übel gewesen sein könnten und sie nun ganz andere Probleme hatte.

Sie ließ das dumme Buch sinken und lehnte sich zurück. All ihre Beschwerden erschienen plötzlich in einem ganz anderen Licht – oder vielmehr Schatten. Mit einem Mal wurde ihr flau. Wenn man sich dabei ertappt, dass ein von K.O.-Tropfen erzeugter Filmriss, der den Mantel des Vergessens über womöglich sehr exzessiven Sex mit einem Unbekannten legt, zum geringeren Übel wird – nein, dann läuft irgendetwas massiv schief!

Langsam befühlte sie mit der Zunge ihren Kiefer. Er schien ganz normal zu sein, doch bei genauerer Betrachtung fühlte es sich wirklich so an, als würden sich ihre Zähne verschieben...

Auch ihre Haut wirkte nicht ungewöhnlich. Sonnengebräunt und etwas sommersprossig (leider) und ganz ohne die vornehme Blässe, die man jetzt bei einer Vampirin – oder hieß es Vampirette – einem weiblichen Vampir jedenfalls, vermuten würde.

„Das kommt davon, wenn man mit zu viel Fantasie so blöde Schundromane liest", erklärte sie Grizzly, der sich von dieser tiefschürfenden Erkenntnis jedoch nicht in seinem Katzenschlummer stören ließ. Etwas nachdrücklicher ergänzte Lexa: „Wobei dieses Buch hier im eigentlichen Sinne kein Roman ist."

Grizzly würde den Unterschied zwischen einem Sachtext und Belletristik nie verstehen. Ignorant!

„Ungeachtet all der Legenden, die sich über die Jahrhunderte um die Entstehung der Vampire ranken (s.a. Kapi-

tel 15 – Vampirismus in Literatur und Wissenschaft), gibt es letztlich nur zwei verbürgte Arten, einen Vampir zu erschaffen. Durch Geburt, wenn mindestens ein Elternteil selbst Vampir ist, wobei die Wahrscheinlichkeit der Zeugung eines Vampirs den Gesetzmäßigkeiten der Mendelschen Vererbungslehre folgt. Die in Literatur und Wissenschaft wesentlich intensiver erforschte, wenngleich weniger spektakuläre Variante ist die Übertragung durch Biss.

Auch wenn Vampire selbst vehement ablehnen, ihre Erscheinungsform als Krankheit zu betrachten, lassen sich viele Phänomene des Vampirismus (s.a. Kapitel 4 – Merkmale des Vampirismus) gut damit erklären, dass es sich um eine durch Infektion übertragbare Blutabnormität handelt.

Bei der Übertragungsvariante genügt jedoch nicht jeglicher Biss. Um eine Metamorphose oder auch Transformation (s.a. Kapitel 5 – Transformation) durch Biss auszulösen, ist es erforderlich, dass eine bestimmte Menge infizierter Körpersekrete, also Vampirspeichel, -sperma oder –Blut ..."

Lexa klappte das Buch zu und verzog unglücklich das Gesicht. Nach einem One-Night-Stand verlassen zu werden, ist peinlich. Mit K.O.-Tropfen abgefüllt zu werden, ist demütigend. Sich dabei dann noch mit... mit Vampirismus anzustecken, eine Katastrophe... Aber dass es dann auch noch unappetitlich werden muss – das war endgültig zu viel. Tränen brannten in Lexas Augen.

„Eine ungewollte Übertragung lässt sich durch ein Mindestmaß an Disziplin verhindern und sollte in jedem Fall praktiziert werden, da nur so die erforderliche Diskretion zwischen den Realitäten gewahrt werden kann. Wenn gewährleistet ist, dass nur wenig Vampirsekret in den Blutkreislauf des Spenders gerät und umgekehrt diesem genug Eigenblut verbleibt, ist die Gefahr einer Übertragung äußerst gering (s.a. Kapitel 6 - Ernährung)."

Zornig sprang Lexa auf und rannte ins Wohnzimmer, von wo sie einen herrlich morbiden Blick auf den verwilderten Teil des Friedhofs hatte. Ob hier in den alten Gräbern Vampire lagen? Sie schüttelte sich. Wie war das Leben als Vampir? Sie dachte an die Bilder, die sie mit Vampiren verband und fand keins, das ihr auch für sich selbst gefallen würde. Und doch konnte sie plötzlich nachts sehen, sehnte sie sich plötzlich nach Blut und auch ihre Augen tränten beim bloßen Gedanken an Sonnenlicht. Alles seltsam – außer es war wirklich so wie das Buch behauptete, es gab Vampire und sie gehörte jetzt dazu!

„Der Dreckskerl hätte nur nicht zu sabbern brauchen, und es wäre nichts passiert", rief sie zornig und begann dann ungehemmt zu weinen. „Oder ein Kondom benutzen! Oder mich nicht zu sehr aussaugen..."

Ihr Blick fiel auf das Buch, das sie immer noch in der Hand hielt und blätterte weiter.

„Auch wenn dieser Tage alte Ängste einer schwärmerischen Gruselromantik zu weichen scheinen, sind Vampire dennoch gut beraten, äußerste Vorsicht bei der Offenbarung ihrer wahren Natur walten zu lassen. Es bestehen auch heute noch Vorurteile und Missverständnisse in Fällen, in denen eine Realisierung erzwungen wird, kann dies trotz dieser grundsätzlich begrüßenswerten Fortschritte schnell und in überproportionale Ablehnung und unkontrollierbare Gewaltbereitschaft ausarten. Die Beachtung der Sicherheitshinweise in Kapitel 14 wird dringend empfohlen."

Das erstaunte Lexa nun nicht besonders. Was für ein Bild andere Menschen künftig von ihr haben würden?

Aids, Hepatitis, Tripper, Syphilis… das war ja alles schon schlimm genug, aber damit konnte man zum Arzt gehen und zur Not in eine Selbsthilfegruppe. Aber wenn sie irgendwem erzählte, dass sie sich bei einem Disco-Absturz einen Vampir eingefangen hatte – dann würde sie sich vermutlich postwendend im Bezirkskrankenhaus wiederfinden – in einem Einzelzimmer mit weich gepolsterten Wänden.

Sie lehnte sich mit der Stirn gegen die kühle Fensterscheibe und versuchte sich zu beruhigen. Es sind solche Momente, in denen das Schicksal mit gnadenloser Rückhand zuschlägt und einem die ganze mühsam aufgebaute Existenz mit einem Knall in Trümmer verwandelt.

„Ich will kein Vampir sein", flüsterte sie. „Ich will nicht."

Doch bis auf die alte Uhr war da niemand, der ihr auch nur zugehört hätte.

Grizzly jedenfalls war durch die Katzenklappe zu seinen nächtlichen Aktivitäten aufgebrochen.

4 – BA- BA- BANKÜBERFALL

Es gibt wenige Dinge, die einen schneller aufwecken, als die Erkenntnis verschlafen zu haben. Eins davon ist die Entdeckung, dass eine Blutprobe im Labor der Klinik auf ihre Untersuchung wartet.

„Ach du heilige Scheiße", brüllte Lexa, während sie aus dem Bett sprang, sich prompt in der Decke verhedderte und der Länge nach hingefallen wäre, wenn sie sich nicht geistesgegenwärtig mit einem halben Flicflac gerettet hätte. Sie hatte gar nicht gewusst, dass sie so etwas konnte! Von ein paar Mal Skifahren und gelegentlichen Alibi-Laufeinheiten mit Maya an der Isar lernte man so etwas eigentlich nicht.

Doch Rätsel wie diese benötigen Zeit zum Nachdenken. Und Zeit hatte sie jetzt keine. Ein Blick auf die Uhr verriet, dass sie genau noch zwei Stunden hatte, bis Carlo und Pjetr unten im Labor ihren Dienst antraten – und dann würden sie auch Lexas Blutprobe analysieren. Auf der Suche nach den K.O.-Tropfen, die ihr ein schöner Unbekannter verabreicht hatte.

Das war Geschichte! Lexa interessierten die blöden Tropfen überhaupt nicht mehr. Und auch nicht, was Carlo und Pjetr sonst noch aus ihrem Blut herauslesen würden... Das vor allem nicht.

Hastig schlüpfte Lexa in Jeans und Pulli, warf sich eine Jacke über und war schon fast durch die Tür, als ihr auffiel, dass sie noch keine Schuhe anhatte.

„Wenn's pressiert, mach langsam", ermahnte sie sich, während sie ihre Turnschuhe holte. „Du weißt sowieso nicht, wie Du in das Labor reinkommen sollst. Also nimm dein Hirn mit, du wirst es brauchen, Lexa!"

In einem plötzlichen Anfall von Galgenhumor lachte sie, während sie an einem schlaftrunken heimkehrenden Nachbarn vorbei die Treppe nach unten sprang. „Braiiin!". Doch dann fiel ihr ein, dass das eigentlich eher Zombies sagten. Und dass, Vampire eher gepfählt als gehängt wurden, weshalb Galgenhumor doppelt unpassend war... Sie musste noch viel lernen.

Im Hof schwang sie sich auf ihr Fahrrad und strampelte noch vor Sonnenaufgang im frühherbstlichen Nieseldunst durch die erst langsam zu frühsonntäglichem Leben erwachende Stadt.

In der Klinik angekommen, stellte sie ihr Fahrrad ab und ging zum Seiteneingang, wo zwei Schwestern eine Rauchpause einlegten. Lexa konnte die Neugierde der jüngeren Schwester regelrecht riechen. Die ältere war zu müde, um sich für eine zur Unzeit ankommende Physiotherapeutin zu interessieren. War wohl eine harte Nacht gewesen.

Die Tür zum Labor war – wie auch nicht anders erwartet – verschlossen. Lexa spähte durch das Sichtfenster. Der Raum war dunkel. Große Kühlschränke schimmerten im durchs Fenster einfallenden Streulicht. Irgendwo da drin war ihre Blutprobe, die Saat des Verhängnisses, der Anfang vom Ende... „Vampire mögen es dramatisch" ergänzte Lexa von sich selbst peinlich berührt im Geiste Kapitel 4 – *Merkmale des Vampirismus*. Sie wüsste ja zu gern, wer ihr dieses Buch durch den Briefschlitz gesteckt hatte.

Ob sie eine Scheibe einwerfen und durch das Fenster einsteigen sollte?

Besser nicht. Bestimmt war das Fenster alarmgeschützt. Probeweise versuchte Lexa mit ihrem Schlüssel aufzusperren. Es klappte natürlich nicht.

Was sollte auch ein Physiotherapeut im Labor? Ratlos schlenderte Lexa zurück zum Hauptgang. Wer könnte einen Schlüssel zu den Laboren haben? Maya gehörte zu den Privilegierten, doch die würde Fragen stellen, auf die Lexa keine Antworten hatten – jedenfalls keine, die sie geben wollte.

Kurz darauf stand Lexa vor dem Hausmeisterbüro. Natürlich war da niemand. Noch nicht. War ja klar. Wahrscheinlich kam vor Montag keiner mehr. Hausmeister müsste man sein.

Anders als die Laborleute. Lexa hatte mit Maya und Mick schon öfter darüber gewitzelt, dass Carlo sich zu freuen schien, wenn er wochenendliche Sonderschichten fahren durfte und sie war dabei gewesen, wie Mick auf ihre appetitlich duftende Blutprobe einen Dringlichkeitsvermerk geklebt hatte. „Damit du dich besser fühlst", hatte er gesagt und dabei gegrinst.

Lexa seufzte. Mick hatte kläglich versagt. Sie fühlte sich gerade gar nicht gut.

Unschlüssig wollte sie gerade schon wieder gehen, als sie durch das Sichtfenster entdeckte, dass der Hausmeister tatsächlich das Fenster offen gelassen hatte. Nun, das war nicht weiter verwerflich, denn immerhin führte das Fenster nur in einen Innenhof. Andererseits waren die Hausregeln da eindeutig. Da auch Lexas Behandlungszimmer zwei Stockwerke höher in einen solchen Innenhof führte, wusste sie genau, dass es *immer* verboten war, Fenster offen zu lassen. Ganz egal, wie unwahrscheinlich, ja geradezu ausgeschlossen es war, dass ein Fremder einsteigen könnte. Nun verstand sie endlich, warum. Damit auch Klinikpersonal nicht einsteigen konnte.

„Das ist ja mal ein guter Plan", lobte sie sich. Während sie auf den Aufzug nach oben zu ihrem Zimmer wartete, rekapitulierte Lexa ihre Aufgaben: Damit sie ihre Blutprobe aus dem Kühlschrank holen konnte, musste sie ins Labor. Um den dafür erforderlichen Generalschlüssel aus dem Hausmeisterzimmer zu holen, musste sie durch das offene Fenster einsteigen. Um dazu in den Innenhof zu gelangen, würde sie aus ihrem Behandlungszimmer auf den darunterliegenden Balkon klettern und sich von dort in den Innenhof hinablassen. „Genial."

In ihrem Zimmer angekommen, prüfte Lexa misstrauisch die übrigen Fenster, die in den Innenhof führten. Alle waren geschlossen und dunkel. Bis auf jenes im Erdgeschoss. Das war nur dunkel. Schnell öffnete sie ihr Fenster und stieg auf das Sims. Etwa drei Meter unter ihr schimmerte der Stahl-Balkon im Mondlicht. Lexa zögerte. Selbst wenn sie sich langsam herunterließ, würde sie mit ausgestreckten Armen immer noch ein Stück nach unten springen müssen. Kein Problem. Dumm nur, dass hinter dem Balkonfenster ein möglicherweise belegtes Patientenzimmer lag.

Wie laut war der Aufprall, wenn man aus gut einem Meter Höhe auf einen Stahlbalkon sprang? Wie wahrscheinlich war es, dass ein Patient im Krankenzimmer davon aufwachte? Und wie würde er reagieren, wenn er dann eine fremde Frau auf dem Balkon stehen sah?

Sicherheitshalber zog sich Lexa erst einmal ihr Physio-Hemd an. In einem blauroten Sweatshirt mit „Bronx"-Aufschrift war man verdächtig. In einem weißen Hemd hingegen gehörte man zur Klinik. So einfach war das. Klinikpersonal auf dem Balkon war viel weniger bedrohlich als irgendwelche Mädchen in Bronx-Pullis.

Als Lexa kurz darauf am Fenstersims ihres Behandlungszimmers hing, war sie sich nicht mehr so sicher.

„Eins, zwei, drei", zählte sie sich an und ließ dann los. Geschmeidig federnd landete sie fast lautlos auf dem Balkon.

„Vampire zeichnen sich im Allgemeinen durch katzengleiche Körperbeherrschung und verblüffende Reaktionen aus, die es ihnen über die Jahrhunderte hinweg ermöglicht haben, ihrer Beute nachzustellen...",

zitierte Lexa einen Satz, den sie sich aus dem 4. Kapitel des Vampire Beginners Guide gemerkt hatte. „Cool", ergänzte sie und schwang sich, von dieser Erkenntnis ermutigt, über das Geländer und sprang weitere drei Meter in die Tiefe auf den Kies des Innenhofs.

„Autsch!" Die katzengleiche Körperbeherrschung war noch verbesserungsfähig. In *Underworld* war die Vampirfrau viel eleganter durch die Sets gehüpft...

Lexa hielt sich jetzt nicht mit Filmkritik auf, sondern eilte über den leise knirschenden Kies zum Fenster des Hausmeisters, stieß es auf und wollte gerade hineinklettern, als es ohrenbetäubend schepperte.

Blitzschnell presste sich Lexa in den Schatten unter dem Fensterbrett und lauschte mit angehaltenem Atem in die sterbende Nacht. Bis auf das Bimmeln der ersten Trambahn, irgendwo draußen auf der Straße, blieb alles ruhig. Sie atmete langsam aus und schwang sich leise durch das Fenster und über die umgestürzten Ordner auf dem Fensterbrett hinweg in das Hausmeisterzimmer, das unangenehm nach kaltem Zigarettenrauch stank.

Schnell sah sich Lexa um. Ordner und Kisten in pedantischer Ordnung in einem Regal neben der Tür, ein Besen neben dem Waschbecken in der Ecke, ein Schreibtisch an der Wand mit einem dieser unsäglichen Kunstdrucke, mit denen das Krankenhaus vor zwei Jahren für ungeheures Geld dekoriert worden war. Der zerschlissene Kittel an der Tür verströmte dezenten Schweißgeruch, überlagert von Tabak und Schmierfett. Wie Hunde in der Stadt leiden mussten. Lexa jedenfalls empfand ihre neue Sinnenschärfe nicht als Bereicherung. Speziell ihren Geruchssinn nicht.

Rasch durchsuchte sie den Schreibtisch und seine Schubladen. Nirgends ein Schlüssel.

Ratlos sah sich Lexa um, überwand sich dann aber und durchsuchte die zerbeulten Taschen des Kittels. Vielversprechendes Klirren verriet, dass sie fündig geworden war.

„Na hoffentlich geht das ab jetzt glatter", murrte sie fünf Minuten später, während sie die verschiedenen Schlüssel des mächtigen Schlüsselbundes durchprobierte, bis endlich einer sperrte und Lexa durch die Tür ins Labor schlüpfte.

Der Geruch, der sie in dem unangenehm kühlen Raum empfing, war... besonders.

Vordergründig aufdringlich, voller Chemie und scharfer Sachen, von denen Lexa nichts verstand. Doch dann im Abgang, ganz hinten in der Nase, dort, wo man den Geruch schon fast schmecken konnte... da lag ein lieblicher Duft voller Verheißung, Lebendigkeit und Leben. Tief in Lexa erwachten Instinkte zu jungfräulichem Leben und sie ertappte sich dabei, wie sie sich aufgeregt die Lippen leckte, während sie mit in den Nacken gelegtem Kopf diesen Duft genoss.

Blut!

Lexas Magen knurrte fordernd.

„Oh Gott, ist das eklig", hauchte Lexa ihrem Verstand zuliebe, der von dieser Reaktion entsetzt war. Doch ihr Bauch hätte am liebsten geschnurrt. Viel Blut.

Damit hatte Lexa nicht gerechnet. Ihr Plan war so einfach gewesen. Ins Labor rein, Blutprobe aus dem Kühlschrank holen und weg.

Das Labor war ordentlich und mustergültig organisiert. Carlos und Pjetr waren in dieser Hinsicht elende Spießer, was Lexa schon oft bewitzelt hatte, auch wenn sie das gerade sehr zu schätzen wusste.

Schnell hatte sie ihre Probe gefunden und in die Tasche ihres Kittels gesteckt. Sie war schon fast durch die Tür, als sie stutzte. Gewohnheitsgemäß hatte sie das Licht ausschalten wollen und sich dabei fast geblendet. Erst jetzt, wo sie die Neonbeleuchtung versehentlich eingeschaltet hatte, fiel Lexa auf, dass sie die ganze Zeit im Dunkeln unterwegs gewesen war, ohne es auch nur zu bemerken.

„Na, das erklärt, warum mir tagsüber die Augen tränen", erklärte sie sich, schon weil es gut tat, eine vertraute Stimme zu hören, wenn man so unheimliche Entdeckungen machte. „Das liegt an den Stäbchen im Auge", erklärte sie auch gleich noch, denn im Mantel der Wissenschaft sieht alles längst nicht so grässlich aus. „Skoptisches Sehen braucht ein Vampir auch dringender als Blendtoleranz. Und es gibt ja richtig coole Sonnenbrillen..."

Und dann fiel ihr Blick auf den Schrank mit den Blutkonserven...

Sie erstarrte, in etwa so wie Grizzly, wenn er einen Vogel sah, als ihre Instinkte übernahmen. Oder vielmehr der Vampir in ihr, den sie noch nicht als Teil ihrer selbst akzeptieren wollte...

So musste sich ein Drogensüchtiger fühlen. Der Geruch war ja schon schwer zu ertragen gewesen, aber dieser Anblick war zu viel für das ausgehungerte Raubtier, das sich nicht länger mit Carpacchio, Steaks oder Blutwurst abspeisen lassen wollte.

Zitternd trat sie zu dem Schrank und strich sanft über die Glasscheibe... Welch herrlicher Anblick. Blut verfügt über eine samtene Grazie, die es sich selbst entwürdigt und heruntergekühlt in einem Plastikbeutel nicht nehmen lässt. Lexa atmete tief ein und blies langsam die Atmenluft durch die Nase wieder aus.

Sie gähnte und bemerkte dabei, dass selbst ihr Kiefer endlich aufgehört hatte, zu schmerzen. Prüfend fuhr sie mit der Zunge über ihre Zähne und erschrak. Tatsächlich waren (genau so wie es das Handbuch behauptet hatte) ihre Eckzähne deutlich spitzer und länger geworden. Nicht so lang wie die der Vampire im Kino, aber eindeutig über Normalmaß und allemal lang und spitz genug, um Haut zu durchdringen.

Lexa lief das Wasser im Mund zusammen, sie konnte gar nicht anders, als die Tür zu öffnen und sich wenigstens dem bisschen Geruch hinzugeben, der durch die sterile Verpackung den Weg nach draußen fand.

„Jetzt verstehe ich, warum im Beginners Guide gleich vier Kapitel dem Thema Disziplin gewidmet sind"; mahnte ihr Restverstand. „Das ist ja Wahnsinn..."

Nun, ihr Verstand war jedenfalls ziemlich spät dran, denn sie hatte – Lexa wusste wirklich nicht mehr wie und wann – längst einen der Beutel in der Hand.

„AB + kell neg."

Das las sich für Lexa ähnlich wie Mouton Grand Crû, Bordeaux oder so. Unverständlich aber äußerst verlockend.

„Nur einen winzigen Schluck" erklärte sie in einer ihrer Meinung recht gelungenen Persiflage auf Heinz Rührmanns Pfeiffer mit drei F aus der *Feuerzangenbowle*.

Vorsichtig schraubte sie den Verschluss des Beutels auf und führte ihn an die Lippen.

Als sie das Blut schmeckte, war es um Lexa geschehen. Mit einem wohligen Seufzen ließ sie zu, wie sich ihr Mund mit Leben füllte, wie Duft und Geschmack explodierten und sie sich mit neu gewonnener Begeisterung höchst sinnlichen Genüssen hingab.

Als sie stöhnend die Augen aufschlug und sich mit dem Handrücken über die Lippen fuhr, holte sie ihr Verstand wieder ein und versetzte ihr einen Dämpfer, der sich ungefähr so anfühlte, wie das eine Mal, als ihrem Lover das Kondom zerrissen war.

Fassungslos sah sie an sich herunter und dann auf das Blutbad am Fußboden. An ihren Manieren musste sie noch arbeiten. Und an ihrer Disziplin. Dringend!

„Nur einen Schluck, ja?", schimpfte Lexa, während sie die leeren Plastikbeutel einsammelte. sieben Stück, das war ja Wahnsinn. Ihre Stimme klang verwaschen und unscharf. Zuerst hatte sie gedacht, das könne an den neuen Zähnen liegen. Aber die Art, wie sich ihr der Boden entgegenkrümmte, als sie sich bückte, ließ sie das nochmals überdenken. Leicht schwankend richtete sich Lexa wieder auf.

„Und wie sehe ich überhaupt aus?" Im dunklen Spiegelbild wirkte sie wie ein etwas armseliger Vampirkomparse; kein besonderer, sondern einer von der Sorte, die in spätestens der zweiten Szene im Film an Knoblauch oder einem verirrten Sonnenstrahl sterben – mit freundlicher Unterstützung der eigenen Trotteligkeit und der Blutrünstigkeit von Regisseur und Drehbuch. Unsicher stützte sie sich an der Kante des Labortisches ab, sie fühlte sich wie nach zu viel Tequila. Viel zu viel Tequila.

Sie würde Zuhause in ihrem Handbuch nachlesen, welche Nebenwirkungen übermäßiger Blutkonsum mit sich brachte. Der Begriff *Blutrausch* erhielt plötzlich jedenfalls eine Doppelbödigkeit, die Lexa im Augenblick sogar sehen konnte. Sie hatte ganz schön gewütet.

Was sollte sie nur tun? Eine einzelne Blutprobe konnte schon mal verloren gehen. Das sollte nicht passieren, aber es kam gelegentlich vor. Aber ein zur Hälfte ausgetrunkenes Kühlfach mit Blutkonserven würde für Gerede sorgen. Vor allem wenn Maya davon erfuhr – und das geschah eher früher als später, schon weil auch die Medikamente in diesem Trakt gelagert wurden.

„In die Apotheke könnten ja ein paar Freaks einbrechen", überlegte Lexa laut, „aber wer knackt schon die Blutbank?"

Lexas Spiegelbild grinste, was etwas seltsam anzusehen war, weil die Zähne ebenso wie das blutverschmierte Gesicht ihm ein etwas seltsames, verwegenes Aussehen verliehen. Bei dem Anblick kicherte sie beschwipst.

Schweren Herzens riss sie zwei weitere Blutkonserven auf und verteilte sie großzügig im Raum. „Champagner spritzt besser." Sicherheitshalber drapierte sie noch ein paar dynamische Spritzer quer über die Wand.

Dann riss sie ein paar Ordner aus den Regalen und stieß zwei Bürostühle um.

„Dieser Vandalismus heutzutage ist schockierend!"

Lexa gluckste albern, schämte sich dafür und verließ dann den Tatort.

Sie schloss die Tür sorgfältig und wischte die Klinke mit ihrem Kittel ab – der Fingerabdrücke wegen. 30 Jahre sonntägliches Tatort-Schauen bilden. Und dann trat sie die Tür wieder ein. Lexa legte all ihr Gewicht in den Tritt, damit das Schloss auch wirklich aufsprang.

„Autsch!" Lexa hatte nicht damit gerechnet, dass ihr Manöver so wirkungsvoll sein würde. Mit einem einzigen Fußtritt hatte sie doch tatsächlich die massive Tür fast aus den Angeln gesprengt und dabei prompt das Gleichgewicht verloren. Jeder Martial Arts Kämpfer würde sie auslachen. Andererseits – für einen Anfänger war das gar nicht schlecht gewesen.

Schwerfällig stand sie wieder auf und wartete, bis das Schwindelgefühl nachließ. Bluträusche funktionierten auch nicht anders als normale. Jedenfalls die nach dem Konsum, korrigierte sie sich etwas verlegen.

Ein Glück, dass niemand im Gang unterwegs war. Um diese Zeit allerdings auch kein Wunder. Hastig wandte Lexa sich um und ging dann zurück zur Treppe. Wie sollte sie nun den Schlüssel wieder zurück in den Hausmeisterraum bringen. Normalerweise hätte sie einfach die Tür zugezogen und sich darauf verlassen, dass der Hausmeister am nächsten Morgen annehmen würde, er hätte vergessen, abzuschließen. So etwas kam schon mal vor und angesichts der Aufregung, die das Chaos im Labor auslösen würde, würde sich keiner weiter darüber Gedanken machen. Theoretisch. Doch in diesem Fall war der Hausmeister zugleich Großmeister der Pedanten. Er würde niemals vergessen, irgendwo abzuschließen. Und er wurde auch nicht müde, das immer und immer wieder zu betonen. Vor allem, weil er das Fenster auch nur deshalb offen gelassen hatte, um so das einzige Laster zu vertuschen, das er hatte – die verhängnisvolle Angewohnheit, heimlich in seinem Arbeitszimmer zu rauchen. Daher würde es auch niemandem auffallen, dass sie dort gewesen war, wenn sie nur die verflixte Tür zum Hausmeisterbüro abschloss und den Schlüssel zurück an seinen Platz brachte.

Dann aber blieb Lexa nichts anderes übrig, als den beschwerlichen Weg zurück über den Innenhof zu nehmen.

„Beschwerlich ist die Untertreibung des Jahrhunderts", bemerkte Lexa kurz darauf im Innenhof und kicherte darüber so, dass sie rülpsen musste. Etwas, das man nicht tun sollte, wenn man gerade mehrere Liter Blut konsumiert hatte.

„Puh!"

Mehr als einen Meter außerhalb ihrer Reichweite befand sich der Balkon den sie erklimmen musste, um von dort über die Mauer zu ihrem Fenster zu steigen, dem einzigen Weg, über den sie den blöden Innenhof wieder verlassen konnte.

„Na dann wollen mir mal sehen, ob man auch mit einem Blutschwipps noch von katzengleicher Körperbeherrschung ist", ermutigte sich Lexa, trat zwei Schritte zurück, um mit Anlauf wie ein Basketballspieler loszuhüpfen. Tatsächlich gelang es ihr, den unteren Rand des Balkons zu fassen und hing nun mit ihrem gesamten Gewicht an der schmalen Kante, die schmerzlich in ihre Finger schnitt.

Lexa atmete ein, spannte sich und nutzte den Schwung, um auch ein Bein auf den Stahlträger zu bekommen, der den Balkon stützte. Dann löste sie eine Hand und packte das Geländer. Mit einem leisen Scheppern rutschte sie ein Stück ab, doch zum Glück konnte sie auch mit der anderen Hand umgreifen. Nicht sehr elegant, aber im Ergebnis in der richtigen Richtung zog sich Lexa dann schwerfällig über das Geländer auf den Balkon.

Sie sah sich schnell um.

Die Fassade des Gebäudes war mit Fugen verputzt, sodass sie eigentlich den Meter bis zu ihrem Fenster klettern können sollte, wenn sie vorsichtig war...

„Ist da wer", krächzte in dem Augenblick eine schlaftrunkene Stimme aus dem Zimmer hinter dem Balkon. „Einbrecher?!"

„Natürlich", fluchte Lexa und sah sich panisch um. „Wer bricht schon im ersten Stock in ein Patientenzimmer ein?"

„Hilfe! Einbrecher!"

Lexa duckte sich und sprang.

„Angst verleiht Flügel", hustete sie, als sie mit der Brust gegen ihr Fensterbrett knallte. Oder vielleicht auch der Verzehr von Blutgruppe AB, Rhesus negativ. Jedenfalls war sie gerade – wie auch immer – ohne Probleme über einen Meter in die Luft gesprungen. Sie stützte sich ab und zog sich mit einem Ruck hoch genug, um durchs Fenster in ihr

Zimmer zu rutschen. Einen Stock tiefer hörte sie, die herbeigeeilte Schwester die Balkontür öffnen.

„Nun sehen sie doch, Herr Schuster, da ist niemand. Wer soll auch in ein Patientenzimmer im ersten Stock einsteigen?"

„Eben", sagte Lexa, schloss leise ihr Fenster, zog den Vorhang zu und sackte erschöpft auf ihre Therapeutenliege.

Ihr Herz raste und in ihren Ohren klingelte es.

Was sprach dagegen, hier ein Nickerchen zu machen? Sie würde einfach warten, bis sich die Aufregung gelegt hatte, wenn man sie nicht sah, würde man das Chaos im Labor im Untergeschoss des anderen Trakts niemals mit der Physiotherapeutin aus dem zweiten Stock in Verbindung bringen. Zum Thema *Vorsicht* war das Handbuch fast ebenso gründlich wie zu *Disziplin*:

> *„Ein Vampir ist gut beraten, wenn er nicht am Ort des Zugriffs verweilt. Zwar sondert er bei seinem Biss ein Sekret ab, das die Erinnerung seiner Beute zu einer diffusen Erinnerung verblassen lässt, doch ist er dadurch allein vor Entdeckung nicht geschützt..."*

Eigentlich schien das Buch ganz nützlich zu sein. Wenn sie nur wüsste, wer es ihr zugespielt hatte. Baghira wohl kaum, denn dem war ja offenbar ziemlich egal, was mit ihr geschah. Immerhin hatte er sie erst vergiftet, dann missbraucht – oder sie jedenfalls irgendwie zu einer wilden Orgie verführt – und dann auch noch grob fahrlässig vampirifiziert.

Gähnend streckte sich Lexa auf ihrer Liege. Zu Rettung seiner ohnehin nicht vorhandenen Ehre räumte sie ein, dass Baghira, der elende Dreckskerl, ihr dann aber vielleicht gar keine K.O.-Tropfen verabreicht, sondern sie nur mit seinem Biss betäubt hatte. Nun, das war auch nicht viel besser.

Andererseits – irgendwie beruhigte es Lexa, dass ihre Opfer – die unschuldigen Blutkonserven aus dem Labor – wenigstens nicht hatten leiden müssen. „Ernährungstechnisch muss ich mir für die Zukunft auch was einfallen lassen", bemerkte sie noch, bevor sie erschöpft einschlief. Blutbanküberfälle wären auf Dauer keine Lösung.

5 – NUR GETRÄUMT

„Stell Dir vor, was passiert ist!"

Lexa, die vom hektischen Klingeln ihres Handys überhaupt erst aufgeweckt worden war, blinzelte eulengleich und gähnte erst einmal ausgiebig, bevor sie sich – nunmehr mit wieder ordentlichem Gebiss und sauber verstauten Vampirzähnchen – Maya widmete. Es waren diese Kleinigkeiten, an die sie sich schleunigst würde gewöhnen müssen.

„Hallo? HALLO! Lexa? Hörst Du mich?"

„So wie du schreist, braucht es gar kein Handy, um dich zu hören", beschwerte sich Lexa und hielt ihr Telefon in einiger Entfernung zu ihrem Ohr. „Was ist denn?"

„Du glaubst es nicht", schepperte Maya von solchen Ermahnungen wie stets unbeeindruckt weiter aus dem Handy. „Du glaubst es einfach nicht. Ich hätte es ja selbst nicht für möglich gehalten. Und das in unserem Haus..."

Aus leidgeprüfter Erfahrung wusste Lexa, dass es überhaupt nichts brachte, ihre Freundin aus ihrem eigenen, zugegebenermaßen höchst eigenwilligen Erzählrhythmus zu reißen. Jeder Versuch in diese Richtung würde nach einem Exkurs in Klagen und Beschwerden unweigerlich zu genau der Stelle der Unterbrechung zurückführen, von dem aus Maya nahtlos an ihren Bericht anknüpfen würde.

Stattdessen streckte sie sich und richtete ihre Kleidung. Verräterische Blutspritzer bewiesen, dass sie den Exzess mit den Blutkonserven nicht nur geträumt hatte und weckten diffuse Gefühle zwischen satter Zufriedenheit und ängstlicher Scham. Lexa spähte kritisch aus dem Fenster. Sie hatte nicht erwartet, dass sie in ihrem Kämmerchen auf der Massageliege tatsächlich gleich für mehrere Stunden einschlafen würde. Lexa war immer schon eher ein Nachtmensch gewesen und hasste den eher auf morgendliche Aktivität ausgerichteten Klinikbetrieb daher auch von Herzen. Aber ihr derzeitiger Biorhythmus würde eher zu einer Eule passen. Oder einer Fledermaus. Sie verzog unglücklich das Gesicht. Das wäre natürlich eine Erklärung, die jedes Klischee bediente.

Von der Fledermaus zum Vampir war es nicht weit, und dass Lexa eigentlich ihr bisheriges Leben sehr gern hatte und gar keine Veranlassung sah, zu einer blutrünstigen mottenzerfressenen Flatterlufteinheit zu wechseln, interessierte keinen. Natürlich!

Wobei im Handbuch nichts über Flugmanöver gestanden war. Offenbar war dieser eine, ihrer Ansicht nach wirklich spannende Aspekt der Standard-Vampirausstattung vermutlich der eine, der ins Reich der Märchen gehörte. Sie blinzelte kritisch durch den Vorhang in die bereits wieder tief stehende Sonne und unterdrückte dann das unweigerlich ausgelöste Niesen.

Immerhin schien auch das mit der alles verbrennenden Wirkung des Sonnenlichts auf den Vampirkörper eine Übertreibung zu sein. Ein schwacher Trost ist besser als gar keiner.

„Hallo? Lexa? Bist Du noch da?"

„Wie? Äh ja, natürlich. Das ist ja wirklich skandalös. Um was geht es?"

Maya schnaubte entrüstet in den Hörer. „Um den Einbruch unten im Labor. Hörst Du mir überhaupt zu?"

„Was für ein Einbruch? Ich bin offen gestanden während Deiner Entrüstungsvorbereitungen ausgestiegen", gab Lexa zu und versuchte, ihr plötzlich heftig pochendes Herz zu ignorieren. „Carlo hat den Einbruch vorhin entdeckt. Ein paar Vandalen haben die Tür zur Blutbank eingetreten und mit den Konserven herumgespritzt. Schiere Zerstörungswut. Vermutlich Junkies, die es eigentlich auf Medikamente abgesehen hatten."

„Was wollen die dann in der Blutbank?" fragte Alex und verfluchte sich im selben Augenblick. Es war doch egal, warum man eine falsche Fährte verfolgte, solange man es tat. Aber das fiel ihr wie üblich zu spät ein. „Wäre da ein Einbruch bei Dir nicht sinnvoller?"

Maya lachte. „Lohnender auf jeden Fall – falls er gelänge. Die Pharmazie ist gut gesichert, mit schweren Türen, guten Schlössern und einer Überwachungskamera. Wobei die Tür zum Labor haben die Rabauken ja auch eingetreten, da hilft ein Schloss gar nichts. Carlo sagt, sie sei förmlich aus den Angeln gedroschen worden. Das können nur Profis gewesen sein."

„Treten Profi-Einbrecher Türen ein? Ich dachte immer, dafür gäbe es Dietriche..."

„Profi-Einbrecher schon... Carlo meinte eher, das müssten Profi-Kickboxer oder so gewesen sein. Wenn man nicht die richtige Spannung und den richtigen Schwung hat, tut man nämlich nur sich und nicht der Tür weh."

„Hm", brummte Lexa, deren Kampfsporterfahrungen sich auf das gelegentliche Verhauen des kleinen Bruders in Kindertagen beschränkten. „Carlo muss es ja wissen."

Carlo war neben seiner traurigen Laborratten-Existenz begeisterter Martial-Arts-Fan und ging dafür dreimal wöchentlich ins Training und mindestens viermal ins Kino.

„Warum hast Du mich aber eigentlich angerufen? Wohl kaum, um mir von Carlos Nöten zu berichten, die Geschichte sichert doch Gesprächsstoff für alle Mittags-, Zigaretten- und Kaffeepausen der nächsten Woche", nützte Lexa Mayas Schweigen für einen ihr hochwillkommenen Themenwechsel.

„Ron und ich gehen heute Abend ins Kino und da Dave ja bei Ron wohnt, wollte ich fragen, ob Du nicht auch mitkommen willst. Nachdem dein dunkler Lover verschollen ist und Du den Polizisten abgesägt hast, wirst Du ja offen für Neues sein."

„Ja genau" grinste Lexa. „Und Dir geht es ja auch ausschließlich um die Erfüllung meines ohne männliche Begleitung sinnbefreiten Daseins und nicht etwa darum, dass jemand den kanadischen Anstandswauwau ablenken soll, während Du mit Deinem neuen Teddy-Bärchen hemmungslos herumknutschen willst."

„Schließt sich das aus?" fragte Maya pikiert. „Ein guter Plan verfolgt drei Ziele. Und wenn ich auf meinen Spaß komme und Du Dich ablenken kannst und Dave noch einen positiven Gesamteindruck von deutscher Gastfreundschaft gewinnt, ist doch allen gedient. Jetzt tu doch nicht so moralisch. Das ist aus Deinem Mund ungefähr so glaubhaft wie Steuersenkungen im Wahlkampf."

Beim Gedanken an Daves eisblaue Augen, die irgendwie immer etwas mehr wussten, als sie erzählen wollten und etwas mehr sagten, als Dave in seinem schauerlichen Kauderwelsch aussprach, war sich Lexa nicht so sicher. Unter normalen Umständen hätte sie dieses Abenteuer gesucht, gefunden und genossen – aber im Augenblick war ihr diesbezüglicher Bedarf überreich gedeckt.

„Lexa…? Jetzt lass Dich nicht so bitten", flehte

Maya. „Mir ist Ron wirklich wichtig. Das ist nicht nur so eine Fingerübung für zwischendurch. Und es liegt auch nicht an dem sagenhaft animalischen Sex, den wir haben – also nicht nur. Nein..." Maya zögerte und ihre Stimme wurde weich. „Bei Ron fühle ich mich so geborgen, komme zur Ruhe... Das könnte echt was Ernstes werden."

„Was für einen Film wollt ihr denn sehen", fragte Lexa resigniert. „Ich will was Lustiges. Zur Zeit hab ich wenig genug zu Lachen."

„Dir geht es nicht so gut, hm?" Einer von Mayas großen Vorzügen war, dass sie immer und jederzeit hilfsbereit war. „Hat Dir dieser Typ den Kopf mit seinen Küssen verdreht – oder doch eher den Magen mit diesen K.O.-Tropfen? Mick hat gesagt, Du wolltest Dich nicht noch mal untersuchen lassen? Lexa, das Zeug kann gefährlich sein. Hör auf mich und hör auf Mick."

„Mick ist so ein Klatschmaul! Warum hält er sich eigentlich unter Freunden nie an das Patientengeheimnis?"

„Das tut er. Nur bei Dir macht er eine Ausnahme. Zu Deinem Besten. Das ist ein übergesetzlicher Notstand, angesichts Deiner Unvernunft", erklärte Maya, die mal mit einem Strafverteidiger gegangen war. „Außerdem bin ich auch zur Berufsverschwiegenheit verpflichtet."

„In eine Komödie gehe ich mit", wiederholte Lexa kühl. „Und am Liebsten nicht in eins von den Riesenkinos, sondern in ein nettes kleines mit Atmosphäre statt überteuertem Popcorn."

„Okay." Maya lachte zufrieden. „Wir treffen uns einfach vorher auf einen Happen zum Essen und beraten gemeinsam."

Wieder Zuhause angekommen, setzte sich Lexa an den Tisch und blätterte in ihrem Handbuch, um die Erlebnisse rund um ihren Banküberfall zu verarbeiten, den sie lieber nur geträumt hätte.

Gehörten Profi-Kicks zur Standardausrüstung eines Vampirs?

Kapitel 4, das ausführlich die Merkmale des Vampirismus behandelte, hielt die Frage offen.

> *„Vampire sind in ihrer Leistungsfähigkeit nicht konstant. Wesentliches Merkmal dieser Erscheinungsform ist ihre Intoleranz gegenüber Candela, sodass sie selbst bei in normalem Tageslicht vorkommender Lichtstärke von 1000 cd erhebliche Leistungseinbußen verzeichnen, durch die sie deutlich selbst hinter den Leistungshorizont eines normal trainierten Menschen bleiben. Währenddessen verfügen sie in einer Candela-reduzierten Umgebung von einer Kraft und Ausdauer, die deutlich über der Leistungsfähigkeit dessen liegt, was selbst ein spezialisiert austrainierter Mensch zu leisten im Stande wäre. Durch diese Diskrepanz ist das individuelle Leistungsgefälle zwischen Tag und Nacht für die meisten Vampire so belastend, dass eine psychologische Komponente in Form von Frustration zu einer weiteren Reduzierung der objektivierbaren Leistungsfähigkeit und -bereitschaft führt. Um diesen Effekt wenigstens zu minimieren, wird dringend die Beachtung der Empfehlungen in Kapitel 9 – Disziplin bei Tage – empfohlen."*

Lexa legte das Buch wieder beiseite, recherchierte kurz bei Wikipedia nach Candela und grübelte. Wenn sie also nachts sagenhaft stark und ausdauernd war, könnte das erklären, warum sie mit Kraft statt Technik die Tür demoliert hätte. „Wo rohe Kräfte sinnlos walten, kann kein Knopf die Hose halten", kicherte sie hysterisch. „Und geht es dabei um Vampüre gilt das auch für die Blutbanktüre."

Mit einem Blick auf die Uhr, vertagte Lexa ihre Recherchen auf einen späteren Zeitpunkt, füllte, für den Fall, dass der Herr Kater hungrig von seinem Kitty-Business nach Hause kam, etwas Futter in den Napf, und verzog sich erst einmal ins Bad. Gerade weil sie Dave so gar nicht einschätzen konnte, wollte sie, dass sie gut aussah. Es war schon seltsam. Wenn ihr ein Mann egal war, wollte sie gut aussehen, wenn sie einen Kerl nicht leiden konnte, wollte sie sehr gut aussehen und erst dann, wenn sie einen mochte – dann wagte sie es, sich auch einmal ungeschminkt zu zeigen. Mit zu kleinen Augen, der leicht schiefen Oberlippe und den etwas unvorteilhaften Pölsterchen unterhalb der Hüftknochen. Dabei sollte man doch gerade für diese Männer, besonders schön sein wollen...

„Letztlich ist alles nur Lug und Trug und eine Maskerade", erklärte sie ihrem Spiegel, während sie kritisch den nur langsam verblassenden Knutschfleck musterte.

Wieder überfielen Lexa dunkle Erinnerungen an die Nacht, als Baghira wie ein übermächtiger schwarzer Schatten über sie gekommen war und sie panthergleich angefallen hatte. So dass sie gar nicht anders gekonnt hatte, als sich ihm zu ergeben, seinen forschenden Händen, seinem Mund, der sie geküsst und gebissen und schier in den Wahnsinn getrieben hatte. Keine Frage – es war großartiger Sex gewesen, wenngleich zu einem unverschämt hohen Preis.

Und wie immer blieb an dieser Stelle das Gefühl, betrogen und benutzt worden zu sein. Zornig bearbeitete Lexa mit der Puderquaste ihren Hals, bis nur noch ein leichter Schatten auf die verräterischen Male hinwies – und das auch nur, wenn man genau schaute und wusste, wonach man suchte.

„Das habe ich jetzt davon." Lexa dachte an ihre Mutter, die sie seit Jahren nervte, sie möge sich doch endlich einen Mann suchen, aufs Land ziehen und drei bis sieben Kinder in die Welt setzen. Vielleicht wäre das wirklich vernünftiger gewesen. „Ob ich das jetzt noch mache?" Sie hatte gelesen, dass man auch durch Geburt Vampir werden konnte, was darauf hindeutete, dass sie theoretisch noch gebärfähig war. Doch wollte sie einem Kind so ein Leben zumuten? Sie dachte an Christian, ihren Polizisten, den sie vor einigen Monaten wegen seines immer drängenderen Kinderwunsches verlassen hatte. Wie dumm der schauen würde, wenn er ein Vampirkind bekäme.

Obwohl es eigentlich überhaupt nicht lustig war, musste Lexa lachen.

Inzwischen war es spät genug, um wieder einmal zu spät zu sein. Lexa war außer zu Morgenterminen meist pünktlich und daher fiel ihr das auch auf. Wer allerdings mit Maya befreundet war, begann schnell, sich selbst ein Zeitpolster zuzulegen, denn sonst verbrachte man erhebliche Teile seines Lebens allein wie bestellt und nicht abgeholt in irgendwelchen Cafés, vor Kinos, im Foyer eines Theaters oder an der Bar angesagter Clubs und wartete, bis Mayas höchst individuelle Stunde geschlagen hatte. Wann es soweit war, wusste kein Mensch mit Sicherheit und wahrscheinlich noch nicht einmal Maya selbst, wie Mick irgendwann einmal frustriert festgestellt hatte. Sicher war nur – es war mindestens eine Viertelstunde nach Ortszeit.

Deshalb bemühte sich Lexa, all ihren Instinkten zum Trotz, zu Verabredungen mit Maya immer ebenjene Viertelstunde zu spät zu kommen.

Als sie zurück in die Küche ging, um vom Buffet ihre Handtasche zu holen, warf ihr Grizzly von der Fensterbank einen strengen Blick zu.

„Schau nicht so", rügte Lexa. „Wenn Du mal etwas früher nach Hause kämst, würde ich Dich auch kraulen. Aber tröste Dich, Dein Futter ist schon im Fressnapf. Tschüss!"

Ein Blick in den Spiegel entlockte Lexa ein zufriedenes Grinsen. Das tief ausgeschnittene graue Etuikleid mit dem Rollkragenpulli verbarg den Knutschfleck, nicht aber ihren Sex Appeal. Wenn Maya verliebt war, legte sie immer viel Wert auf einen guten Auftritt. Und da wollte Lexa nicht zurückstehen.

„Kleid – Check", verkündete sie ihrem Spiegelbild. „Mantel – Check. Schal – Check. Hochsteckfrisur – Check. Siefel – Check. Da wird dieser kanadische Holzfäller blöd schauen!"

„Hast Du heute noch ein Date", fragte Dave, der als erster in dem kleinen Café eingetroffen war, das Maya zu ihrem Treffpunkt bestimmt hatte. Wenn er beeindruckt sein sollte, ließ er es sich jedenfalls nicht anmerken. Stattdessen rührte er bedächtig Zucker in seinen Kaffee.

„Nein", sagte Lexa. „Nicht direkt, darum gehe ich

heut auch mit Dir aus. Andererseits hat allzeit bereit noch selten gereut."

„See your point." Mit schief gelegtem Kopf schenkte ihr Dave ein wölfisches Grinsen. „Deine Mühe erklärt, warum du bist late."

Der eingebildete Kerl wusste natürlich nicht von Mayas Zeitverschiebung und war pünktlich gewesen. Lexa kam sich ertappt vor, setzte sich aber kommentarlos und lehnte die von dem unbeholfenen studentischen Aushilfskellner herbei gebrachte Speisekarte ab. „Einen Milchkaffee bitte!"

„No!", fuhr Dave heftig auf. Doch als er gleich zwei irritierte Augenpaare auf sich ruhen sah, schüttelte er entschuldigend den Kopf. „Sorry. Ich glaube nur, dass es nicht clever von Dir ist, jetzt Kaffee zu trinken."

Lexa blinzelte irritiert. „He, ich bin ein großes Mädchen und auch noch ein paar Stunden auf."

„Believe me", sagte Dave eindringlich und warf ihr einen schwer zu deutenden Blick aus diesen unfassbar blauen Augen zu. „Es ist nicht clever."

„Was soll ich jetzt bringen?" fragte der Student und schob demonstrativ genervt seinen Kaugummi von der einen Backe in die andere.

„Einen Tee." Lexa ärgerte sich über ihre plötzlich belegte Stimme.

„Kanne oder Tasse? Schwarz, grün, Roibusch, Pfefferminz, Kamille?"

„Roibusch", sagte Dave.

„Kanne", warf Lexa schnell ein, um wenigstens irgendwas zu sagen.

„Okay", stimmte der Student zu und ging wieder.

Zurück blieb peinliches Schweigen.

„Erst dachte ich, Du wärst von der Front gegen Kaffeekonsum zur Befreiung des Muckefucks. Aber da Du selbst ja gerade vor einer Tasse Kaffee sitzt, tippe ich, dass Du zu irgendeiner abgefahrenen Sekte gehörst, die es für unziemlich hält, wenn Frauen Männergetränke bestellen."

„Vielleicht will ich den Feind studieren", sagte Dave und inspizierte demonstrativ seine Kaffeetasse von allen Seiten.

„Vielleicht willst Du mir sagen, warum ich keinen Kaffee trinken soll?"

Dave stellte bedächtig seine Tasse zurück auf ihren Unterteller und setzte dann zu einer Antwort an.

„Hallo Ihr Süßen!", rief in diesem Augenblick Maya mit seltenem Gespür für den denkbar schlechtesten Augenblick. „Stellt Euch vor, ich hab kein Taxi bekommen. Ron kommt auch gleich. Da ich mich verspätet habe, hat er schon mal die Karten geholt, der Süße."

„Ich dachte, wir überlegen hier gemeinsam, in was für einen Film wir gehen", fragte Lexa irritiert. Was hatte Dave antworten wollen?

„Ja so war der Plan, aber dann ist mir eingefallen, dass wir dann womöglich für den einen wirklich guten Film keine Karten mehr bekommen. Und darum dachten Ron und ich, holen wir lieber gleich die Karten."

„Ron und du?" Dave musterte Maya mit einem strengen Blick. „I see."

Maya grinste. „Schau nicht so streng, Dave. Wir haben es nur gut gemeint. Und jetzt haben wir ganz tolle Karten für Red Riding Hood – das ist eine moderne Interpretation von Rotkäppchen. Deutsche Literaturgeschichte, ideal für einen ungebildeten Kanadier. Und mit Werwölfen drin. Das ist spannend und Ron steht auf so etwas."

„Ich wollte was Lustiges sehen", warf Lexa ein und fragte sich gerade, warum sie eigentlich mit Maya befreundet war.

„Das wird bestimmt lustig." Maya drehte sich empört zu ihr. „Ich meine... Hallo? Werwölfe bei Rotkäppchen? Das muss lustig werden. Das kann doch nicht ernst gemeint sein, oder? Und selbst wenn – dann ist es mindestens unfreiwillig komisch – und das sind ja immer die lustigsten Filme. Meine Güte, Lexa! Jetzt schaust Du ja noch strenger als unser kanadischer Freund hier. Gleich beißt Du mich!"

„Better not", murmelte Dave, doch da kam der Kellner.

„Ihr Tee."

„Für mich einen doppelten Espresso", orderte Maya, der Dave das kommentarlos durchgehen ließ.

Lexa warf dem seltsamen Kerl einen fragenden Blick zu, doch der ignorierte das. „Also keine Sekte", stellte sie trocken fest. Dave ignorierte auch Mayas irritierten Blick und winkte stattdessen Ron, der gerade in der Tür stehen geblieben war.

Ron kam und bestellte sich auch einen Kaffee.

Lexa, die damit als einzige Tee trank, obwohl sie eigentlich keinen gewollt hatte, sah zu, wie ihre Laune in immer tiefere Abgründe sank. Sie mochte keinen Roibusch-Tee und auch keine Fantasyfilme, die ihr aus Kindertagen lieb gewonnene Geschichten fledderten. Und sie hatte auch keinerlei Interesse daran, ihre Zeit einer so genannten Freundin zuliebe mit diesem ungehobelten Kerl zu verbringen. Sie spürte, wie ihr Kiefer spannte und fuhr unwillkürlich mit der Zunge über ihre gut verstauten Eckzähne, während sie wenigstens etwas Milch in ihren Tee rührte und gleich auch noch Ron seine Milch stibitzte.

„Disziplin ist die Basis", erklärte Dave gerade mit viel Nachdruck Ron, sah dabei aber Lexa an.

„Ich bin erstaunt, dass Du untertags noch nicht genug von Werwölfen hast", schaltete sich Lexa nun selbst in das Gespräch ein. „Ich meine, ihr trainiert den ganzen Tag mit welchen?"

„Ich finde Wölfe in allen Lebenslagen spannend", sagte Ron. „Wölfe sind jetzt mein Leben."

„Das ist Commitment, Respekt!" Dave wirkte aufrichtig erfreut und Lexa hatte schon wieder das Gefühl, als würde das eigentliche Gespräch auf einer ganz anderen, unausgesprochenen Ebene geführt werden.

Maya lehnte sich zu Ron und hauchte ihm etwas ins Ohr, das Ron erröten ließ.

„Gern", sagte er mit belegter Stimme und hauchte ihr einen Kuss auf die Wange. „Du bist ohnehin die gefährlichste Frau, die ich kenne."

„Kaum", sagte Dave.

„Wie charmant", lachte Maya und wandte sich dann an Lexa. „Ich habe Ron heute Nachmittag mein Reich gezeigt. Er war von all den Pülverchen und Pillen sehr beeindruckt. Aber ich habe ihm schon gesagt, dass ich ihn auf gar keinen Fall dopen werde."

„Als würden Werwölfe so was brauchen!"

Lexa hatte eigentlich einen Scherz machen wollen, aber Ron sah sie an, als hätte sie ihn beim Klauen erwischt und schielte dann fast ängstlich zu Dave, der mit einer lässigen Geste abwinkte. „Zahlen wir. Lets go! Sonst kommen wir zu spät zum Movie."

Gut zwei Stunden später war Lexas Laune auch noch nicht nennenswert besser. Sie hatte sich mit Dave eine Tüte Popcorn geteilt und dabei prompt auf eine Maiskapsel gebissen, sodass ihr jetzt nicht nur die Eckzähne, sondern aus viel banalerem Grund auch der rechte Backenzahn wehtaten. Dann hatte sie versucht, das verliebte Teeniekichern zu ignorieren, mit dem Maya und Ron sich einen ganz und gar nicht sehenswerten Film hindurch die endlose Zeit vertrieben hatten.

Dave hatte, als der Werwolf das erste Mal erschienen war, herzlich gelacht. Doch dann auch nicht mehr. Lexa hatte überlegt, ob sie ihn küssen sollte. Das hätte zumindest geholfen, die Zeit bis zum Abspann zu überbrücken und Dave sah auf seine Weise wirklich nicht schlecht aus. Aber irgendwie hatte sie sich nicht getraut. Obwohl er ein völlig anderer Typ als Baghira war, erinnerte auch er sie an ein Raubtier. Verströmte Gefahr aus jeder Pore, verstörte sie, wenn er ihr unverschämt den Kaffee abbestellte...

„Ich fand die Idee clever, eine Connection zwischen einer Legende mit einem Märchen. Doch das war ein Disappointment."

„Da sprichst du ein wahres Wort gelassen aus", schnaubte Lexa, während sie neben Dave erneut Maya und Ron durch die nächtlichen Straßen auf der Suche nach einer netten Bar folgte. „Ein Girlie zwischen zwei Posterboys, gefangen im Sumpf ihrer Hormone und einem Werwolf, dem irgendwie das Raubtier keiner abnimmt. Ich meine, hast Du die Leichen gesehen? Die sahen allenfalls angekratzt aus, aber nicht so, als hätte sie eine blutrünstige Bestie zerfetzt."

„Du weißt, wie das eine blutrünstige Bestie macht?", fragte Dave belustigt.

Lexa lachte und verdrängte Erinnerungen an die Blutbank. „Ja. Ich habe einen Kater, der sich in Mäusekreisen durchaus des Rufs einer solchen erfreut. Und ich habe mehr als eines seiner Opfer im Hausmüll bestattet."

„Es ist nicht gut, wenn man Bestien harmlos macht", sinnierte Dave. „So verliert man die Angst. Doch ist nicht eine Bestie in jedem von uns?"

Dabei war er stehengeblieben, sodass Lexa sich notgedrungen nach ihm umdrehte. Für einen Augenblick leichteten seine Augen im schwachen Licht der Straßenbeleuchtung wie die eines Raubtiers und unwillkürlich überlief Lexa eine Gänsehaut, bevor tief in ihr etwas erwachte, das jeder Bestie problemlos die Stirn bieten konnte. Stark, furchtlos und blutrünstig... Prompt erschrak Lexa vor sich selbst. Rasch drehte sie sich um und ging weiter, bemüht, wieder zu Ron und Maya aufzuschließen.

„Wieso gehen wir da nicht hinein" rief Lexa und wies auf eine Bar, an der die beiden Turteltäubchen prompt vorbeigelaufen waren. „Red Moon, das sagt mir irgendwas."

„Mir nicht", sagte Maya. „Der Schuppen muss neu sein."

Lexa stutzte. Dann fiel es ihr ein. Das *Red Moon* wurde im Vampire Beginners Guide als In-Kneipe empfohlen. Egal...

„Na, dann sehen wir ihn uns jetzt eben an."

„Klar!" Lachend zog Maya ihren Ron die Treppe hinunter ins Innere der Kellerbar.

Dave folgte gemessenen Schrittes. „Nach einem flachen Movie ist dir wohl noch nach real Adventure", grinste er, als er an Lexa vorbei die Stufen hinunter ging.

Plötzlich war sich Lexa nicht mehr so sicher.

Das Innere der Bar sah aus, wie man es von einer brauchbaren Münchner In-Kneipe erwarten konnte. Moderne Einrichtung in rot-schummriger Beleuchtung mit der üblichen Mischung modisch herausgeputzter, auf Erfolg gebürsteter Menschen. An den Wänden hingen Szenenbilder aus Polanskis *Tanz der Vampire* und den alten *Dracula*-Filmen mit Christopher Lee. Während Dave mit seinem schwarzen Mantel und dem weißen Hemd noch durchging, wirkte Ron mit seiner Baseballjacke etwas verloren. Betont desinteressierte Blicke folgten ihm auf seinem Weg zur Bar. Doch das bemerkte der Junge nicht, denn er hatte nur Augen für Maya, die schon dem Barkeeper zuwinkte und Getränke bestellte. Dann strahlte sie Ron auf eine Weise an, die Lexa lächeln ließ. Es war schön, ihre Freundin so glücklich zu sehen. Ob sie selbst je wieder so glücklich sein durfte? Ratlos sah sie sich um. Dem Handbuch zufolge traf sich hier Ihresgleichen. Doch wenn Vampire unter den Gästen waren, gaben sie sich nicht zu erkennen.

„Kein Wunder", sagte sie sich, „Dir selbst sieht man ja auch nichts an."

„Pardon", sagte Dave neben ihr. „Was hast Du gesagt?"

„Nichts." Lexa schüttelte den Kopf. „Nichts von Belang. Ich führe öfter Selbstgespräche."

Dave lachte. „Warum das denn? Hast Du keine Freunde?"

„Doch, aber manchmal möchte ich eben sicherstellen, dass ich sinnvolle Antworten bekomme!" Gute Güte, ging der Kerl ihr auf die Nerven!

Dankbar nahm sie den Wodka Lemon entgegen, den ihr Maya reichte. Aufreizend prostete sie Dave zu. „Darf ich? Wodka Lemon? Ist das genehm?"

„Cheers", sagte der nur und stieß mit seinem Pils an.

Lexa achtete darauf, dass Ron und Maya zwischen ihr und Dave standen und wandte sich dann wieder dem Publikum in der Bar zu. Von Vampiren keine Spur. Sie sah reichlich Banker, ein paar Typen in schwarzen T-Shirts mit ausgeblichenen Aufdrucken, die jederzeit einem Internet-Café entlaufen sein könnten, ein paar nicht wirklich entspannte Mädels in Business-Kleidchen oder modischen Hosen mit tief ausgeschnittenen Shirts.

Die Musik war laut genug, dass man die Köpfe dicht zusammenstecken musste, um sich zu unterhalten. Dave und Ron lachten gerade herzlich miteinander über etwas, dass Maya gesagt hatte. Lexas Blick fiel auf eine Tür neben der Bar, die sich wirklich Mühe gab, übersehen zu werden. Ein Mann in einem teuren Maßanzug trat durch sie in einen dunklen Gang, nachdem er beiläufig dem Barkeeper zugenickt hatte. Als der sich kurz darauf über die Theke beugte, um die Bestellung einer überschminkten Blondine entgegenzunehmen, huschte Lexa durch die Tür.

Der Gang war dunkler als die Bar und führte zu einer weiteren Tür. Zaghaft klopfte Lexa an. Als sie nichts hörte, drückte sie die Klinke. Da die Tür unverschlossen war, trat sie ein.

Sie befand sich in einem weiteren Gang. Aus einem Durchgang rechts von ihr drang Licht. Der Geruch von Blut war überwältigend, ließ ihren Magen knurren und ihr das Wasser im Munde zusammenlaufen. Sie schloss die Augen und kostete den wunderbaren Duft mit allen Sinnen aus. *Blut ist Leben.*

Zaghaft trat sie durch die nur angelehnte Tür.

„Habe ich doch richtig gehört", sagte der Mann im

teuren Anzug und ließ langsam den mit frischem Blut gefüllten Cognac-Schwenker sinken. „Wir sollten doch ein Schloss anbringen. Chris ist einfach zu nachlässig an der Bar."

„Was wollen Sie hier", fragte ein anderer Mann, der entspannt in einem Clubsessel saß. „Dies ist eine geschlossene Veranstaltung."

Auch er hielt ein Glas mit Blut in der Hand.

Lexa fuhr sich mit der Zunge nervös über ihre Zähne. Wie gern wäre sie in den Raum gesprungen, um ihm dieses Glas zu entreißen. Unwillkürlich ballte sie ihre Hände zu Fäusten.

An einer kleinen Bar stand eine Frau, die gerade ein leeres Glas abgestellt hatte, um zu einer Flasche mit Rote Beete-Saft-Aufdruck zu greifen. In der sich eindeutig köstliches, verführerisch duftendes Blut befand.

„Hier fehlt noch eine Frau", sagte Lexa und lächelte in der Hoffnung, dass es überzeugend wirkte. „Drei sind doch keine Party, sondern nur ein Ärgernis. Für einen Drink würde ich gern bleiben. Der Duft ist zu verführerisch..."

Die drei wechselten viel sagende Blicke.

„Ihr Angebot ist reizend", sagte der Mann im Sessel und schenkte ihr ein sehr charmantes Lächeln. „Aber im Augenblick wären wir dennoch lieber ungestört. Sie würden sich hier nicht wohlfühlen, wir sind ein eingeschworener kleiner Kreis."

„Aber gewiss", drängte Lexa, die den Blick nicht von der Flasche nehmen konnte. Gütiger Himmel, für diese Flasche könnte sie morden!

„Nur für einen Drink... Bitte!"

„Ich würde ungern die Security rufen", sagte schließlich die Frau. Es klang endgültig.

„Bitte, ich hab nichts gegen Vampire", flehte Lexa

nun mit wachsender Verzweiflung. „Ich bin ja selbst einer. Glaube ich. Gebt mir doch einen Schluck von eurem Blut ab."

„Ich bin dieser Girlies so überdrüssig!", rief unvermittelt der Mann im Maßanzug genervt und wandte sich an den anderen im Sessel. „Bitte, Karel, sorge endlich dafür, dass uns diese geistesverwirrten Gören verschonen, die zu viel Twilight gelesen haben und jetzt Vampire für sexy und romantisch halten und so gern auch mal Blut geben wollen. Nur so ein bisschen, nur damit sie auch so nett im Tageslicht glitzern. Pah! Ewige Liebe – dafür lässt man sich schon beißen."

„Meine Dame", sagte der andere und erhob sich geschmeidig aus seinem Sessel, „ich muss nun darauf bestehen, dass sie gehen. Sie sehen, hier will sich niemand zum Vampirismus bekennen und ganz ehrlich – auch ich kann diesen verwirrten Romantasy-Groschenheftchen nichts abgewinnen. Sicher werden sie andernorts eine Fangemeinde finden, die sie samt ihrer blutrünstigen Fantasien willig aufnimmt. Nicht jeder, der rote Flüssigkeit zu sich nimmt, ist auch ein Vampir."

„Aber nein", begehrte Lexa auf. „Ich rieche doch das Blut hier! Ihr seid Vampire! Und ich will nicht gebissen werden, sondern brauche selbst dringend einen Schluck Blut."

Sie bemerkte eine Bewegung hinter sich. Der Barkeeper stand mit schuldbewusster Miene in der Tür. „Ich habe sie nicht gesehen", stammelte er und zog Lexa am Oberarm einen Schritt zurück. „Es tut mir leid, Myra."

„Chris, bitte sei etwas aufmerksamer", sagte die Frau streng. „Wir haben es satt, hier ständig gestört zu werden. Gib dem armen, verwirrten Ding einen

Cocktail auf meine Rechnung aus. Vielleicht eine Bloody Mary?" Ihr Blick wurde hart, als sie Lexa ins Gesicht sah. „Und dann erklär ihr, dass Vampire nicht glitzern. Niemals! Nie!"

In diesen Worten lag genug Drohung, um Lexa auch ohne unterstützendes Zerren von Chris, dem unaufmerksamen Barkeeper, schleunigst zurück in die Bar zu bringen.

„Aber das sind doch Vampire", sagte sie zu Chris, als er ihr tatsächlich eine Bloody Mary mixte – einen Cocktail, den Lexa seit Jahren nicht mehr getrunken hatte. „Gib es ruhig zu!"

Christ errötete, als er den Kopf schüttelte. „Sie sind nicht anders als die meisten hier", wich er Lexas Frage gar nicht ungeschickt aus.

„Es sind Vampire und du weißt das", hakte Lexa nach.

Wenn Chris noch röter wurde, würde er selbst hier drinnen zu leuchten beginnen.

„Was ich weiß, tut nichts zur Sache", sagte er dann patzig. „Aber Du wärst gut beraten, wenn Du es nicht auf einen Beweis anlegen würdest. Das kannst Du mir glauben."

Mit diesen Worten drehte er sich um und widmete sich demonstrativ dringend polierbedürftigen Gläsern.

Lexa erkannte eine Abfuhr, wenn sie eine erlitt und schlürfte mit hängendem Kopf an ihrem Tomatensaft-Gemisch. Sie war sich noch nie so einsam vorgekommen.

„Süße", flüsterte ihr Maya zu. „Was willst Du denn mit diesem halben Hemd von Barkeeper? Das ist doch weder Dein Typ noch Dein Format. Dieser Baghira hat Dich ja völlig aus der Spur geworfen."

Natürlich hatte Maya ihren Kummer bemerkt

– dafür waren beste Freundinnen schließlich da. Und ebenso natürlich hatte sie ihn gründlich missverstanden. Durften Vampire beste Freundinnen haben? Am liebsten hätte sie in ihre Bloody Mary geheult.

„Dave hat sich auch schon nach Dir erkundigt", verfolgte Maya neben ihr arglos ihre falsche Fährte weiter. „Der passt doch viel besser zu Dir. Ein ganzer Kerl. Sportlich, selbstbewusst und umgeben von einem Hauch von Abenteuer. Ein echter Werwolf eben... So wie in dem Film."

„Maya, verschone mich mit diesem Machwerk. Ich steh so überhaupt nicht auf diesen Beauty and Beast-Quatsch, völlig egal, ob das jetzt Mist mit Zähnchen ist oder im Wolfspelz."

„Ron wollte ihn sehen", verteidigte sich Maya. „Das ist doch knuffig. Er ist wie ein Riesenwelpe. Groß und stark, aber so unbeholfen..."

„Das klingt jetzt aber nicht nach diesem animalischen Sex, von dem Du heute am Telefon geschwärmt hast." Lexa grinste anzüglich und biss in ihren Strohhalm.

Maya senkte den Blick und warf ihr dann einen Schlafzimmerblick mit perfektem Augenaufschlag zu. „Wenn er erregt ist, wird er zum Tier. Dann ist er nur noch groß und stark – und weiß ganz genau, was er tut... Ach, ich liebe jeden Aspekt an diesem Mann."

„Was? Wen liebst Du? Wen muss ich töten", fragte Ron und umarmte sie von hinten, um ihr einen Kuss in den Nacken zu hauchen.

Lexa verzog unglücklich den Mund und versteckte sich hinter ihrem leeren Cocktail. Die harmlose Geste rief unwillkommene Erinnerungen an jene Nacht mit Baghira wach, dem wunderschönen panthergleichen Fremden, mit dem sie animalischen Sex gehabt hatte.

„Wer mit dem Feuer spielt, verbrennt...", seufzte sie und räumte das Feld.

„Nur, wenn es an Disziplin fehlt." Rons Antwort hatte ihr gegolten, doch der fragende Blick, der sie begleitete, suchte Dave.

Der stand leicht versetzt hinter ihr und lächelte Ron besänftigend zu. „Right", bekräftigte er. „Doch was fürchtet sich ein Eishockey-Spieler vor dem Feuer?"

Lexa schüttelte sich. „Ich bin müde. Wollt Ihr noch bleiben? Dann suche ich mir ein Taxi."

Maya und Ron hatten das wohl nicht gehört, doch Dave zögerte. Dann bedachte er sie mit einem halben Lächeln. „Wahrscheinlich legst Du keinen Wert auf my Company", sagte er und wandte sich an die Bar. „See you soon."

6 – SKANDAL IM SPERRBEZIRK

Am nächsten Morgen begrüßten Lexa Kopf-schmerzen wie alte Bekannte.

„Wenn das mein neues Leben ist, dann gute Nacht", murmelte Lexa und war sich der Doppel-deutigkeit dieser Aussage in ihrer derzeitigen Si-tuation nur allzu bewusst. Stöhnend schälte sie sich unter dem auf ihrem Bauch schlafenden Kater aus dem Bett und tappte ins Bad. Dort hatte sie in kluger Voraussicht die Jalousie erst gar nicht ganz geöffnet. Tageslicht war zum Feind geworden. Ein Gedanke, der sie deprimierte, denn Lexa hatte bis-her zur schwindenden Gruppe der bekennenden Sonnenanbeter gehört.

„Mit entsprechender Disziplin kann auch die Licht-Sensitivität, die untrenn-bar mit Vampirismus verbunden ist, sozialkompatibel in die Alltagsabläufe integriert werden. Die vampirische Le-bensform empfiehlt sich für eine Tätig-keit, der möglichst weitgehend im Kunst-licht nachgegangen wird. Körperpflege mit größtmöglichem Lichtschutzfaktor verschafft zusätzliche Erleichterung und bei anhaltend tränenden Augen hat sich neben hornhautpflegenden Mitteln das Tragen von getönten Kontaktlinsen be-währt."

Lexa seufzte. Solche Lektüre verdarb selbst ei-nen guten Morgen, von dem dieser hier meilenweit entfernt war.

Arbeit ohne Tageslicht? Nun, es würde nicht

schwer sein, einen der ungeliebten Behandlungs-
räume im Keller zu belegen.

Sonnencreme? Nun, wenn es sein musste... Sie
mochte zwar den Geruch dieser Cremes nicht besonders, aber irgendwo würde sich schon ein Kompromiss finden lassen.

Kontaktlinsen? Das entlockte ihr ein Grinsen. Sie
könnte sich bei der Gelegenheit gleich eine andere
Augenfarbe zulegen. Alles besser als dieses langweilige Braun. Es gab auch Linsen mit Smileys oder
Totenköpfen drauf. Das wäre auch ulkig. Oder so ein
strahlendes Blau wie Dave... Der Gedanke irritierte
sie. Irgendwie beschäftigte sie Dave mehr als ihr recht
war.

Gegen die dabei unweigerlich auftretende Blässe konnte sie ja Bräunungscreme verwenden. Auf
Grufti-Look hatte sie überhaupt keine Lust. Obwohl sie natürlich schwarze Kleidung schon stylish
fand...

Auf dem Nachhauseweg würde sie auf alle Fälle
beim Optiker und in der Drogerie vorbeischauen.
Ein Vampir darf sich nicht unterkriegen lassen!

Während des Vormittags stellte Lexa fest, dass
ein vampirischer Physiotherapeut gegenüber seinen Kollegen mit Standardausstattung durchaus
Vorteile hatte. Irgendwie war sie sensitiver geworden, spürte Verspannungen schneller, ahnte, wo die
Blockaden lagen.

„Besser ein schwacher Trost als gar keiner",
dachte sie sich und lächelte brav ihrer Patientin zu.

„Ach Lexa, Sie haben magische Hände", schwärmte die arglos. „Ich kann richtig spüren, wie sie mein
Blut wieder zum Fließen bringen."

„Ach, daran liegt's!"

Die Patientin blinzelte irritiert. „Was liegt woran?"

Lexa schüttelte rasch den Kopf. „Am Blutfluss liegt es, dass es Ihnen besser geht", wich sie aus. „Dadurch wird Ihr Körper besser versorgt."

Lexas Magen rumpelte vernehmlich. Er wollte auch versorgt werden und vertrat daher in Bezug auf die Richtung vorerwähnten Blutflusses eine höchst eigene, schwer umzusetzende Ansicht.

Auf dem Weg ins Café, wo Maya, falls sie pünktlich sein sollte, schon warten würde, traf Lexa Mick mit sorgenvoller Miene.

„Was ist los", begrüßte sie ihren Freund. „Du ziehst ein Gesicht als hätten sie Dir den Weihnachtsnachtdienst aufgebrummt."

„Servus", brummte Mick und schloss sich ihr an. „So schlimm ist es nicht. Ich war nur noch in Gedanken, gerade ist ein Patient eingeliefert worden, der echt übel aussieht."

„Ach?"

„So ein Stricher, intensiv missbraucht, zerkratzt und zerbissen, als hätte man ihn fressen wollen. Ich steh ja ohnehin eher auf Kuschelsex, aber wenn ich mir das so ansehe, schäme ich mich dafür auch nicht. Diese Sadomaso-Schiene kann doch keinen Spaß machen!"

„Die Geschmäcker sind verschieden", meinte Lexa betont gleichmütig. „Und warum wurde er eingeliefert? Wegen ein paar Kratzern doch wohl kaum."

„Sein Freier hat ihn offenbar zur Ader gelassen. Akute Anämie. Wie gut, dass es keine Vampire gibt."

Lexa lief zu Micks schlechtem Scherz ein Schauer über den Rücken. *Wenn du wüsstest.*

„Armer Kerl", fuhr Mick fort. „Der Chef meint, wir sollen ihn erst mal schlafen lassen. Morgen darf ich ihn dann genauer untersuchen. Seine Werte sind nach der Bluttransfusion jedenfalls einigermaßen stabil."

Tief in Gedanken versunken saß Lexa etwas später zwischen Maya und Mick beim Mittagessen und lauschte auf halbem Ohr der Debatte um die derzeit angesagten Fitnesstrends. Das jedenfalls schien kein Thema mehr für sie zu sein. Vampire schienen per definitionem austrainiert. Grübelnd kaute sie auf ihrem Carpacchio und sehnte sich nach einem ordentlichem Schluck Blut. Irgendwie musste es doch möglich sein, in diesen Vampirzirkel aufgenommen zu werden. Für eine echte Bloody Mary würde sie im Augenblick auch töten.

Lexa blinzelte schockiert und dachte unwillkürlich an den armen Kerl auf Micks Station. „Das würde ich natürlich nicht!"

„Was würdest Du nicht", fragte Maya irritiert.

„Für diesen ganzen Fitnessblödsinn so viel Geld ausgeben", improvisierte Lexa mit hochrotem Kopf. „Ich meine, mit ein paar Liegestützen, Klimmzügen und Kniebeugen hat man doch eigentlich einen guten Workout und Laufen an der frischen Luft ist nicht nur gesund, sondern auch kostenlos..."

„Abgesehen von dem Geld für vernünftige Laufschuhe, Funktionskleidung, einem Pulsmesser, Iso-Drinks..." Mick grinste und prostete ihr mit seinem Spezi zu. „Aber es freut mich, wenn Du allmählich so etwas wie ein ökonomisches Gespür entwickelst."

„Mich auch", sagte Maya. „Dann kommst Du nämlich bestimmt heute Abend mit zum Training von Ron. Das kostet nichts und wenn Du ausnahmsweise mal nett bist, lädt Dave Dich bestimmt danach noch auf einen Kaffee ein."

„Das macht er gewiss nicht", widersprach Lexa, die immer noch nicht wusste, warum Dave sich am Abend zuvor so vehement gegen ihre Kaffeewünsche gestemmt hatte. „Aber da ich heute noch nichts vorhabe, spiele ich gern noch einmal für Dich die Anstandsdame."

„Na, das nenne ich den Bock zum Gärtner machen." Mick schüttelte den Kopf und winkte der Bedienung zum Bezahlen. „Du bist doch sonst der Inbegriff des männerverschleißenden Vamps."

„Jetzt übertreibst Du aber", verteidigte Maya ihre Freundin. „Mit diesem Polizisten war Lexa immerhin fast ein Jahr zusammen und auch ansonsten sind ihre abgelegten Männer alle noch recyclingfähig. Susa aus der Kardiologie ist zum Beispiel mit diesem blonden Oberarzt außerordentlich zufrieden..."

„Aber auch nur, weil ich Dirk mühsam wenigstens so etwas wie Minimalmanieren beigebracht habe." Lexa verzog das Gesicht und schob Maya einen Geldschein zu. „Zahl bitte für mich, ich hab einen Termin. Wir sehen uns dann heute nach der Arbeit."

Der Nachmittag verging schneller als erwartet. Lexa machte pünktlich Schluss, eilte auf der Suche nach Sunblockern in die Drogerie und verschob den Optiker auf später. So kam sie einigermaßen pünktlich, dezent aufgehübscht und vorsorglich in warme Kleidung gehüllt bei Maya an.

„Ron hat gerade angerufen", empfing sie die schon in der Tür. „Wir treffen uns an der Eishalle." Sie musterte Lexa mit einem kritischen Blick. „Also meine Liebe, in Anbetracht des von Dir fortlaufend bekundeten Desinteresses an Dave bin ich doch erstaunt, mit welcher Sorgfalt du dich deinem wie üblich atemberaubenden Äußeren widmest."

Lexa zuckte betont gleichmütig die Schultern. Sie konnte Maya ja schlecht sagen, dass sie sich derzeit in ihrer eigenen Haut so fremd war, dass sie sich mit solcher Sorgfalt stylte, um wenigstens die äußere Hülle zu kennen. Das hatte mit Dave überhaupt nichts zu tun!

„Ich hoffe eben, dass in dieser Eishockey-Mannschaft auch auf mich ein süßer kleiner Eisprinz wartet."

Maya lachte. „Trotzdem sollten wir jetzt Dave holen. Er wartet im Wohnzimmer."

„Er ist hier?"

„Ist das ein Problem?", fragte Dave, der offenbar seinen Namen gehört hatte, und trat auf den Flur. „Ich muss ohnehin los, sonst komme ich zu spät zum Training."

„Wir sind schon fertig", rief Maya und schlüpfte in ihren Mantel.

Im Bus fielen sie in quälendes Schweigen. Dave schien amüsiert, Lexa fühlte sich beobachtet und Maya war genervt, weil Ron sie irgendwie versetzt hatte. Leider war Lexa furchtbar schlecht in Small-Talk auf Befehl.

„Was gibt es Neues aus dem Hospital", beendete Dave schließlich die Peinlichkeit.

„Ach", seufzte Maya dankbar für die Vorlage, „weit weniger als man meinen würde, wenn man sieht, was in diesen unsäglichen Fernsehserien immer los ist. Jede Menge Routine eben. Nichts, was irgendwen interessieren würde."

Sie zögerte, sah das nächste Verlegenheitsschweigen sich bereits drohend am Horizont zusammenbrauen. „Obwohl – Lexa hast Du nochmal was von dem Vampir gehört, von dem Mick heute Mittag erzählt hat?"

„Vampir?", fragte Dave mit einem leisen Grollen in der Stimme, das Lexa unwillkürlich an Grizzly erinnerte, der ganz ähnlich klang, bevor er mit ausgefahrenen Krallen sein Missfallen bekundete. Es war ein Ton, der unmissverständlich sofortigen Rückzug forderte.

„Kein Vampir"; sagte Lexa schnell. „Sondern ein Typ, der heute in die Notaufnahme eingeliefert wurde. Ein Stricher, der wohl an den falschen Freier geraten ist."

„Warum Vampir?", bohrte Dave nach. So entspannt er bis zu diesem Augenblick gewesen war, so konzentriert wirkte er nun. Wie ein Hund, der ein Wild stellt. Es fehlte nur das aufgestellte Fell. Mit einem Mal war er so präsent, richtig bedrohlich...

„Der arme Junge ist gründlich verprügelt und verkratzt worden und obendrein mehrfach gebissen", sprang Maya von Daves Wandlung völlig unbeeindruckt in die Bresche. „Wer macht denn so was, außer ein Vampir? Ha! Vielleicht war es derselbe, der auch die Blutbank verwüstet hat?"

„Hunde?", schlug Lexa rasch vor.

„Or any other beast..."

„Aber es waren keine Hundebisse", widersprach Maya. „Und ein Biss allein erklärt noch nicht die Blutarmut, die Micks Team bei dem Jungen festgestellt hat."

„Blutarmut?" Die Hürden der deutschen Sprache lenkten Dave für einen Augenblick ab.

„Anemia", half Lexa betont ruhig aus. „Aber

nichts, was sich nicht mit ein paar Blutkonserven regeln ließe. Das kann auch ganz andere Ursachen haben. Der Kerl war übel zugerichtet."

„Mick, den Du gewiss auch noch kennenlernen wirst, ist berüchtigt für seine schlechten Scherze. Der hat dann halt von Vampiren gesprochen. Ein Kerl von einem Mann wie du wird doch nicht an so einen Blödsinn glauben", neckte Maya. „Bei Euch in Kanada gibt es doch eher Bären und Wölfe und meinetwegen Werwölfe... Werewolves – Uuuuhauuuu."

„Und die warten jetzt auf ihren Trainer", rief Lexa und drückte äußerst dankbar für das gute Timing den Knopf, der die Bustür öffnete. Sie wollte im Augenblick nur aus diesem Bus raus – und aus diesem Gespräch!

Das gelang in der Eishalle vorzüglich. Obwohl die Sitze der Ersatzbank, auf der Maya und Lexa saßen, um das Spektakel zu beobachten, das 12 schwer gepanzerte Kerle auf Schlittschuhen mit Stöcken veranstalteten, hart und unbequem waren. Auch die Sitzheizung verbreitete ungeachtet ihres Bemühens eher verkrampften Optimismus als wirkliche Behaglichkeit.

„Was veranstalten sie da eigentlich genau", fragte Lexa, während sie ihre Jacke enger um ihre Schultern zog. Vampir oder nicht – sie war und blieb kälteempfindlich.

„Eishockey ist ein Mannschaftssport, der mit fünf Feldspielern und einem Torwart auf einer Eisfläche von etwa 60 mal 30 Metern gespielt wird. Es geht dabei darum, eine kleine, Puck genannte Hartgummischeibe in das gegnerische Tor zu befördern."

Lexa grinste. „Soweit bin ich auch allein gekommen."

„Wusstest Du auch, dass Eishockey zwischen 1840 und 1875 in Kanada entstand, wo britische Soldaten das schottische Shinty auf Eis spielten? Die Bezeichnung Hockey kommt übrigens aus dem Französischen und bedeutet *krummer Stock*."

„Nein", sagte Lexa und rutschte brav dichter zu Maya, damit Dave, der gerade vom Eis kam auch Platz hatte. „Aber ich weiß, wie man Wikipedia bedient."

„Wikipedia", schnaubte Dave kopfschüttelnd. „Da ist doch nur zu lesen, was diese know-it-alls von Elfen euch lesen lassen wollen. Was wollt ihr denn über Eishockey wissen?"

„Nichts, was mir Elfen nicht sagen würden." Lexa musterte Dave irritiert. „Elfen?" wiederholte sie noch einmal. „*Elfen*?!"

„I see." Dave warf ihr einen erstaunten Blick zu, der das Gegenteil verhieß. „Das war ein Scherz."

„Steht Elf in Kanada für Besserwisser?", fragte Maya neugierig.

„Besserwisser?", echote Dave. „Hm, in meinen Kreisen ist das wohl so."

„In deinen Kreisen? Wie überaus erlaucht!"

Aber Dave ging auf Lexas spöttischen Einwand nicht ein, sondern rutschte schon wieder hinaus aufs Eis, um mit seiner Trillerpfeife Ron und seinen Freunden zu zeigen, was man mit einem Bully machte, oder so ähnlich.

Immerhin war es kurzweilig mit anzusehen, auch wenn Lexa die Feinheiten, von denen Dave mit solcher Leidenschaft sprach, trotz diskreter Befragung der Elfen von Wikipedia weitestgehend verborgen blieben.

Nach dem Training fing Dave Lexa im Gang auf dem Weg zu den Toiletten ab.

„Okay, Du spielst gern Unschuld", fuhr er sie an und packte sie grob am Arm. „Okay, Du findest es funny, Schattengänger zu ignorieren. Aber das hier ist kein Joke mehr. Es kann nicht sein, dass einer von Euch uns alle gefährdet. Dammit! Stoppt den Thug. Das ist Euer Job. Ich dachte, ich höre nicht recht, als Du im Bus noch frei erzählst, was passiert ist."

„Sag mal, bist du total bescheuert", rief Lexa und riss sich zornig los – oder versuchte es vielmehr. Dave war unheimlich stark. Stark genug, um ihre Vampirkräfte noch nicht einmal zu bemerken. „Lass mich sofort los! Wie sprichst du überhaupt mit mir? Und worüber?"

Dave funkelte sie zornig an und verzog dann das Gesicht zu einer Grimasse – fast wie Zähnefletschen.

„Oh, Du bist so clever. So cool, forever Vamp, I see! Aber so geht das nicht. Da draußen ist einer von Euch außer Kontrolle. Ein Thug, verstehst Du? Also geh zu Deinen Leuten und sag Ihnen, was da in der Klinik liegt!"

Dave regte sich immer' mehr auf und Lexa verstand überhaupt nicht, worüber. Sie konnte noch nicht einmal ausweichen, weil sie mit dem Rücken zur Wand in einem Gang stand, der zur Damentoilette führte, die außer Maya, die sich gerade wieder mit Ron versöhnte, niemand hier aufsuchen würde.

„Dave, bitte...", setzte sie an. „Ich weiß wirklich nicht, wovon Du sprichst..."

„Vampire", knurrte der zornig und schüttelte sie wie einen nassen Lappen. „Immer noch so cool, so überheblich, aber glaub mir, auch wir Werewolves sind nicht dumm. Ich weiß, wer Du bist und was Du bist und ich habe überhaupt keine Lust auf Spielchen. Da draußen ist ein Thug und Ihr werdet Euch jetzt um ihn kümmern."

„Was zum Henker ist ein Thug?", rief Lexa mit wachsender Panik. Sollte sie um Hilfe rufen?

„Ich weiß nicht, wie man sie hier nennt. Ein Thug ist ein Schattengänger ohne Disziplin", sagte Dave etwas ruhiger. „Einer, der sich rücksichtslos an Menschen vergreift und uns alle gefährdet. Wir brauchen keine neue Panik, keine Fragen, you see? Also bitte geh zu Deinen Leuten und erzähl ihnen von dem Jungen in der Klinik. Sie werden wissen, was zu tun ist. Es ist wichtig."

„Du meinst den Stricher, von dem wir im Bus erzählt haben", fragte Lexa ungläubig. „Aber mit wem soll ich darüber sprechen?"

Dave stutzte. „Du bist gut", sagte er dann und das Grollen in seiner Stimme wurde etwas sanfter. „Du bist echt gut. Fast würde ich Dir glauben, dass Du wirklich nicht weißt, wovon wir hier reden", langsam schob er sein Gesicht an ihres. Lexa spürte seinen Atem auf ihrer Haut.

„Aber ich rieche was Du bist. Lexa. Wir alle können das. Und ich habe Dich gesehen, als Du im Red Moon aus dem Hinterzimmer gekommen bist, you bloody vampire!"

In diesem Augenblick verlor Lexa die Fassung. Plötzlich und unvermittelt. In dem einen Augenblick hätte sie noch diesen verfluchten Mistkerl in der Luft zerreißen wollen, oder davon laufen oder aus diesem endlosen Alptraum aufwachen, der sie nicht mehr losließ, seit sie Baghira, der noch ein viel größerer Mistkerl war, zum ersten Mal geküsst hatte. Und im nächsten Moment verwandelten sich all ihre Ängste und Sorgen, Hilflosigkeit, Zorn, Scham und Verzweiflung in Wasser, das sich nun tsunamigleich seinen Weg bahnte, ihr in die Nase stieg und sie blinzeln ließ, bevor sie unvermittelt und vollständig in Tränen ausbrach.

„Ich weiß nicht, was ich bin", heulte sie und rutschte mit dem Rücken langsam die Wand entlang zu Boden. „Ich weiß nicht, warum ich plötzlich so unbedingt Blut trinken will und keine Sonne vertrage. Ich weiß gar nichts!" Am Boden angekommen schniefte sie erst einmal. „Aber da ist dieses Buch... das sagt, dass ich ein Vampir bin."

„My goodness!" Dave, der ihr auf dem Weg nach unten gefolgt war, bis er vor ihr in der Hocke saß, ließ sie nun los und warf ihr einen besorgten Blick zu. Lexa lehnte den Kopf an die Wand und ließ einfach ihre Tränen laufen. Sie hatte keine Kraft mehr. Überhaupt keine Kraft...

„Als ich dich das erste Mal sah, dachte ich, Du seist neu in den Schatten und könntest Hilfe brauchen. Aber Du warst doch im Red Moon...?"

„Ja! Weil es in dem blöden Mistbuch als Szenetreff empfohlen ist. Ich wollte mit anderen Vampiren reden, um Hilfe bitten. Praxistipps und so. Ich hab doch keine Ahnung, wie man sich als Vampir benimmt. Ich weiß noch nicht einmal, wie ich mich künftig ernähren soll." Im schneller sprudelten die Worte nun zusammen mit ihren Tränen aus Lexa heraus, unterbrochen nur von gelegentlichem Schniefen wollten sie endlich erzählt werden, wollten gehört werden. Auch wenn sie dann bestimmt in der geschlossenen Abteilung der Psychiatrie landen würde. „Und darum bin ich im Red Moon nach hinten gegangen. Da waren drei Vampire, glaub ich. Einer hieß Karel. Also jedenfalls haben sie Blut gehabt. In einer Flasche. Aber sie haben mir nichts abgegeben. Sie haben mich für ein Girlie gehalten, das zu viele Vampirgeschichten gelesen hat und nun Vampir spielen will. Sie haben mich ausgelacht! Rausgeworfen! Und die Frau hat mir noch eine Bloody Mary spendiert. Mit Wodka."

„Sie haben was?", fauchte Dave so heftig, dass Lexa sich vor Schreck prompt verschluckte und über das Husten das Weinen vergaß. „Das ist ein bloody Scandal!"

So wie er vor ihr hockte, mit einer Hand am Boden abgestützt, wirkte er wie ein wildes, sehr gefährliches Tier. Wo sie Baghira durch seine katzengleiche Geschmeidigkeit fasziniert hatte, überzeugte Dave durch schiere Kraft.

„Diese arroganten, verantwortungslosen Ungeheuer! Das ist so typisch Vampire! Keine Ehre, kein Pflichtgefühl. Aber so geht das nicht! Sie können Dich nicht allein lassen. Du gehörst zum Pack!"

„Pack?", schluchzte Lexa. Sie wollte nicht auch noch beschimpft werden.

„Pack", wiederholte Dave und rang sich ein Lächeln ab. „Gang, Familie... Rudel."

Lexa versuchte mitzulächeln. Es gelang nicht besonders gut, aber immerhin versiegten ihre Tränen.

Wie Dave so vor ihr saß, wirkte er plötzlich gar nicht mehr wie ein gefährlicher Bär oder Wolf. Eher wie ein Beschützer, wie der Ritter, von dem jedes Mädchen träumt. Manchmal jedenfalls. Das war gut. Plötzlich war sie froh, dass er da war.

Dave bemerkte ihren Blick und zwinkerte ihr zu. „Wait", sagte er und strich mit dem Zeigefinger eine Träne von ihrer Wange. „Ich ziehe mich um und dann gehen wir gemeinsam, okay?"

Mit der anderen Hand zog er für sie ein Taschentuch aus seiner Jacke, erhob sich und ging den Gang zurück.

7 - SCHICKERIA

Kurz darauf zerrte Dave Lexa in ein Taxi und ignorierte das anzügliche Grinsen von Ron und Maya. Bei Letzteren war das eine bemerkenswerte Leistung, denn Maya, eine passionierte Kupplerin, strahlte wie ein Christbaum kurz vor einem Zimmerbrand.

„Worüber freut sich deine Freundin denn so", fragte Dave, dem offenbar weit mehr auffiel als er zu erkennen gab.

„Die freut sich für Dich, weil Du die begehrteste Single-Frau der Stadt eroberst hast, für mich, weil ich so einen liebenswürdigen kanadischen Bären abbekommen habe und für sich, weil wir dann als Pärchen ausgehen können..."

„I see." In diese zwei Worte packte Dave irgendwie ungeschriebene Romane, auf die Lexa nichts zu erwidern wusste. Schweigend sah sie zu, wie sich das Taxi durch den sich beruhigenden Münchner Abendverkehr wühlte.

Noch bevor sie vor dem Red Moon ganz zum Stehen gekommen waren, sprang Dave auch schon zielstrebig aus dem Wagen und die Stufen hinunter zu der im Souterrain liegenden Bar. Wie er darauf kam, dass es in Deutschland anders als in Kanada nicht üblich sein könnte, Taxifahrer zu bezahlen, blieb Lexa ein Rätsel. Verlegen schob sie dem Fahrer einen Geldschein zu, verzichtete auf das Wechselgeld und eilte hinterher.

Hinter der Bar stand der Bursche, den Lexa schon kannte, und polierte Gläser. „Wir haben noch zu", verkündete er ohne aufzusehen.

„Das ist auch gut so", knurrte Dave ohne anzuhalten. „Ich muss mit Karel sprechen."

„Halt!" rief der Barkeeper alarmiert und wollte Dave den Weg zu der Hintertür versperren. Doch einen in voller Fahrt befindlichen Eishockeyspieler sollte man sich besser nicht unvorbereitet in den Weg stellen.

„He! Spinnst Du?", protestierte der Kerl über das Scheppern zerbrechender Gläser hinweg. „So geht das nicht!"

„Nicht?" Dave sah sich nicht einmal um, sondern trat die Tür auf und stürmte in den dahinter liegenden Gang.

Lexa beschloss, die unbeantworteten Fragen als rein rhetorisch zu behandeln und beeilte sich, zu Dave aufzuschließen, der nun Zorn ausstrahlte wie ein Ofen Hitze.

An der Tür zur Blutbar hielt er inne und lächelte Lexa im Halbdunkel zu. Eine Geste, auf die Lexa gern verzichtet hätte. Im schwachen Licht funkelten Augen und Zähne viel zu prominent für ihren Geschmack und erinnerten sie unangenehm an nur halb erfolgreich verdrängte Slasher-Gruselfilme. Wer war Dave wirklich? Oder vielmehr, *was*?

„Ladies first", sagte er und öffnete die Tür.

„Wir wollten doch nicht gestört werden", sagte der Mann im Maßanzug, den Lexa schon kannte. Heute saß er zusammen mit diesem Karel an einem Tisch, offenbar in eine angeregte Unterhaltung vertieft. Blut war leider nirgends zu sehen. .

„Äh", sagte Lexa und lächelte verlegen. „Guten Abend erst einmal..."

„Junge Dame", fuhr Karel auf. „haben wir uns gestern nicht deutlich ausgedrückt? Was sie hier veranstalten, grenzt an Hausfriedensbruch. Sie haben genau 10 Sekunden Zeit, dieses Lokal zu verlassen, sonst rufe ich die Polizei!"

„Bullshit", grollte Dave und schob sich hinter Lexa durch die Tür. „Das ist eine leere Drohung und das wissen wir beide. Du willst doch kein unnötiges Aufsehen für deine Schickeria. Und wenn ich hier eine Polizeistaffel zerreißen müsste, hättest du jede Menge davon."

In seiner Stimme schwang weniger Drohung als Prophezeiung. Es war eine Feststellung fernab jeder Unwägbarkeit. So stellte man fest, dass auch heuer wieder Silvester auf den 31. Dezember fällt. Doch gerade diese Sicherheit machte die Worte so entsetzlich.

Lexa jedenfalls hätte im Augenblick viel dafür gegeben, gar nicht erst hier zu sein.

„Dave Finn", sagte der Mann im Maßanzug gedehnt. „Ich müsste lügen, wenn ich behaupten würde, dass ich mich freue, dich zu sehen."

„Musst du nicht", gestand Dave ihm großzügig zu. „Ich spreche ja auch mit Karel."

„Dann setz Dich, wenn Du nun schon einmal da bist", bemerkte der ruhig und wies höflich auf zwei freie Sessel.

Lexa wertete das als zunächst gutes Zeichen und glitt dankbar, dem Wunsch ihrer viel zu weichen Knie gehorchend in den nächstgelegenen Sessel.

Dave blieb dagegen stehen.

Wenn Karel das stören sollte, gab er es mit keiner Geste zu erkennen.

„Thomas, wie wäre es, wenn Du unseren spontanen Gästen Getränke anbötest", fuhr Karel mit unerschütterlicher Gelassenheit fort.

„Für mich ein Bier", sagte Dave. „Und für die Lady ein Glas Blut."

Thomas sah fragend zu Karel.

„AB Rhesus positiv nach Möglichkeit", warf Lexa

lächelnd ein. „Kurz geschüttelt, nicht gerührt."

Karel nickte unmerklich.

„Also?", wandte er sich dann an Dave.

„Ihr habt da draußen einen Thug!", knurrte der drohend. „Und keiner unternimmt etwas. Das ist selbst mit Respekt für Eure typisch vampirische Ignoranz skandalös."

Karel beachtete Dave gar nicht weiter, sondern warf Lexa, die gerade von Thomas ein köstlich duftendes Glas gut gekühlten Blutes entgegennahm, einen prüfenden Blick zu. Also beherrschte sie ihre Gier und zwang sich, nur einen winzigen gesitteten Schluck zu nehmen und auch das nicht, bevor sie nicht allen höflich zugeprostet hatte. Lexa war sehr stolz, dass ihre Hand dabei fast nicht zitterte.

„Wir haben das Mädchen hier gestern nicht erkannt", räumte Karel dann an Dave gewandt ein. „Das ist mir noch nie passiert."

„Das ist ein Verstoß gegen die Konvention von Bukarest", schnappte Dave immer noch wütend. „Und fahrlässig und herzlos obendrein!"

„Ersteres ist leider zutreffend." Karel seufzte und musterte wieder Lexa wie einen interessanten Käfer. „Das ist tatsächlich in meiner gesamten Dienstzeit als Hüter der Verträge noch nie vorgekommen. Aber den Vorwurf der Fahrlässigkeit weise ich entschieden zurück. Gerade ich weiß, wieviel wir alle investiert haben, damit unsere Spezien... wie sagt man gleich? ...cool gefunden werden. Der jungen Dame hier stand es jederzeit frei, sich zu den regulären Sprechzeiten an meine Kanzlei zu wenden. Dann hätte ich ihr natürlich geholfen." Er rümpfte seine aristokratische Nase und widmete sich dann wieder vollständig Dave. „Und was die Herzlosigkeit anbetrifft – meine Güte, wir sind Vampire.

Genauso gut könntest Du dem Regen vorwerfen, dass er nass ist. Es ist ja nicht so, dass Werwölfe Witwen und Waisen unterstützten." Sein humorloses Lächeln offenbarte makellose Zähne und kleine fiese spitze Eckzähne, die einem arglosen Betrachter wohl gar nicht aufgefallen wären. „Eher im Gegenteil. Ihr pflegt doch den Erhalt der Spezies eher progressiv..."

Thomas kicherte leise, hielt sich aber im Hintergrund.

Dave gab sich humorlos. „Stay with the Pack! Wir kümmern uns wenigstens um unsere eigenen Leute und sorgen dafür, dass durch die Vorgänge in den Schatten die Zombies nicht aufgeschreckt werden."

Lexa steckte schnell ihre Nase in ihr Glas, um sich ihre Überraschung nicht anmerken zu lassen. „Soll das heißen, dass Du ein Werwolf bist", fragte sie leise.

Thomas hinter ihr kicherte erneut.

„Dave bitte! Verschone mich mit diesem Pathos, den konnte ich noch nie leiden."

„Seit wann? Bloß, weil er Dir gerade nicht dienlich ist?"

Karel hob kopfschüttelnd die Hände. *Kann sein*, schien er damit auszudrucken. *Aber kommt es darauf an?*

„Wie ich schon Deinem Großvater immer gesagt habe, ist bei Euch in Kanada das alles einfacher", erklärte er stattdessen milde lächelnd. „Ihr habt genug Platz und reichlich Eigenbrötler. Da fallen ein paar Naturburschen, die gern in den Wäldern hausen, gar nicht auf. Hier ist das schon schwieriger."

„Anders als Grandpa wohne ich in Toronto Downtown", blaffte Dave, der inzwischen blass vor Zorn war. Merkte dieser Karel nicht, wie er ihn reizte?

„Und zweitens ist das nur ein Grund mehr, sich

um Neulinge in den Schatten zu kümmern. Do your bloody Job, Karel! Wir haben so viel Aufwand in Public Relations gesteckt. Bücher, Movie, Television. Warum hast Du das arme Ding weggejagt? Du weißt, was passieren kann, wenn sie sich ihrem Trieb ergibt!"

„Lexa", sagte Lexa. „Ich heiße Lexa und ich wäre Euch allen dankbar, wenn Ihr nicht so tätet, als sei ich gar nicht da."

Natürlich beachtete kein Mensch diesen Einwand. Und Vampire und Werwölfe auch nicht, nebenbei bemerkt. Stattdessen bohrten sich die Blicke von Karel und Dave ineinander, bis schließlich Karel mit einem Schulterzucken die Augen senkte. Er wirkte dabei weniger als Verlierer, als vielmehr so, als sei es ihm zu albern geworden. „Es ist ja nichts passiert", sagte er dann heiter. „Natürlich habe ich nach dem Auftritt gestern Nachforschungen anstellen lassen. Das kleine Debakel in der Blutbank habe ich heute Morgen über meine Kontakte bei der Versicherung geklärt. Es ist längst alles in Ordnung."

Er lächelte Lexa gönnerhaft zu. „Sehr clever, Mädchen, den Verdacht auf Vandalen zu lenken. Diskretion ist wichtig."

„Lexa", wiederholte Lexa. „Ich heiße immer noch Lexa!"

„Alexandra Maria Schellenberger um genau zu sein. Aber wenn Lexa der Name der Wahl ist, dann soll es so sein, auch wenn ich das nicht verstehe. Jedenfalls ist ja jetzt alles geklärt, nicht wahr? Der kleine Vorfall in der Klinik ist geregelt, von dort droht keine Gefahr und der Rest wird sich finden."

„Aber gewiss", diensteiferte Thomas und kicherte wieder, obwohl Lexa nun wirklich nicht wusste, was daran lustig sein sollte.

„Gar nichts wird sich finden", bemerkte sie dann und nahm den letzten Schluck aus ihrem Glas, schon um sich Mut anzutrinken. „Und zwar vor allem deshalb, weil ich schon gar nicht weiß, wonach ich suchen soll. Ich habe keine Ahnung vom Vampirsein!"

„Darum rate ich immer all meinen Mandanten – Schattengängern, Menschen, Zombies – sich jede Handlung gut zu überlegen, denn so oder so wird man mit den Konsequenzen leben müssen. Aber da sich mit Dave hier ein sehr erfahrenes und neuerdings auch interspeziell engagiertes Mitglied unserer Gemeinde für diesen Fall interessiert, sehe ich da keinen Anlass zur Sorge. Vampirismus ist kein Hexenwerk. Man kann sich wunderbar arrangieren. Mir gelingt das seit gut 800 Jahren."

Lexa sah aus den Augenwinkeln, dass Dave kurz davor war, zu platzen, und kam ihm schnell zuvor: „Sie verkennen, dass ich keineswegs freiwillig dieser *Gemeinde* beigetreten bin. Im Gegenteil – bis jetzt weiß ich nicht sicher, wie ich zu dieser eher zweifelhaften Ehre komme. Die einzige Erklärung, die ich gefunden habe, ist die, dass mich meine Diskotheken-Bekanntschaft überwältigt, gebissen und dabei infiziert hat. Das ist ja wohl was anderes als diese weltfremde Girlie-Romantik, die Sie mir gestern unverschämterweise unterstellt haben."

„Promiskuität ist also in Ihrem Weltbild keine bewusste Aktion? Kein One-Night-Stand, kein Biss, keine Jagd nach flüchtigem Sex, kein Vampir."

„He!", mischte sich nun Dave ein. „Es ist genug. Wir leben in modernen Zeiten und auch wenn Du Keuschheitsgürtel noch live erlebt hast, hat sich doch das eine oder andere geändert."

„O tempora, o mores", seufzte Thomas und kicherte wieder.

„Ich bringe den Fall vor den Konvent", knurrte Dave schließlich.

Das wirkte, auch wenn Lexa nicht wusste, was das bedeutete. Jedenfalls blinzelte Karel zweimal und nickte dann.

Doch Dave blieb unversöhnlich. „Ich habe keine Zeit, einen Vampir einzuführen und es ist auch nicht mein Job. Ich bin hier, um dieses neue Pack, die Werewolves zwischen Eis und Schatten zu coachen und nichts anderes."

„Sind das alles Werwölfe", entfuhr es Lexa entsetzt. „Ron auch?"

Doch der böse Blick von Karel brachte sie wie ein kleines Mädchen zum Schweigen.

„Nun gut. So sei es." Karel erhob sich und stand nun Dave auf Augenhöhe gegenüber. „Ich werde für Lexa einen Paten ernennen."

„Einen verständigen", betonte Dave. „Einen, der den integrativen und nicht den separatistischen Ansatz verfolgt. Und ich will, dass Du ihr Deine Karte gibst."

Karel lächelte irgendwie anzüglich, nickte aber. „Du hast Herbert doch letztes Jahr auf seiner Tournee kennen gelernt, nicht wahr? Was hältst Du von dem?"

Thomas schnaubte verächtlich, was Lexa spontan als gutes Zeichen wertete.

„Herb ist in Ordnung", willigte Dave zögernd ein.

„Dann haben wir das Problem mit dem Thug ja geklärt." Karel entspannte sich und setzte sich wieder.

„Sagt mal, ist Euer Blut vergoren", begehrte Dave, der sich doch gerade erst wieder einigermaßen beruhigt hatte, erneut auf. „Lexa ist doch nicht der Thug, den Ihr aufhalten müsst, sondern dieser bloody Maniac, der sie gebissen hat. Der ist die Gefahr. You know, what it means, wenn rauskommt, dass ein Vampir los ist. Und wenn dann die Menschen wieder umschwenken oder gar die Zombies aufwachen, bricht hier die Hölle los. So eine Hexenjagd braucht keiner, also kümmert Euch gefälligst um diesen Kerl. Das letzte Mal, als so was passiert ist, habt Ihr eine weltweite Epidemie inszeniert und Millionen von Schweinen geschlachtet, bis alle geglaubt haben, es wäre die Schweinepest. Bloody bullshit!"

„Dave, bitte!", tadelte Karel ruhig. „Jetzt setz Dich endlich und beruhige Dich. Allein Deine Wortwahl. Du sprichst hier mit dem Seniorpartner einer international renommierten Rechtsanwaltskanzlei und dem Vorstand einer bekannten Privatbank und nicht etwa mit einem Trupp Bauarbeiter."

„Und mit einer Physiotherapeutin einer international angesehenen Universitätsklinik", bemerkte Lexa, der es gehörig auf die Nerven ging, ständig ignoriert zu werden.

Thomas kicherte. Lexa hatte gar nicht gewusst, dass Banker so ein lustiges Völkchen waren.

„Wir haben dank dieses Grusel-Romance-Hypes derzeit Ruhe", fuhr Dave ruhig fort. „Solange die Menschen streiten, ob Vampire oder Werwölfe cooler sind, belästigen sie uns nicht. Ich will, dass es so bleibt. Also stoppt den Thug!"

„Thug ist so ein hartes Wort", wandte Karel ein. „Es kann schon mal passieren, dass man einen Tropfen über den Durst trinkt. Nicht wahr Lexa? Sie wollten doch auch gewiss nicht das Labor so derart verwüsten?"

„Noch dazu, wenn wilder hemmungsloser Sex im Spiel ist." Thomas sagte das so, als habe er schon viel darüber gelesen. Vorwiegend in Heften, die man in einer Hand halten konnte.

„Das wundert mich nicht, dass Euch beiden das Prinzip von Grenzen fremd ist." Daves stimme troff vor Verachtung. Lexa hätte gern hinzugefügt, dass die zwei bestimmt auch keine Ahnung von hemmungslosem Sex hatten, traute sich aber nicht.

„Der Typ, der Lexa vampirifiziert hat, tut es again und again. Das ist ein Thug! In der Klinik liegt schon sein nächstes Opfer. Ein Strichjunge, übel zerschlagen mit Bisswunden und Anämie. Any further questions, guys? Was passiert, wenn morgen der Doktor kommt und ihn untersucht?! Das ist brandgefährlich, also tut was! I see die Headlines in den News."

Karel verzog nervös den Mund und nickte Thomas zu, der daraufhin den Raum verließ. „Dave, auch wenn mir Deine Warnung nicht gefällt, ist sie doch nicht unwillkommen. Ich weiß ja, dass ein Werwolf wie Du sich einsam fühlt, wenn er ein so freies und selbstbestimmtes Leben wie ein Vampir führen darf, aber bitte unterstelle unserer Zurückhaltung nicht stets böse Motive. Auch der gegenseitige Respekt ist integraler Bestandteil der von Dir neuerdings so gern zitierten Bukarester Konvention."

„Wenn jeder an sich denkt, ist an jeden gedacht? Gefällt Dir das wirklich, Karel?"

Dave schüttelte den Kopf, stemmte sich aus dem Sessel und forderte auch Lexa mit einer Geste auf, mitzukommen.

„Gefallen ist nicht erforderlich, denn die Aussage ist jedenfalls arithmetisch unantastbar", bemerkte Karel mit einem dünnen Lächeln, bevor er höflich

Daves Hand schüttelte und auch Lexas ergriff. Sein Händedruck war überraschenderweise nicht unangenehm. „Herbert wird Sie morgen kontaktieren. Wenn Sie sonst noch Fragen haben, melden Sie sich."

Damit überreichte er ihr eine Visitenkarte, sah noch einmal auffordernd zu Dave, der zufrieden nickte, und öffnete dann die Tür für sie.

Schweigend verließen Dave und Lexa die Bar und schweigend marschierten sie die Straße hinunter. Lexa befingerte die teuer wirkende Visitenkarte mit Prägedruck. *Dr. Karel von Wattenberg – Rechtsanwalt*, stand dort in Kapitalen und darunter Name Logo und Kontaktdaten einer sehr renommierten internationalen Kanzlei.

Natürlich. Lexa wäre auch sehr überrascht gewesen, wenn Karel in einem quirligen Startup-Unternehmen arbeiten würde. Sie dachte an seine kalten Augen und den strengen Mund und schüttelte sich, was kein Wunder war, denn selbst die anderen Vampire reagierten auf die bloße Erwähnung seines Namens außerordentlich respektvoll, fast ängstlich. Das *von* ließ auf Adel schließen. Klar, ein ordentlicher Vampir musste seit Bram Stoker mindestens Graf sein.

Sie waren mehrere hundert Meter gegangen, bevor Lexa ein Gefühl für die Wirklichkeit – für ihre Wirklichkeit wohlgemerkt – einholte. Es war eine nasskalte Münchner Herbstnacht, eine von der Sorte, die schon mal für den Winter probt. Irgendwo rauschte der nächtliche Verkehr mit einer einsam hektischen Sirene und einem kaputten Auspuff aus der entgegengesetzten Richtung. Sie kreuzten eine kaputte Straßenlampe und flimmernd helle Quadrate, die das Licht aus den beleuchteten Schaufensterscheiben auf den Gehsteig warf. Ein Pärchen ging vorüber. Sie kicherte zu einem Scherz ihres Begleiters und beschleunigte etwas unsicher ihre Schritte. Ob das an zu hohen Absätzen oder zu viel Alkohol lag, konnte Lexa nicht sagen.

„Wo gehst Du hin", fragte Dave schließlich.

Lexa stutzte. „Ich bin Dir nachgelaufen", stellte sie unfreundlich richtig. „Wenn Du das schon nicht weißt, woher soll ich es dann wissen?"

„I see", bemerkte Dave amüsiert. „Du läufst mir vor mir nach. Das ist mal vorausschauend."

Zornig blieb Lexa stehen. Sie war wohl tatsächlich einfach losgelaufen. War ja auch kein Wunder, wenn man bedachte, was sie gerade erlebt hatte! Wenn man bedachte, was sie neuerdings ständig erlebte!

„Du bist also ein Werwolf", sagte sie dann und lachte hysterisch. „Warum hast Du das nie erwähnt?"

„He! Hörst Du nicht hin? Ungefähr in jedem zweiten Satz erwähnen wir, dass wir die Werwolves sind."

„Aber da denkt doch jeder, Ihr meint diese dämliche Eishockey-Mannschaft und nicht wirklich echte, gefährliche, brutale…"

„Ron sagt doch ständig, wie unglaublich gefährlich und brutal wir sind…"

„Dave! Aber auch da geht man doch selbstverständlich davon aus, dass Ihr von Eurem Sport sprecht!"

„Jep! Ziemlich clever, findest Du nicht?"

„Ich würde das eher hinterlistig und perfide nennen."

„Du hast Dich mir doch auch nicht als Vampirin vorgestellt, oder?"

„Erstens wusste ich das ja bis gerade eben selbst noch nicht und zweitens war das wohl auch gar nicht erforderlich, nicht wahr? Du hast das doch vor mir bemerkt!"

„Meine gute Nase ist legendär!"

„Groß genug ist sie ja..." Wider Willen musste Lexa lachen, während sie langsam den Weg zur U-Bahn einschlug. Sie wusste wirklich nicht, was sie jetzt machen sollte. So verwirrt war sie noch nie gewesen.

Daves Handy bellte.

„Bellen als Handyton? Du hast echt einen seltsamen Humor."

In dem Augenblick piepte auch Lexas Gerät.

Fast synchron griffen beide in ihre Taschen, um zu sehen, wer störte.

„Du warst so schnell weg, da bin ich
mit zu Ron. Beschäftige bitte Dave,
für einen Dreier oder Gruppensex bin
ich noch nicht bereit. Bussi, Maya"

Lexa seufzte. Das war genau das Gegenteil von dem, was sie jetzt wollte.

„Alles okay", fragte Dave. „Ron schreibt, dass ich mir auf dem Heimweg Zeit lassen soll."

„Kein Wunder", brummte Lexa. „Maya hat sich bei ihm eingeladen und freut sich auf eine leidenschaftliche Nacht."

„Oh, oh." Diesmal war Dave stehen geblieben und sah nun prüfend zum Himmel.

„Was ist?" Lexa konnte nichts Ungewöhnliches bemerken.

„Bad Timing." Dave steckte die Fäuste in die Taschen seiner Jacke und marschierte weiter. „Mir wäre wohler, wenn Ron geduldiger wäre."

„Warum?", bohrte Lexa besorgt nach. Maya war

ihre beste Freundin und Ron offenbar ein Werwolf in Ausbildung. Mochte Maya im Allgemeinen auch gut auf sich selbst achtgeben können – wäre sie mit dieser speziellen Situation vermutlich dennoch überfordert.

„Ron tut Maya doch nichts, oder?"

„Nein, der will nur spielen", grinste Dave. „Oder vielmehr nicht. Ron mag Maya wirklich. That's the problem."

„Nicht unbedingt. Maya ist nämlich auch ernsthaft verliebt."

„Oh Lexa, das ist nicht das Thema. *Da* mische ich mich nicht ein." Dave zögerte kurz, um ihr einen prüfenden Blick zuzuwerfen und fuhr dann mit einem inneren Schulterzucken fort:

„Aber bald ist der Mond voll. Dann ist der Wolf am stärksten. Sonst hätte wohl auch Karel nicht solche Panik vor mir gehabt. Da erfordert es viel Disziplin, um Master seiner Taten zu bleiben. Erregung und Gefühle – sie schwächen die Disziplin."

„Müssen Werwölfe auch so um ihre Beherrschung kämpfen wie Vampire", fragte Lexa, der gerade wieder einfiel, dass ihr Handbuch diesem Thema gleich vier Kapitel widmete.

Dave lachte bitter. „Ein Vampir braucht keine Disziplin. Er muss ja nur sich selbst beherrschen, nur im Kopf, nicht im Körper. Ein Werwolf dagegen hat eine wölfische Seite, die komplett eigenständig ist, wenn man sie lässt. Die Wolf sein will und immer zorniger wird, je länger man ihr dieses Recht vorenthält. Darum haben wir gestoppt, den Wolf zu unterdrücken. Es ist nicht gut. Besser ist es, dem Wolf einen Platz im Menschenleben zu geben – dabei helfe ich den Jungs."

„Schon gut." Lexa ahnte, dass sie noch viel über ihr neues Leben lernen musste. „Muss ich mir jetzt um Maya Sorgen machen?"

Dave zögerte und sah nochmals prüfend zum Himmel, auch wenn es zu bedeckt war, um den Mond zu sehen. „Nein, vermutlich nicht. Ron ist stark und sein Wolf zufrieden. Er mag Maya auch."

Lexa war nicht wirklich beruhigt. Keineswegs, um genau zu sein. Aber da sie nicht wusste, wie sie Maya schützen konnte, ohne eine Flut schwieriger Fragen, grässlicher Peinlichkeiten und endloser Missverständnisse auszulösen, beschloss sie, Dave zu vertrauen. Er schien immerhin zu wissen, wovon er sprach.

„Willst Du mir noch Gesellschaft leisten"; fragte Dave. „Irgendein Drink in irgendeiner Bar, damit ich nicht allein die Nacht durchsaufen muss?"

Wenn man bedachte, dass Dave ein ganzes Team Eishockeyspieler zur Freizeitbespaßung zur Verfügung stand – und ein Werwolfrudel offenbar noch dazu – war die Frage fast rührend. Lexa, die sich eigentlich am Liebsten in ihr Bett verkrochen hätte – und zwar allein, allenfalls mit Grizzly als Wärmflaschenersatz – überlegte schon, wo es hier in der Gegend eine nette Kneipe gab.

„Du bist im Moment auch besser unter Aufsicht aufgehoben als allein", fügte Dave gerade noch hinzu.

So viel also dazu, dachte Lexa resigniert. *Der sieht Dich nicht als Vamp, sondern als Vampir.*

„Ich gehe besser nach Hause", sagte sie daher knapp. „Du hast ja vorhin im *Red Moon* sehr deutlich gemacht, dass Du mit Deinen Welpen genug zu tun hat und ich halte schon noch durch, bis sich dieser Herbert bei mir meldet."

Dave nickte nur. Trotzdem wirkte er irgendwie enttäuscht.

Vielleicht war die Idee doch nicht so schlecht? Zuhause würde sie ohnehin nur in Selbstmitleid versinken. Zumal Grizzly bestimmt unterwegs war, grübelte Lexa. Andererseits wollte sie auch nicht wankelmütig erscheinen. Wo Disziplin und Entschlossenheit in ihrem neuen Leben doch so wahnsinnig wichtig waren.

„Aber wenn Du magst, kannst Du ja mitkommen. Auf einen Kaffee... oder auch Tee. Es soll nicht heißen, wir Münchner hätten kein Herz für obdachlose Kanadier."

Dave zögerte nur kurz. „Ein Bier wäre mir am Liebsten."

Kurz darauf nahmen sie von der U-Bahnhaltestelle aus die Abkürzung durch den alten Friedhof.

Dave grinste. „Ist das Dein normaler Weg oder gehört das auch zum Tourist-Program für Special Guests?"

„Das ist mein normaler Weg." Lexa zwinkerte ihm zu. „Ich bin eben ein ungewöhnliches Mädchen. Außerdem dachte ich mir, will der Wolf vielleicht noch Auslauf, bevor er in eine fremde Wohnung kommt. Ich hab übrigens einen Kater, der wahrscheinlich Wölfe auch nicht netter als Hunde findet."

„I see." Dave machte jedoch keine Anstalten, sich in einen Wolf zu verwandeln. Schade eigentlich, denn dazu würde er sich bestimmt vorher ausziehen.

Lexa erschrak vor ihren eigenen Gedanken und errötete prompt, was im Dunkeln zum Glück unbemerkt blieb. Was war nur los mit ihr? Wie krank war das denn? Seit sie wusste, dass Dave fraglos das gefährlichste Wesen war, das ihr je begegnet war, fand sie ihn zunehmend attraktiver. Nicht, dass sie

sich mit dem ebenfalls verwegen wirkenden Baghira nicht schon genug Ärger eingehandelt hätte.
Das wollte sie gewiss nicht wiederholen. Oder lag
es eher daran, dass er so überaus deutlich klar gemacht hatte, dass sein Interesse an ihr allenfalls be-
ruflicher Natur war – oder vielmehr spezifischer?

„Lexa? Alles okay?"

„Wie? Hm, ja. Ich war nur in Gedanken. Ist alles
etwas viel für mich." Sie lachte gezwungen. „Also
was ist jetzt? Will der Wolf noch Gassi gehen?"

Dave schniefte und strafte sie von oben herab mit
einem missbilligenden Blick. „Etwas mehr Respekt
bitte", sagte er dann. „Doch nein, der Wolf muss
nicht dreimal täglich laufen wie ein Pet-Dog. Er will
nur Beachtung. Wie wir alle. Heute sind nur noch
die Ältesten von uns regelmäßig in Wolfsgestalt
unterwegs."

Inzwischen hatten sie das andere Tor des Friedhofs passiert und standen nun vor Lexas Haustür,
während sie in den Tiefen ihrer Handtasche nach
ihrem Schlüssel fischte.

„Ein schönes altes Haus", sagte Dave.

Nun, wer aus einem Land kam, in dem der Großteil der Bevölkerung in kruden Holzhütten in den
Wäldern hauste, musste ein Haus mit gut zweihun-
dert Jahren auf dem Dach natürlich alt finden.

„Es passt zu Dir."

Lexa warf ihm einen misstrauischen Blick zu.
Sollte das jetzt eine Beleidigung sein?

Doch Dave fuhr arglos fort: „Es hat Charakter."

Das konnte man schon fast als Kompliment
durchgehen lassen. Vor allem, wenn es von einem
ungehobelten Holzfäller kam.

Schweigend öffnete Lexa die Tür und ging voraus
ins Treppenhaus.

In der Wohnung angekommen versorgte sie sich und Dave mit Bier, das sie direkt aus der Flasche tranken. Gut, denn in diesem Bauarbeiter-Setting kam erst gar keine romantische Stimmung auf.

„Du verwandelst Dich also gar nicht", nahm Lexa dann von der Küchenbank aus wieder das Thema auf.

„Jedenfalls nicht in einen Wolf. Ich hoffe, das ist keine Enttäuschung."

Lexa zuckte die Achseln, lächelte aber dabei. „Enttäuschungen sind unausweichlich."

Dave grinste breit. „Well, wir leben in flexiblen Zeiten, wir alle. Es ist einfach nicht praktisch, als Wolf herumzulaufen und mit etwas Übung kann man sich anpassen. Da in jedem Hund ein Stück Wolf steckt, passt auch in jeden Hund ein Wolf."

„Ah", sagte Lexa, weil ihr nichts Schlaueres einfiel. Sie hatte plötzlich das dringende Bedürfnis, sich mit ihrem *Vampire Beginners Guide* auf der Toilette einzuschließen und in Ruhe nachzulesen, was Dave ihr da gerade erzählte. „Und du bist sicher, dass du mich nicht verarschen willst?"

„Ich schon, und du?" So wie Dave dabei den Kopf schief hielt, war Lexa gar nicht sicher. Spielte er mit ihr? Sie hielt es gerade für sehr gut möglich, dass das Verhalten dieses Menschen ein gerüttelt Maß Wolf lenkte. Oder auch Hund. Was irgendwie dasselbe war. Oder auch nicht.

Sie war verwirrt.

„Und du bist als moderner Werwolf jetzt nicht mehr nächtens in Wolfsgestalt unterwegs, sondern eher als... als..." Sie sah ihn fragend an: „Als was denn nun?"

„Ich persönlich? Ich bin ein Husky."

Lexa nickte. Das passte. Was sollte ein kanadischer Eishockeytrainer auch sonst sein? Noch dazu mit diesen faszinierend blauen Augen. Unsicher lächelnd hielt sie seinem Blick stand.

„Ein Husky also", sagte sie dann mit etwas zu schriller Stimme und kicherte.

„Was ist daran so funny?" fragte Dave indigniert. „Huskys sind patriotic. Beautyful Animals, findest du nicht?"

Lexa grinste. „Und sie stehen für Stolz und Freiheit. Um das geht es dir doch. Gehst du mal mit mir Schlittenfahren? Wir können ja Maya und Ron mitnehmen."

„Du bist das erste Mädchen, das mich bittet, mit ihr Schlitten zu fahren", grinste Dave mit etwas zu viel Zähnen für Lexas Geschmack. Sie musste sich erst an den Gedanken gewöhnen, dass ihre beste Freundin mit einem Werwolf ging. Und sie irgendwie auch. Jedenfalls schien der Mistkerl wesentlich besser Deutsch zu können, als sein Kauderwelsch vermuten ließ.

„Du bist also in deiner... anderen Gestalt ein Husky", lenkte Lexa wieder auf das ursprüngliche Thema. „Was wählt denn der Werwolf von Welt sonst so für einen Pelz?"

Dave setzte sich auf das Fensterbrett und ließ die Füße baumeln. „Ron zum Beispiel trainiert auf Berner Sennenhund."

„Hm", nickte Lexa. „Das passt. So ein Flauschi-Bär wird Maya gut gefallen."

„Du wirst ihr nichts von Rons zweiter Seite sagen", verlangte Dave. In seiner Stimme lag ein Grollen, das in Lexa Urängste weckte, von denen sie angenommen hatte, dass sie ihr irgend-wo auf dem Weg aus dem Neandertal abhandengekommen waren.

„Natürlich nicht", beschwichtigte sie schnell und

hoffentlich überzeugter als sie war. Sie konnte Maya doch nicht anschwindeln. Noch dazu in solch einer Angelegenheit. Andererseits musste sie dann vermutlich auch erklären, woher sie das wusste und warum Maya ihr glauben sollte... Nun, Maya schwärmte für die Romantik-Fantasy-Stories, die derzeit so modern waren – das hatte sie jetzt davon.

Feige vertagte Lexa die Entscheidung, ob und wie sie Maya über die fantastischen Elemente in ihrem Alltag aufklären würde. „Und sonst so? Was für eine Gestalt nehmen andere Werwölfe an?"

„Das ist unterschiedlich. Je nachdem, wo man lebt, als was man sich sieht. Auf dem Land bevorzugen die meisten eher große Hunde – big chaps, you see. In der City hängt das davon ab, was trendy ist. Im Moment sind Möpse sehr in."

„Möpse?!"

„Ja", bekräftigte Dave. „Was regt dich so auf dabei? Möpse sind nett."

„Möpse schon – aber Wermöpse?" Lexa schloss die Augen. Seit sie an diesem verhängnisvollen Morgen in dem zerwühlten Bett allein aufgewacht war, hatte sie entschieden zu oft das Gefühl, zu träumen. Aber selbst Träume sollten ihre Grenzen kennen!

„Auch Werwölfe haben Feelings", sagte Dave. „Und sie wollen geliebt werden. Das ist easy für einen Mops. Möpse sind cute. Für Möpse wird gesorgt, sie dürfen essen, was sie wollen, müssen nirgends draußen warten und man erwartet von ihnen förmlich, dass sie... mencheln."

„Wie viele Wermöpse gibt es hier?"

„Genug. Und Golden Retriever... das sind schon fast zu viele, gerade für die Family-Guys. Beagles, Jack Russels für die Sportys... Die älteren hier in Munich – sind gern Dackel oder diese etwas größeren

Foxies. Whatever you want."

„Ah", stammelte Lexa. Wenn das kein Traum war, wurde sie gerade wahnsinnig.

„Die Bad Guys, die sich eher auf der Straße herumtreiben, gehen lieber als Rottweiler oder Dobermann."

„Zwischen Zuhältern und Dealern wäre es als Mops auch nicht so gemütlich", bestätigte Lexa und war sich nicht sicher, ob sie das selbst ernst meinte.

„Right!" Dave musterte sie nachdenklich. „Spike, einer unserer Alpha-Wolves in Berlin, ist meines Wissens Yorkshire Terrier. Lach nicht, das sind toughe kleine Biester. Rat Hunter, you know."

Ein Geräusch am Fenster ließ Dave herumfahren. Lexa war beeindruckt, wie reaktionsschnell er war. Offenbar galten die körperlichen Vorzüge nicht nur für Vampire.

Grizzly, der durch die Katzenklappe von nächtlichen Abenteuern nach Hause gekommen war, stutzte. Das war ungewöhnlich, denn normalerweise ignorierte er Lexas Männerbesuche geflissentlich und mit nur schlecht maskierter Geringschätzung.

Doch bei Daves Anblick duckte er sich und stieß ein tiefes, sehr ernstes Grollen aus. Lexa hatte das nur einmal bei ihm gehört, kurz bevor er beim Tierarzt dessen Helferin angefallen hatte, als sie ihn für die Betäubungsspritze festhalten sollte.

„Hi", sagte Dave.

„Dave", sagte Lexa, „das ist Grizzly. Und Grizzly, das ist Dave. Der tut nichts."

Grizzly warf ihr einen Blick zu, als sei sie jetzt endgültig vollkommen wahnsinnig geworden und wollte dann rückwärts durch die Katzenklappe fliehen.

Dann jedoch überlegte er es sich anders und stieß einen seltsam ratlos klingenden Laut aus, bevor er wie ein geölter Blitz aus der Küche in den Flur und von dort aus vermutlich zu seinem Korb im Wohnzimmer raste.

„Cooler Kerl", sagte Dave. „Brave. Er mag dich, obwohl du ein Vampir bist. Mich mag er nicht."

Lexa grinste geschmeichelt. „Er wird sich daran gewöhnen. Den Hund meiner Eltern mag er auch."

„Respect!", brummte Dave leicht beleidigt und genehmigte sich den letzten Schluck aus seiner Flasche.

Dann erhob er sich. „Es ist jetzt spät genug zum Nachhause gehen."

Lexa arbeitete sich hinter dem Küchentisch hervor und begleitete ihn zur Haustür.

„Du solltest läuten, bevor Du aufsperrst", grinste sie. „Aber Du kannst auch gern im Wohnzimmer schlafen. Meine Couch ist sehr bequem."

„Die von Ron auch." Dave lächelte. „Und ich spüre den Mond. Es ist besser, wenn ich gehe."

Er hauchte ihr neckisch zum Abschied einen Kuss auf die Wange und trat durch die Tür.

„Wir sehen uns", rief Lexa ihm nach, während sie sich unwillkürlich über die Wange strich.

Auf der Treppe sah sich Dave nochmals um und grinste. „Sure! Stay cool, my bloody vamp."

8 – ZWICKT'S MI...

Sie war Baghira gefolgt und war ihm und seiner überwältigenden Aura ein weiteres Mal und aller Vernunft zum Trotz erlegen. Im wahrsten Sinne des Wortes. Doch gerade als sie in inniger Umarmung in die Kissen sanken und sie sich ihm öffnen wollte, stand Dave vor ihnen. Frostklirrend vor Zorn.

Lexa wollte etwas sagen, alles erklären, bevor Vampir und Werwolf übereinander herfielen, um sich um die Beute zu streiten.

Doch der Wecker kam ihr zuvor.

Dieses eine Mal war Lexa dankbar, durch das nörgelnde Piepen aus dem Schlaf gerissen zu werden. Blinzelnd versuchte, sie sich in dieser Welt zurechtzufinden, doch der Traum ließ sie nicht los. Es war demütigend genug, Beute zu sein, musste sie dann auch noch zwischen zwei gleichermaßen gefährliche Männer geraten?

„Wie in einem schlechten Film – und zwar einem ganz schlechten", erklärte sie Grizzly, der vom Fußteil des Bettes über ihren Bauch zu ihrem Gesicht herangetappt kam. „In einem normal schlechten Film würden sich nämlich beide in das entzückende Mädchen verlieben und ihr den Hof machen, oder wenigstens unsäglich leiden, weil sie es nicht wagen, sich ihr zu offenbaren. Aber bei uns hier, interessiert sich keiner für das Mädchen, obwohl es echt entzückend wäre. Oder für ihre niedliche Miezekatze."

Mit diesen Worten packte Lexa ihren Kater und knuddelte ihn gründlich. Das war die sicherste Methode, den stets auf seine Würde bedachten Grizzly zu vertreiben.

So auch heute. Lexa schwang sich aus dem Bett

und begab sich ins Bad. Inzwischen war sie gewohnt, dass es ihr morgens miserabel ging, doch auch wenn sie wusste, woran es lag, machte es das keineswegs angenehmer. Sie gähnte kieferverrenkend. Und starrte in den Spiegel. Auf das Gähnen hatten ihre Vampirzähne reagiert und so starrte ein bleiches Ungeheuer aus roten Augen zurück. Mit Raubtierzähnen, die offenbar ab einem bestimmten Winkel der Kiefer ausfuhren wie die Giftzähne einer Schlange.

„Mädchen, wunder Dich nicht, dass Deine Freier nicht spuren. Du schaust ja verheerend aus."

Beim Frühstück, zu dem Lexa sich stilsicher für Blutorangentee entschieden hatte, blätterte sie wieder einmal durch den *Vampire Beginners Guide*.

> *„Den enormen Kräften und Möglichkeiten, die einem Vampir gegeben sind, korrespondiert eine nicht minder große Verantwortung. Disziplin ist daher die oberste und erste Tugend. Denn nur mit ihrer Hilfe vermag man die Gelüste und Begierden, auf denen die vampirische Macht gedeiht, auf eine einem selbstbestimmten Leben zuträgliche Weise autonom zu steuern. Dabei geht es, anders als oftmals in Literatur und Themenfilmen dargestellt, nicht etwa darum, das vampirische Wesen vor sich selbst zu verleugnen oder zu unterdrücken, sondern im Gegenteil darum, sich mit ihm aktiv auseinanderzusetzen und diesem Aspekt des eigenen Daseins den Raum zu geben, den er verdient."*

Lexa nahm einen großen Schluck Tee und sah auf die Uhr. Der Bus ging in 10 Minuten. Also konnte sie noch kurz die praktische Umsetzung dieser doch eher theoretischen Mahnung nachlesen.

„Disziplin prägt den Vampir in der Gesellschaft in allen Aspekten seines Denkens und Handelns. Beginnt dies bei einer entsprechenden schattenkompatiblen Ausgestaltung des eigenen Habitats, z.B. durch Anmietung geeigneten Wohnraums und Wahl eines tauglichen Arbeitsplatzes, so endet es weder bei der notwendig weitreichend anzupassenden Ernährung noch bei der umzustellenden Körperpflege, sondern erfordert auch eine andere Bewertung von Freundschaften, sozialen Gepflogenheiten und der hierbei gebräuchlichen Kommunikation. Denn es gilt in absolut jeder Lebenslage die Kontrolle über sich und die Ereignisse zu bewahren, will man nicht riskieren, dass die ungebändigte vampirische Kraft sich einen Weg schlägt und blind für etwaige Konsequenzen ihrer raubtierhaften Natur freien Lauf lässt."

„Na toll!" Lexa wollte so wenig Raubtier wie Beute sein. Wie gern wäre sie aus diesem Alptraum aufgewacht, in dem offenbar Kopfschmerzen und Lügen eine tragende Rolle spielten.

„Zwickt mich doch bitte einer", seufzte sie, als sie kurz darauf die Treppen in Richtung Bushaltestelle nach unten sprang und dabei fast Frau Stolz, die korpulente Dame aus dem zweiten Stock, über den Haufen gerannt hätte.

„Lexa", entfuhr es der empört. „warum immer so ungestüm? Mäßige Dich, sonst wird es mit dir noch mal ein schlimmes Ende nehmen!"

„Wenn sie wüssten, Frau Stolz", rief Lexa, ohne sich umzudrehen. Sie hatte den Bus nämlich bereits an der Ampel stehen sehen.

Der Arbeitstag selbst in der Klinik zog sich wie die Therabänder, mit denen Lexa ihre Patienten in der Reha-Gruppe quälte. Ein unerwartetes, aber eben auch verstörendes Highlight war gewesen, als Doris, die für die Raumbelegung zuständige Verwaltungsdame, ihr spontan um den Hals gefallen war.

„Du gehst freiwillig in den Keller? Oh Lexa, das ist wunderbar!" hatte sie gerufen und sie an ihren Körbchen-Tetra-D-Busen gepresst, um sie in einer Wolke süßlichen Parfums zu ertränken. „Ich bin Dir ja so dankbar. Damit hat der ganze Hickhack ein Ende."

Lexa schüttelte beim Gedanken daran den Kopf. Unabhängig davon, dass nichts und niemand außer vielleicht einem Erdbeben der Stärke 10 den albernen Kampf um Status Symbole und Prinzipien in der Klinik beenden konnte, hatte Lexa schwer mit sich zu kämpfen gehabt, Doris nicht einfach zu beißen. Soviel also zur im Handbuch beschworenen Disziplin. Schlimmer aber war, dass sie nicht etwa aufgrund ihrer überlegenen Selbstbeherrschung den niederen und verwerflichen Drang überwunden hatte, eine Freundin, naja geschätzte Kollegin, zu beißen, sondern allein deshalb, weil sie unter all dem Parfüm etwas Krankes wahrgenommen hatte. Einen Geruch, der sie abgeschreckt hatte. So wie man ja auch nicht weiteressen mag, wenn die Wurst leicht ranzig riecht...

„Ich kann doch meine Freunde nicht nach ihrer Appetitlichkeit einstufen", erklärte Lexa ihren
Gymnastikutensilien. „Außerdem muss ich jetzt
überlegen, wie ich Doris am Besten dazu bringe,
mal zum Arzt zu gehen." Sie seufzte.

Großer Macht entspringt große Verantwortung.
Das galt nicht nur für Spinnen und Superhelden.
Doch bevor sie zu einer Lösung vorgestoßen war,
klopfte es.

Auf ihr „Herein" schlich Mick ins Zimmer und
ließ sich theatralisch auf ihre Massageliege fallen.

„Ich hab Mittagspause", bemerkte Lexa trocken.
„Aber falls Dein Schwächeanfall an Unterzuckerung
liegt, darfst Du gerne mitkommen. Ich wollte mal
wieder zum Metzger gehen. Dort gibt es heute frische Blutwurst."

„Mein Patient ist tot", bemerkte Mick mit Grabes-
stimme. Lexa setzte sich, wohl wissend, dass jetzt
Trost und Zuspruch dringender als das Mittagessen
waren.

Obwohl solche Tragödien in einem Krankenhaus leider kein Einzelfall waren, nahm sich Mick
jede dieser Niederlagen zu Herzen. Er empfand es
als persönliche Herausforderung, keinen Patienten
abzugeben, bevor der nicht bereit dazu war. Eine
Eigenschaft, die Lexa an einem Arzt sehr schätzte,
auch wenn sie fürchtete, dass ihr Freund dadurch
auf Dauer zu viel Kraft in seinem Beruf ließ.

„Welcher denn", fragte sie sanft.

„Ich weiß ja noch nicht einmal seinen Namen."
Mick schloss die Augen und schüttelte angesichts
seiner eigenen Ohnmacht verzweifelt den Kopf.
„Der arme Kerl, den sie gestern eingeliefert haben.
Dabei war der eigentlich stabil gewesen. Ich ver-
stehe das nicht. Plötzliches Kreislaufversagen. Bis

wir ihn an den Geräten hatten, war er schon fort. Schlimm. Schlimm. Schlimm."

Mit einem Mal wurde Lexa kalt. „Du meinst den Stricher, der so zerbissen war...", fragte sie mit belegter Stimme, obwohl sie die Antwort längst kannte – und zumindest einen hässlichen Verdacht hatte, wie es zu dem überraschenden Kreislaufversagen gekommen war. Beim Gedanken an Thomas' verächtliches Kichern und Karels kalte Augen schüttelte sie sich. Am liebsten hätte Lexa zum Handy gegriffen und die Nummer auf der Visitenkarte gewählt, um den Dreckskerl gepflegt zu beschimpfen. Doch sie ahnte, dass das nicht den gewünschten Erfolg haben würde. Dafür war Karel einfach viel zu glatt – ein Anwalt eben. Brrr.

„Das tut mir leid", sagte sie dann. Ob sie Mick nach Details fragen sollte? Nach irgendwas, das ihren Verdacht bestätigen würde?

„Ich nehme an, er wird autopsiert", sagte sie dann. „Wenn man nicht weiß, woran er gestorben ist, meine ich."

„Das weiß man ja", sagte Mick ruhig. „Er war eben doch schwächer als es den Anschein hatte. So etwas kann passieren. Traurig. Traurig. Traurig."

„Aber...", setzte Lexa noch einmal an und wusste nicht weiter.

„Meiner anderen Patientin kann ich auch keine gute Nachricht bringen", sagte Mick in das peinlich berührte Schweigen hinein. „Du wirst ja gehört haben, dass irgendwelche Deppen das Labor verwüstet haben. Dabei ist wohl auch Deine Blutprobe zu Bruch gegangen. Wir müssten eine neue nehmen. Wobei das dauern wird, bis sie untersucht werden kann. Im Labor läuft im Augenblick nur Notbetrieb. Die Polizei nimmt noch Spuren."

Das war nun gar nicht das, was Lexa hören wollte. „Gute Güte. Da draußen werden harmlose Strichjungen massakriert und die schnüffeln ein paar Junkies nach, die sich in der Tür geirrt haben? Das nächste Mal sperren wir eben alle Türen ab und gut!"

„Da ist ein nicht unbeträchtlicher Sachschaden entstanden und die Versicherung findet das gar nicht lustig", widersprach Mick. „Nach dem Stricher fragt dagegen kein Mensch. Wir wissen ja nicht einmal, wie er hieß."

„Das ist so armselig", grollte Lexa.

„Wer will da widersprechen", fragte Mick und setzte sich wieder auf. „Jedenfalls sollte ich Dich noch einmal untersuchen. Wirklich fit wirkst Du nämlich nicht auf mich. Blass, wenngleich toll geschminkt und irgendwie... verändert. Diese K.O.-Tropfen können ziemlich fies sein, Lexa."

„Ich bin völlig in Ordnung. Blass ist um diese Jahreszeit normal und Maya sagt ohnehin, der Brit-Look sei schwer im Kommen."

„Bist Du immer noch so lichtempfindlich? Was macht dein Kreislauf am Morgen?"

Mick war in medizinischen Dingen wie ein Terrier – einmal verbissen, ließ er einen nicht mehr los!

„Und Dein seltsames Essverhalten? Wie war das? Wir gehen zum Metzger, weil es frische Blutwurst gibt? Wenn es nicht so albern wäre, würde ich sagen, Du bist entweder schwanger oder unter die Vampire gegangen."

„Dann solltest Du aufpassen, dass ich Dich nicht beiße und den Knoblauchschinken bestelle", schnappte Lexa und öffnete die Tür. „Und jetzt schwing Deinen Hintern von meiner Liege, ich habe Hunger!"

Nachmittags zwischen Lymphtherapie und Cardiotraining klingelte Lexas Handy. Die im Display angezeigte Nummer kannte Lexa nicht. Sie zögerte. Normalerweise ignorierte sie fremde Nummern. *Normalerweise.* Allerdings war in ihrem Leben derzeit so absolut gar nichts normal, dass sie sich nicht sicher war, ob sie nicht doch ans Telefon gehen sollte. Der Anrufer war jedenfalls beharrlich.

„Hallo?" sagte sie schließlich.

„Ja, hier auch hallo", quäkte eine männliche Stimme aus dem Gerät. „Habe ich das Vergnügen mit Alexandra Schellenberger?"

Lexa zögerte. „Ich bin am Apparat. Aber ich will mich noch nicht festlegen, ob das ein Vergnügen wird. Mit wem spreche ich denn?"

„Oh, entschuldige bitte. Wo habe ich nur meinen Kopf? Mein Name ist Herbert Savary. Ich habe Deine Nummer von Karel von Wattenberg, dem Rechtsanwalt."

„Ach", staunte Lexa perplex. „Du bist also Herbert." Doch auch Savary hatte sie irgendwo schon mal gehört.

Der Mann lachte. Es klang nett. „Schon mein ganzes Leben lang. Wenn Du schon von mir gehört hast, Alexandra, warum bist Du dann so erstaunt?"

„Lexa bitte. Alexandra hieß ich immer nur, wenn ich was ausgefressen hatte", sagte Lexa. „Und nun ja – ich habe eben nicht damit gerechnet, dass Du mich einfach so anrufst."

„Deine Nummer habe ich von Karel. Der weiß einfach alles."

„Ja, den Eindruck habe ich auch", grinste Lexa, obwohl sie das weniger lustig als vielmehr gruselig fand. „Aber eigentlich habe ich mich gerade gewundert, dass Du mich einfach so anrufst. Ich meine so mit dem Handy..."

„Tut mir leid, wenn ich Dich enttäuscht habe." Herbert lachte wieder. Er schien das oft zu tun. „Hätte ich besser eine Fledermaus schicken sollen?"

Etwas unsicher fiel Lexa in sein Lachen ein.

„Karel meinte, ich könnte Dir vielleicht helfen. Wollen wir uns nicht einfach mal treffen? Meinetwegen auch auf einem Friedhof, obwohl ich irgendein nettes Café bevorzugen würde. Weißt Du, wir sind eigentlich ganz normal. Darauf legen wir auch viel Wert. Karel betreibt einen unglaublichen Aufwand, um uns geradezu unerträglich normal erscheinen zu lassen. Rechtsanwalt eben. Norm-al... im Sinne von normierend. Normen gebend, verstehst Du? Nicht normiert, so wie die Zombies. Arme Dinger!"

„Herbert, was hat es sich mit diesen Zombies auf sich? Ich höre das neuerdings ständig!"

„Das liegt daran, meine Liebe, dass wir in den Schatten nicht so viel Wert auf diese alberne Political Correctness legen. Wir sagen halt wie es ist, weil es so ist. Und weil es sich nicht ändert, nur weil wir es nicht mehr beim Namen nennen. Ebenso gut könnte man auch eine entzündete Wunde heilen wollen, indem man ein Pflaster drüber klebt."

„Jaja", unterbrach Lexa ungeduldig. „Wer sind diese Zombies? Wo sind sie?"

„Du wirst doch wissen, was ein Zombie ist, meine Liebe. Lebende Tote. Oder vielmehr Tote, die es noch nicht einmal bemerken, dass sie schon lange nicht mehr leben und einfach weitermachen, als sei nichts gewesen. Nun, vielleicht war ja auch nichts? Ich meine, was ist das für ein Leben, wenn man noch nicht einmal so etwas einzigartiges und sensationelles wie den eigenen Tod bemerkt?"

„Herbert!" rief Lexa.

„Hach, ich schweife immer so schnell ab. Das ist meine größte Schwäche", lenkte Herbert ein. „Wenn Du Dich umschaust, wirst Du schnell feststellen, dass wir seit vielen, vielen Jahren umzingelt von einer wachsenden Zahl von Zombies sind. Bedauernswerte Kreaturen, die nur noch sinnbefreit monoton im Hamsterrad laufen. Die morgens in Büro gehen und abends ins Fitness-Studio oder auch zu einer Afterwork-Party, wo man tut, was man tun muss, damit die anderen sehen, wie gut es einem doch geht, bevor sie sich vor diesen grässlichen Fernseher hocken und sinnbefreite Bildchen bestaunen, um sich dann im Internet Banalitäten ins Gesicht zu zwitschern... Das sind die, die in schicken Anzügen in geleasten Autos gedankenlos am Wochenende ins Grüne fahren, um dort zu tun, was man tun muss, damit sich der Tod wenigstens ein bisschen wie Leben anfühlt und dabei nichtssagende Bildchen mit ihren Smartphones schießen, die völlig zu Recht diesen Namen tragen, weil sie so viel smarter als ihre Eigentümer sind, um auch die Menschen, die sie nicht kennen, ins Gesicht zu zwitschern, damit jeder sieht, was sie doch für ein erfülltes Leben führen. Aber es kommt nichts von innen, denn da ist man längst tot." Herbert seufzte. „Es ist tragisch. Aber so sind die Zeiten eben."

„Du meinst Workaholics sind Zombies?" Lexa hatte schon wieder das Gefühl, als würde ihr Verstand versagen.

„Schau genau hin und widersprich mir", entgegnete Herbert. „Doch die Übergänge sind fließend. Es ist zumeist ein Tod auf Raten, weißt du. Man ernährt sich falsch, sitzt zu viel und läuft zu wenig. Man denkt nur noch an sich und was die anderen in einem sehen, statt an andere zu denken und die anzuschauen. Da stirbt innen etwas, nennen wir es Seele, und instinktsicher heißt es ja auch, der oder die sei *hohl*. Und irgendwann zerbricht dann auch die Hülle."

„Aber... Zombies laufen blind durch die Gegend und schreien nach Gehirnen, oder nicht?"

„Na, das blind durch die Gegend laufen kriegen sie doch super hin und das Hirn bekommen sie ja regelmäßig. Karel berät ein paar sehr prominent am Markt vertretene Hersteller von Energy-Riegeln und Nahrungsergänzungsmitteln. Neben Calcium, Magnesium, Vitaminen und Spurenelementen ist da auch ganz viel Knochenmehl drin. Zombies stehen auf dieses Zeug und wissen noch nicht einmal, warum. Ob sie das jetzt auf Laufband und Spinning-Rad futtern, oder in ihren Schreibtischschubladen horten – sie essen es alle! Und das ist auch gut so, denn das hält sie gesund. Das ist das, was Zombies brauchen. Wir haben auch experimentiert, um das über Fleisch unters Volk zu mischen, speziell mit Rindern ging es ganz gut – anfangs. Nur die Kühe haben es nicht vertragen..."

„BSE?" Lexa war heilfroh, dass sie diese Pülverchen, die Mick beispielsweise pfundweise vertilgte, immer schon eklig gefunden hatte.

„Ja", bestätigte Herbert ungerührt. „Das ist die offizielle Begründung. Karel ist einfach im Umgang mit der Öffentlichkeit unschlagbar. Es ist unerlässlich wichtig, dass die Zombies ruhig gehalten werden. Sie halten das System am Laufen. Und daher dürfen sie nicht erfahren, was sie geworden sind. Oder auch die Menschen, von denen es immer noch genug gibt, was ihnen droht, wenn sie nicht aufpassen. Deshalb forcieren wir auch möglichst plakative

Filme, die zeigen, wie sich Zombies Zombies vorzustellen haben. Thomas zum Beispiel managt ein paar sehr aktive Medienfonds für solche Sachen."

„Ah." Mehr fiel Lexa im Augenblick nicht ein. Wie viele ihrer Freunde waren Zombies?

„Liebes, bitte lass uns heute Abend weiterplaudern. Ich habe jetzt gleich Probe. Wär Dir 19.00 Uhr recht? Kennst Du den Italiener hinter der Oper? Sehr gut. Frag dort nach mir. Herbert Savary."

Lexa blinzelte perplex. „Dem bekannten Klarinettisten", fragte sie. Oper war der Hinweis gewesen.

„Auch das", wiegelte Herbert knapp ab. „Ich reserviere uns einen schnuckeligen Tisch."

9 – EISGEKÜHLTER BOMMERLUNDER

Es ist schon erstaunlich, wie sich die Welt mit der Perspektive verändert. Lexa war mal eine Zeitlang mit einem Fotografen ausgegangen, der das immer gesagt hatte. Doch erst heute konnte sie ihm aus vollster Überzeugung zustimmen, wenngleich ganz anders als vermutet.

Jedenfalls kannte Lexa natürlich den Italiener hinter der Oper, in dem sich reichlich ebenjene Leute trafen, die Herbert für Zombies hielt. Lauter schicke, gepflegte Menschen, die überaus erfolgreich waren und ein Leben lebten, für das sich Lexa, die weniger auf Designerloft als Altbau stand und die Trends traditionell misstrauisch gegenüber stand, nie so richtig erwärmen konnte.

Suchend sah sie sich um. Die Welt hatte sich tatsächlich verändert. Erst einmal hatte sie der Schattenwelt Platz gemacht, ohne sich selbst spürbar zu verschieben – oder vielmehr doch. Die normale Welt – oder Normwelt, wie sie im Vampire Beginners Guide genannt wurde – war irgendwie schwieriger geworden. Weniger selbstverständlich, weniger erklärlich. Seltsam.

Monoton tippten die Zombies auf ihren aktuellen Smartphones herum. Vermutlich waren die Übergänge wirklich fließend. Eilig erhob man sich, wenn die Freunde ankamen, fiel sich um den Hals, pickte hektisch Küsschen auf die Wangen und bestellte dann, was auch immer gerade en vogue war. Irgendwelche Spritz-Getränke, an denen kichernd genippt wurde, während man sich umsah, um zu sehen, von wem man gesehen werden wollte...

Eisgekühlter Bommerlunder zum Beispiel. Das

wäre doch mal was anderes, als dieses langweilige Prosecco und Aperol Spritz Geschlürfe.

„Haben Sie reserviert", fragte der Kellner mit einem leichten italienischen Akzent, wie er sich in solchen Lokalen eben gehörte. Und musterte sie herablassend. Er kannte sie nicht und daher war sie auch nicht wichtig. In diesen Kreisen entschied die Sympathie des Oberkellners über Existenzen.

„Ich nicht, aber ein Herbert Savary", sagte Lexa und bedachte ihn mit ihrem zweitbesten Lächeln. Der Kellner stutzte und musterte sie mit neu gewonnenem Interesse. „Bitte folgen Sie mir, meine Dame", sagte er dann deutlich zuvorkommender als noch vor einem Augenblick, auch wenn er da gewiss nicht unhöflich gewesen war – also jedenfalls nicht für Münchner Verhältnisse.

Zielstrebig wurde Lexa durch das bereits gut gefüllte Lokal und die Empore hinauf geführt, wo üblicherweise nur die VIPs sitzen durften. Wider Willen war Lexa beeindruckt. Der Kellner führte Lexa zu einem kleinen Tisch, der in einer Nische stand und so Diskretion mit einem sensationell guten Blick über das Spektakel unten auf dem Parkett verband.

„Herr Savary wird gewiss gleich hier sein", sagte der Kellner und rückte höflich ihren Stuhl zurecht. „Wollen Sie schon etwas trinken? Einen Aperitif vielleicht?"

„Wasser genügt."

„Ah, so überaus bescheiden?" Die Stimme kannte Lexa schon vom Telefon und so drehte sie sich neugierig um.

„Hallo Herbert", sagte Lexa und hielt dem Mann vor ihr die Hand hin.

Herbert grinste. Er sah auf unauffällige Weise gut

aus, mittelgroß, mittelalt, sehr gepflegt, sehr sportlich, sehr sympathisch in Jeans, Hemd und Schal
mit einem Klarinettenkoffer an der Schulter.

Sein Händedruck war angenehm fest.

„Du weißt ja, was ich mag, Luigi", sagte er und
zwinkerte dem Kellner zu, der auf dem Absatz umdrehte, um die Bestellungen abzugeben.

„Luigi heißt eigentlich Jörg", vertraute Herbert
ihr an. „Aber er meint nicht ganz zu Unrecht, dass
das nicht italienisch genug klingt. Er legt immer so
viel Wert darauf, die Zombies nicht zu enttäuschen.
Es bricht mir das Herz, ihn leiden zu sehen, denn ist
er so ein netter Junge."

Lexa nickte. Sie war sich ziemlich sicher, dass
Herbert mit Luigi-der-Jörg-hieß mehr als nur eine
geschäftliche Beziehung verband.

Mit einer ausladenden Geste wies Herbert auf das
Parkett. „Ich liebe es, dem munteren Treiben hier
unten zuzusehen. Ich würde sagen, in diesem speziellen, als so wahnsinnig quirlig und lebendig gehyp-
ten Etablissement ist allenfalls ein Drittel der Gäste
noch wirklich am Leben. Ist das nicht ulkig? Gerade
die Toten geben sich immer am Lebhaftesten." Er
wandte sich mit schief gelegtem Kopf wieder Lexa
zu. „Lebhaft – ist das nicht ein herrliches Wort? Nicht
richtig lebendig, sondern nur zur Schau lebend… Leb-
Haft – als könnte man etwas Totem Leben anhaften.
Hach, von allen Sprachen, die ich spreche, ist Deutsch
in seinen Vokabeln schon am Tiefgründigsten. Wenn
man sich die Mühe macht, sie wirken zu lassen."

„Kennt Luigi … die Schattenwelt?", fragte Lexa,
die vor allem deshalb Deutsch sprach, weil das
hierzulande eben üblich war und sie auch keine andere Sprache vergleichbar gut konnte. Zaghaft sah
sie sich um.

„Aber nein, Liebes, wo denkst Du hin?", Herbert winkte eilig ab. „Das würde ihn nur verwirren. Selbst Deinen intimsten Freunden solltest Du nicht vorschnell die Schatten offenbaren, denn wer die Sonne im Rücken hat, wird Dunkelheit meist als bedrohlich empfinden. Ich habe es ein-, zweimal versucht..." Seine Miene wirkte plötzlich traurig. „... und jedes Mal bereut."

Er langte über den Tisch und ergriff ihre Hand. „Und das, Liebes, war gleich die erste Lektion. Karel hat mich gebeten, Dich in unsere Kreise einzuführen. Ein bisschen wie Pygmalion, ist das nicht toll? Eine wunderbare Geschichte, egal wer sie wann erzählt. Findest Du nicht?"

Lexa konnte sich zwar dunkel daran erinnern, dass Pygmalion der Titel eines Film-Klassikers war, aber beim besten Willen nicht, worum es in dem Film gegangen war, und so nickte sie nur lächelnd.

„Ich muss noch viel lernen", sagte sie dann. „Ich kann mich an den Film leider nicht erinnern, aber ich werde ihn nachher gleich googlen."

„So ist es brav", lobte Herbert und prostete ihr zu. „Dabei solltest Du allerdings Wikipedia und Google meiden. Beide sind fest in Elfenhand, und denen ist nicht zu trauen."

Lexa verschluckte sich kläglich. „Die sind was?", hustete sie schließlich.

Herbert wirkte erstaunt. „Die sind in Elfenhand. Schau Liebes, Zombies arbeiten emsig wie die Ameisen und ungefähr mit dem gleichen Maß an intellektueller Selbstbestimmung. Vampire hingegen lenken gern. Man findet unsereiner oft in Banken und Kanzleien, wo wir unser Naturell, diese gelegentlich etwas übergriffige Leidenschaft, in sozial tolerierter Form ausleben können – und nebenbei genug Geld verdienen, um die eine oder andere private Blutbank zu finanzieren. Wenn wir uns das Blut spenden lassen, spart das allen eine Menge Ärger und Aufwand, nicht wahr?"

Lexa nickte.

„Daneben fühlen sich viele unserer Kollegen in der Computerbranche wohl. Da staunt keiner über ungewöhnliches Verhalten und auch Blässe gilt als berufstypisch. Außerdem erlauben Computer ein bis dahin unbekanntes Maß an Kontrolle, was mich zu den Elfen bringt."

„Elfen", echote Lexa und war froh, zu sitzen.

„Elfen sind ähnlich wie wir auch heute meist unbemerkt mitten in der Gesellschaft, wenngleich sie wie alle Schattenwesen – oder auch amtlich *realisierungsferne Spezies* – unerkannt bleiben wollen. Das mit den spitzen Ohren ist ungefähr so zutreffend, wie die Gehirnfokussierung bei den Zombies. Elfen haben ihre Ohren überall und sind versessen auf Information. Seit jeher und daher kommt auch die deutsche Redensart, *die Ohren spitzen*, wenn man aufmerksam lauscht. Dabei sind Elfen jedoch leider sehr besitzergreifend. Sie horten Wissen und versuchen hier eine Monopolstellung aufzubauen. Während sie dies lange Zeit durch Geheimhaltung gewährleisten wollten, haben sie vor einigen Jahren Spam als Geheimwaffe erfunden. Heute besteht die Kunst nicht mehr darin, Informationen zu beschaffen, sondern sie aus dem Wust der als Information maskierten Mitteilungen zu filtern. Und durch Computer und Internet haben die Elfen vorzügliche Mittel, um das Wissen, die Informationen, den Glauben und die Meinungen in jede von ihnen gewünschte Richtung zu lenken."

„Und darum haben sie Google und Wikipedia – um Informationen zu steuern?"

„Ja. Wir Vampire steuern ein bisschen dagegen, und natürlich ist das ein Pauschalurteil, aber dennoch für den ersten Eindruck zutreffend."

„Und Werwölfe?"

„Den meisten von ihnen ist das zu abgehoben. Die Lunalupiden, wie wir die Lykantrophen treffender nennen, um so deren Abhängigkeit vom Mond einzubeziehen, sind viel direkter in ihrer Einflussnahme", sinnierte Herbert nachdenklich. „Brot und Spiele – darüber kann man natürlich die Menschen auch beherrschen. Es ist nicht sehr elegant, aber höchst effizient. Werwölfe können gut mit Menschen, die bewundernswert hartnäckig die Augen vor all dem verschließen, was im Schatten liegt. Vielleicht ist deshalb heute auch die Gefahr, zombifiziert zu werden viel größer als die zum Vampir oder Werwolf zu mutieren."

„Wie wird man Elf?"

Herbert lachte. „Gar nicht. Als Elf wird man geboren, deshalb fühlen sie sich ja auch so überlegen. Aber zurück zu den Werwölfen: Die großen Sportverbände zum Beispiel sind ungeachtet der Beteiligung von Vampiren oder auch Elfen letztlich fest in Werwolfhand – oder sagt man da dann besser Pranke? Auch organisierte Kriminalität, Erotik – aber auch Gastronomie – es hat schon seinen Grund, warum man dort besser *mit den Wölfen heulen* sollte."

„Ah ja." Lexa dachte an Dave und Ron und lächelte.

„Elfen arbeiten gern in kleinen Grüppchen, Vampire allein, verbunden allenfalls in sehr losen Netzwerken und Werwölfe in klar definierten Organisationen."

„Stay with the Pack", nickte Lexa.

„Ja, genau." Herbert nickte und grinste, als Lexa irritiert aufsah. Sie hatte gar nicht bemerkt, dass sie laut gedacht hatte. „Du hattest bisher mehr Kontakt mit Werwölfen als mit Vampiren, Liebes. Das merkt man. Aber das macht nichts. Ich hab nichts gegen Werwölfe. Gar nicht. Einer meiner ehemaligen Geliebten ist einer. Obwohl das wirklich sehr unschicklich ist."

„Was?", fragte Lexa. „Dass Du Geliebte hast oder dass diese Werwölfe sind?"

„Sowohl als auch und weder noch." Herbert grinste noch breiter. „Du bist erfrischend direkt, Liebes. Aber sei vorsichtig. Es gibt einige in den Schatten, die solche Fragen nicht tolerieren würden. Sexualität ist bei Vampiren ein großes Thema. Der Akt des Bisses ist dem Liebesakt nicht unähnlich, wie Du vermutlich weißt."

Lexa schoss das Blut ins Gesicht. Oh ja, das wusste sie nur zu gut. Sie erinnerte sich nur ungern an die Erlebnisse dieser einen Nacht, die sie immer noch erregten, auch wenn sie einen grässlichen Preis für diese Freuden bezahlt hatte.

„Und es ist auch nicht unbedingt verboten, dass man sich interspezifisch begegnet, aber es ist dennoch eher selten und wird von vielen eher konservativen Gemütern mit Argwohn beäugt, wenn Du verstehst, was ich meine."

„Das ist in den Schatten nicht groß anders als in der normalen Welt", bemerkte Lexa. „Doch wer mit Disziplin und Diskretion vorgeht, hat nichts zu befürchten."

„So ist es, Liebes. Wer braucht Antworten, wenn man Lösungen hat", lächelte Herbert, bevor er von Luigis Rückkehr unterbrochen wurde.

„Wisst Ihr schon, was ihr essen wollt", fragte

Luigi und sah bedeutungsvoll auf die unberührt vor ihnen liegenden Speisekarten.

Lexa wollte eilends zur Karte greifen, doch Herbert schüttelte lächelnd den Kopf. „Luigi, mein Schatz, bitte bring uns diesen fantastischen Sanguipastina mit Oliven. Ich habe Lexa so viel von dieser Spezialität vorgeschwärmt. Doch kann man ein Wunder gastronomischer Raffinesse natürlich nicht beschreiben, das muss sie einfach selbst kosten."

Luigi zuckte die Schultern, warf Lexa einen eifersüchtigen Blick zu und trollte sich hüftschwingend wieder.

„Lektion zwei", nahm Herbert den Faden wieder auf. „Du musst sehen, dass Du regelmäßig Blut oder wenigstens rohes Fleisch bekommst. Diese Blutküchlein etwa sind deftig, aber köstlich. Ansonsten kannst Du im Wesentlichen essen, was Du willst. Ein paar Sachen sind allerdings eher schlecht bekömmlich..."

„Dazu steht im Handbuch einiges", warf Lexa ein. „Interessanter wäre, wo ich diese Vampirdiät bekomme."

„Handbuch?" Herbert legte fragend den Kopf schief.

„Ist das nicht Teil des Starterpakets?"

„Nein. So was haben wir nicht. Wir sind ja kein Automobilclub! Normalerweise wird Nachwuchs von seinen Schöpfern eingeführt. Infekt-Beute, die überlebt, hatten wir seit 46 Jahren nicht mehr in der Stadt."

„Seltsam", sagte Lexa und versuchte erfolglos, sich über *Infekt-Beute* nicht zu ärgern. „Wer nicht nur angesaugt wird, den beißt man offenbar gleich tot."

„Disziplin ist das oberste Gebot für unsereiner. Aber dicht gefolgt kommt Diskretion. Ein paar Kollateralschäden sind dabei unvermeidlich. Auch wenn Karel da immer sehr böse wird. Allerdings haben wir nicht oft solche Fälle. Vielleicht einen oder zwei in zehn Jahren... Autofahren ist gefährlicher. Und gezieltes Vampirifizieren kommt auch nur sehr selten vor. Selbst mit Einwilligung ist das riskant."

„Was bin ich doch für ein Glückskind", bemerkte Lexa schiefmäulig und schenkte sich etwas Wasser nach. Schnaps wäre ihr im Augenblick lieber gewesen. „Wenn Ihr es nicht wart, wer hat mir dann das Buch in den Briefkasten gesteckt?"

„Welches Buch, Liebes?"

„Na diesen Vampire Beginners Guide! Ohne den hätte ich Karel doch gar nicht erst aufgespürt", zischte Lexa. Zugegeben – mit ihren Nerven stand es derzeit nicht zum Besten.

„Du hast ein Exemplar des Vampire Beginners Guide?" Herbert pfiff lautlos durch die Zähne. „Meiner Treu, es gab eine Zeit, da hätte ich für dieses Buch getötet. Wer auch immer es Dir geschenkt hat, er meint es gut mit Dir. Der Guide ist sehr gefragt, denn er gilt als das Beste, was je zum Thema Vampirismus geschrieben wurde. Und tatsächlich mit allen relevanten Informationen, die man so am Anfang braucht. Das hätte ich damals auch gebrauchen können. Ich war in den ersten Jahren ja völlig auf mich allein gestellt... Hach!" Herbert schwieg und glitt gedanklich in eine räumliche wie zeitliche Ferne.

Wieder einmal war Lexa völlig verwirrt. Allmählich wurde das zum Dauerzustand.

„Wann bist Du denn in die Schatten geraten";

fragte Lexa schließlich, einerseits um das Schweigen zu überbrücken, aber auch aus Neugier wie sie sich eingestehen musste.

„Das war im Krieg. Ich war damals in Warschau in einem Kammerorchester eines hohen Nazi-Funktionärs, allerdings unter falschem Namen. Die Familie Savary ist jüdisch durchsetzt musst du wissen." Wieder verlor sich Herbert in Erinnerungen.

„Und der hat dich dann gebissen", mutmaßte Lexa.

„Wie?" Herbert schüttelte den Kopf. „Nein, Nazis sind keine geeigneten Vampire. Extremismus jeder Art ist unserer Spezis fern. Das wäre eher was für Werwölfe, denen fällt es leichter gedankenlos zu gehorchen. Oder für Elfen, die in diesen Tagen durchaus züchterische Ambitionen diskutiert hatten. Doch zugegebenermaßen – gab es auch einige unserer Zunft, die sich die Gunst der Stunde zunutze machten, um bequem ihren Trieben nachgehen zu können..." Herbert sah verlegen auf. „Es war eine schlimme Zeit, eine ganz schlimme, die das Schlechteste aus allen herausgeholt hat, die sie durchlebten. Mit meinen Vorlieben und meiner Abstammung hatte ich in diesen Zeiten nichts zu lachen..."

Er zuckte die Schultern und ließ sich willig von Luigi unterbrechen, der mit ihrem köstlich duftenden Essen zurückkam.

„Lass uns von anderen, erfreulicheren Dingen sprechen, Liebes. Wohin darf ich Dich denn nach dem Essen entführen?"

10 - WO BIST DU?

Es gibt Menschen, die man ein Leben lang kennt, schon bevor man sie trifft.

Lexa hatte erfreut festgestellt, dass das manchmal auch auf über hundert Jahre alte Vampire zutrifft, und so folgte sie Herbert willig durch die Schattenseiten ihrer Stadt. Sie hatten sich bei Luigi lange über Ernährung unterhalten und in der Bar an der Staatskanzlei über Lexas Vampirifizierung und standen nun in einem angesagten Club, vor dem Herbert vom Türsteher mit Handschlag und der Barkeeperin mit Küsschen begrüßt worden war. Hier hatte die Unterhaltung zu einem vorläufigen Ende gefunden. Nicht weil sie nichts mehr zu besprechen gehabt hätten, sondern weil die Musik so laut war.

Also stand Lexa an der Bar und rührte in dem Cocktail, den ihr Herbert bestellt hatte, während sie Herbert dabei zusah, die feurigen Blicke eines hübschen Jungen aufreizend lässig zu ignorieren. Diese kunstvolle Art von Desinteresse führte unweigerlich zu heißen Küssen. Offen blieb dabei nur, wann. Zumal sie eigentlich nicht zu ihrem Vergnügen hier waren. Auf dem Weg hierher hatte Herbert beschlossen, Baghira zu suchen, die augenscheinlich einzige Person in der Stadt, die er nicht kannte. Lexa hatte bereitwillig zugestimmt, auch wenn sie nicht genau wusste, was sie tun wollte, wenn sie ihn tatsächlich fanden. Ein Teil von ihr durstete nach grausamer Rache, ein anderer hingegen hoffte kleinmädchenhaft, dass Baghira sie nur gebissen hatte, um so ihre Liebe unsterblich zu machen.

„Wie bitte?"

Lexa schnaubte und zerhackte mit dem Strohhalm das angetaute Eis in ihrem Drink. Hoffentlich war dieser Teil der kleinere, der winzige, jenes Maß an Verrücktheit, das man sich leistete, um kein Langweiler zu sein. Aber kein Sex war gut genug, um diese Art von Sehnsucht zu entschuldigen. Baghira, wenn der Schuft wirklich so hieß, war ein skrupelloser Unhold, der in einer einzigen Nacht ihr Leben zerstört hatte, aus keinem anderen Grund als dem, die Leidenschaft eines Moments auszukosten.

„Im wahrsten Sinne des Wortes!", knurrte sie heftig.

Und nicht nur ihres, fügte sie in Gedanken an den armen Stripper hinzu, der nun in der Gerichtsmedizin in einem Kühlschrank lag.

Herbert drehte sich nach ihr um. „Was hast Du gesagt, Liebes?", brüllte er.

„Nichts. Ich führe nur Selbstgespräche", brüllte Lexa zurück. „So bekommt man wenigstens sinnvolle Antworten."

„Ich habe mich nach diesem Baghira erkundigt." Herbert lehnte sich dicht zu ihr und wies auf das Pärchen neben ihnen. „Aber leider ohne greifbaren Erfolg."

„Warum hilfst Du mir, ihn zu suchen", fragte Lexa und rätselte, ob sie eifersüchtig war. Baghira würde Herbert bestimmt auch gefallen.

„Weil er ein Thug ist", grollte Herbert und plötzlich war gar nichts Liebenswertes mehr an ihm. „Er ist gemeingefährlicher Verbrecher und ungefähr von dem Liebreiz eines Kinderschänders! Und Du bist die Einzige, die ihn jagen kann, weil ihn sonst keiner kennt."

Herbert warf Lexa einen strengen Blick zu. „Lektion sieben: Der Speichel eines Vampirs enthält einen Stoff, der K.O.-Tropfen ähnelt und sicherstellt, dass Beute sich nicht oder doch nur nebulös an den Biss erinnert. Daneben aber...", hier zwängte Herbert einen mahnend erhobenen Zeigefinger zwischen ihre des Lärms wegen dicht zusammengesteckten Köpfe, „... bewirkt dieser Stoff auch, dass der Vampir emotional positiv besetzt ist."

Lexa blinzelte irritiert.

„Ich könnte jetzt gelehrt von irgendwelchen Hormonen und Prägungen und solchen Sachen referieren, aber das hab ich mir nicht gemerkt. Lies das in Deinem phänomenalen Handbuch nach. Aber simples Fazit ist, dass man seinem Vampir einfach nicht böse sein kann, Liebes!"

„Wenn ich Baghira erwische, ist er am Arsch", knirschte Lexa, die sich ebenso ertappt wie dämlich fühlte, doch Herbert lachte nur und lehnte sich noch dichter zu ihr.

„Das bezweifle ich nicht, Liebes", hauchte er in Lexas Ohr. „Aber ob Du ihm selbigen aufreißt oder küsst, ist eine andere Frage."

Er schien zu spüren, wie elend sich Lexa gerade fühlte, denn er schloss sie in den Arm und drückte sie fest. „Darum bin ich ja da und sorge dafür, dass Du das Richtige tust. Wie hübsch so ein Typ auch sein mag, so darf er sich nicht benehmen. Ein Thug gefährdet nicht nur seine Opfer, sondern auch die Balance zwischen den Welten." Herbert zögerte. „Und wehe uns allen, wenn Karel ihn erwischt. Es macht ihm keine Freude, sich von Deinem Werwolf anzählen zu lassen."

Lexa fuhr zornig zurück. „Er ist nicht mein Werwolf", sagte sie laut genug, um auch über den wummernden Hiphop Bass hinweg gehört zu werden.

„Wollt ihr noch was", rief die Bardame über den Tresen hinweg.

„Mary, mein Schatz!" Natürlich kannte Herbert auch Mary, die Bardame. Mit einem breiten Grinsen lehnte er sich für eine Umarmung über ihre leeren Gläser hinweg und verstrickte Mary natürlich sofort in eine angeregte Unterhaltung, die ziemlich sicher nicht die Getränkekarte betraf. Lexa drehte sich genervt um und ließ einen gelangweilten Blick über die Tanzfläche schweifen. Ob auch dies eine gemischte Bar war? So nannte Herbert Läden, in denen sich Schattenbewohner zusammen mit Menschen wie ihr vergnügten. Wobei sie ja jetzt keiner *dieser Mensch* mehr war, sondern eher zu *jenen Vampiren* gehörte. Das fühlte sich seltsam an. Heimatlos. Lexa hatte sich immer irgendwie besonders gefühlt, aber sich dabei *etwas anders* ganz anderes vorgestellt.

Ob die athletisch gebaute Frau neben der Box ein Werwolf war? Sie erinnerte mit ihrer lässigen Art irgendwie an Dave. Oder jener hochmütig dreinblickende Afrikaner ein Elf? Gab es überhaupt schwarze Elfen? Sie musste noch so viel lernen.

„Lexa!" Herbert zupfte fordernd an ihrem Ärmel. „Mary weiß was."

„Und was?" Neugierig drehte sich Lexa zu der Barkeeperin um.

„Sie ist eine von uns und kennt Baghira. Komm, begleiten wir sie auf ihre Raucherpause."

Vor dem Seiteneingang stellte Herbert sie einander vor.

Mary lächelte Lexa mit jener Neugierde an, die verriet, dass Herbert auch Lexa schon vorgestellt hatte. „Der hübsche Kerl, den ihr sucht, ist hier Kunde. Ich kenne allerdings seinen Namen nicht. Er war ein paar Mal hier. Mit verschiedenen Leuten, mit Falk zum Beispiel, auch mit Normalos aus dem

Team, mit Stefan etwa, aber meist mit Gästen."

„Mit dem Türsteher? Und Du hast nichts gesagt?", hakte Herbert nach.

Mary warf ihm einen erstaunten Blick zu. „Nein. Es ist ja nicht verboten, seine Mahlzeiten zu jagen."

„Ich kann nicht akzeptieren, dass man fahrlässig vampirifiziert", schnappte Herbert erbost.

Mary zuckte die Schultern. „Reg Dich ab, Herb! Es reicht halt nicht jedem, sich aus der Blutbank einzudecken. Frisch ist schon was anderes. Ich bin auch gelegentlich auf der Pirsch."

„Aber Du kannst Dich beherrschen. Was dagegen dieser Baghira tut, ist Vorsatz!" Herbert regte sich immer mehr auf. „Das ist ein Thug. Lexa steht nicht freiwillig hier."

„Oh!" Mary sah wieder zu Lexa. „Ohne Disziplin, ohne Gespür für Maß und Mitte ist es ein Verbrechen. Was Dir passiert ist, war nicht recht."

„Ja, und deshalb darf ich gar nicht daran denken, was passiert, wenn ihn Karel in die Finger kriegt", klagte Herbert theatralisch. „Dann ist die sorglose Zeit vorbei, die mit pikanten Interviews für Mrs. Rice so genial eingeläutet wurde. Wenn Karel einen Rechtsbruch vermutet, kennt er kein Pardon und nimmt auf unsere Imagekampagne garantiert keine Rücksicht."

„Mir gefällt das ja auch nicht", gab Mary zu. „Und anders als Du finde ich diese Teenie-Vampire, von denen die kleinen Mädchen träumen, furchtbar. Aber trotzdem hat Karel schon Recht. Disziplinlosigkeit ist nicht zu tolerieren!" Empört zog sie tief an ihrer Zigarette. „Wir sind doch keine Werwölfe", rief sie dann so unvermittelt und heftig, dass Lexa zusammenfuhr.

„Werwölfe?"

Herbert atmete ratlos durch. „Werwölfe rekrutieren... sagen wir... etwas rustikaler als unsereins."

„Kein Wolf hat jemals Stil", warf Mary ein und zog wieder an ihrer Zigarette.

Lexa wurde nervös. Ron war bei Maya!

„Wie rekrutieren Werwölfe denn?"

Herbert zuckte die Schultern. „Ich war noch nie dabei. Aber man munkelt, dass Neuzugänge nicht immer freiwillig sind."

„Disziplin liegt ihnen einfach nicht", bemerkte Mary.

„Das liegt daran, dass der Wolf in ihnen einen eigenen Willen hat", wiederholte Lexa, was ihr Dave erklärt hatte.

„Warum auch immer." Mary blieb unbeeindruckt. „Aber das ist auch gar nicht das Thema hier. Sie drückte ihre Zigarette aus und wandte sich an Lexa. „Wenn Du Rat und Hilfe brauchst, melde Dich. Wir Vampire sind von Natur aus kein besonders geselliges Völkchen, aber darum zählt Freundschaft umso mehr. Herbert sagt, Du seist ganz bezaubernd, und das will ich ihm natürlich glauben."

„Das ist ein großherziges Angebot, Mary." Herbert wirkte so erfreut, als hätte sie ihn persönlich eingeladen. „Damit hilfst Du Lexa sehr. Weißt Du, Liebes", damit wandte er sich an Lexa, „Mary hier ist ein altgedienter Vampir..."

„Und Du hast heute offenbar Deinen Charme verlegt, Herb", schnaubte Mary belustigt. „Aber Lexa, glaub mir, Du wirst dieses Leben mögen. Ich mag es seit gut 250 Jahren. Die Vorteile überwiegen die Nachteile bei Weitem. Man ist stark und kräftig, die Sinne sind schärfer. Man altert kaum, Blut wirkt besser als Botox, und sterben kann man nur an Verletzungen und einigen wenigen Krankheiten, aber nicht an Alter. Das ist doch schon etwas."

Lexa nickte unsicher und beschloss, auch das noch einmal gründlich nachzulesen.

„Hier hast Du meine Nummer", sagte Mary und steckte ihr ein Kärtchen zu. „Melde Dich einfach und wir gehen mal shoppen."

Sie sah auf die Uhr. „Jetzt muss ich aber wieder rein."

„Ihr solltet besser ein Phantombild anfertigen lassen", meinte etwa eine Stunde später in einer Bar eine Werwölfin, die Lexa bisher als Pressesprecherin eines renommierten Fußballclubs gekannt hatte, kopfschüttelnd. „Der Kerl muss dingfest gemacht werden, bevor er noch mehr Schaden anrichtet."

Herbert hatte Lexa einer faszinierenden Zahl von Schattengängern vorgestellt, die offenbar viel zahlreicher waren, als sie je für möglich gehalten hätte. Herbert sagte, Schattengänger lebten gern in Städten, da sich dort kaum einer für seine Mitmenschen interessierte und so gar nicht bemerkte, dass diese Mitmenschen vor allem keine Menschen waren, also nicht im Sinne der Standarddefinition. Sie hatte dabei unzählige Hände geschüttelt und aufmunternde Worte empfangen. Doch von Baghira keine Spur. Manche glaubten, ihn irgendwo gesehen zu haben, aber keiner wusste etwas, das ihnen wirklich weitergeholfen hätte.

„Elena", rief schließlich eine Werwölfin und winkte hektisch einem hübschen Mädchen zu, das erst lächelnd zurückwinkte, doch dann zögerte als es Herbert sah.

Herbert bemerkte das und verneigte sich lächelnd. „Ein Verflossener", sagte er mit etwas Wehmut, „den ich an das andere Geschlecht verloren habe. Doch ich denke gern an diese köstliche Affäre zurück. Sei vorsichtig, Elena weiß nichts von den Schatten."

„Hallo Herbert", hauchte das Wesen verlegen. Lexa hätte wirklich nicht den Mann hinter der Aufmachung erkannt.

„Hallo Elena, Liebes", grüßte Hebert freundlich und küsste zwei stark geschminkte Wangen. „Darf ich Dir Lexa vorstellen? Gloria kennst Du ja."

Elena nickte und entspannte sich.

„Du kommst doch viel herum", begann Gloria lächelnd mit ihrem Anliegen. „Hast Du in den letzten Tagen mal einen Kerl gesehen, der unsere Lexa hier an einen Panther erinnert...?"

Mit der Routine wiederholten Vortrags beschrieb Lexa rasch Baghira so gut es ging. Elena, die aufmerksam zugehört hatte, legte konzentriert ihre Stirn in Falten und dachte nach.

„Ja", sagte sie schließlich gedehnt. „Ich habe den Typen in der Kultfabrik in verschiedenen Clubs gesehen."

„Wann?"

„Wo?"

„Mit wem?"

Elena lachte. „Na, ihr wollt es ja genau wissen. Der war in den letzten Wochen öfter dort. Hat da Mädchen abgeschleppt." Sie lächelte spitzbübisch. „Allerdings schien er durchaus auch interessierten Jungs gegenüber aufgeschlossen. Ein schöner Mann. Roman ist ihm vor ein paar Tagen völlig erlegen. Ich hab mich sehr für ihn gefreut, als sie dann zusammen abgezogen sind. Roman verkauft sein Herz an Willige, da kann er ein bisschen echte Wärme zwischendurch dringend gebrauchen."

„Roman", sagte Lexa und dachte daran, dass der

arme Junge vermutlich gerade im Kühlraum der Klinik auf seine Identifizierung wartete und nie wieder Wärme spüren würde.

„Wenn Du mir inzwischen verziehen haben solltest, kannst Du mich ja mal wieder anrufen", hauchte Elena in Herberts Richtung und ging wieder zurück zu ihren Begleitern.

„Man soll nichts bis zur Neige auskosten", meinte Herbert kryptisch und wandte sich wieder Lexa und Gloria zu.

„Taktisch ist es durchaus geschickt, in der Kultfabrik zu jagen", grübelte Gloria. „Auf dem Gelände drängen sich mehr Clubs auf engerem Raum als irgendwo sonst in der Stadt. Es ist nicht gerade vornehm, aber durchaus ein gutes Jagdgebiet, wenn man den vampirischen Standesdünkel überwindet..."

„He!", protestierte Herbert.

„Anwesende natürlich ausgenommen. Aber Du bist eine Ausnahme in vielerlei Hinsicht."

Gloria lachte und zwinkerte Lexa zu. „Wie viele international gefeierte Konzertmusiker kann man nachts in einem Hip Hop-Schuppen aufreißen?"

Lexa war sich nach allem, was sie in dieser Nacht gehört hatte, nicht mehr sicher, wie wörtlich sie ihre neuen Freunde nehmen sollte, und zuckte daher nur lächelnd die Schultern.

„Jedenfalls sollten wir schleunigst in die Kultfabrik", sagte sie dann. „Dort sind die ganzen Kids mit gefälschten Ausweisen unterwegs."

Herbert sah seufzend auf die Uhr. „Aber nicht mehr heute", verkündete er. „Ich habe jetzt eine Verabredung mit meinem Süßen. Morgen gebe ich abends ein Konzert im Gasteig, aber wenn Du mich abholst, können wir am Wochenende auf Pantherjagd gehen."

„Manche Dinge ändern sich nie", stellte Lexa resigniert fest. Welche Vorteile der Schattenwelt ihr von Mary auch in Aussicht gestellt worden waren – Taxis gehörten nicht dazu.

Nachdem sie gefühlten hundert Taxis zugewunken hatte, ohne ein einziges zu ergattern, beschloss Lexa, zu laufen. Ein Spaziergang würde ihr gut tun. In ihrem Kopf schwirrten die Gedanken wie aufgeschreckte Bienen herum. Außerdem war sie trotz vorgerückter Stunde noch überhaupt nicht müde. Und Laufen hatte ihr schon immer geholfen, einen klaren Kopf zu bekommen. Auch wenn ihre bisherigen Probleme angesichts der aktuell zu bewältigenden Krise geradezu lächerlich belanglos schienen. Liebeskummer, Übergewicht und ein nörgelnder Chef ließen sich mit der Hilfe jeder beliebigen Frauenzeitschrift zufriedenstellend lösen. Aufgaben wie einen psychopathischen Vampir zu fangen und die beste Freundin vor einem Werwolf zu beschützen, schienen dagegen eher anspruchsvoll.

Sie hatte in dieser Nacht Vampire und Werwölfe, einen Zombiemeister und sogar ein Elfenpärchen kennen gelernt. Lauter spannende Leute, von denen sie niemandem erzählen konnte. Vampire trauten Werwölfen nichts und damit alles zu. Werwölfe nahmen Vampire dagegen nicht ernst und alle waren sich einig, dass Elfen elende Besserwisser aber nur halb so schlau waren, wie sie meinten. Und dass Menschen aufpassen mussten, wenn die Zombies nicht vollends das Ruder übernehmen sollten.

Sie stutzte, als sie durch die Grünanlage des Nockerbergs nach oben ging. War da hinter ihr eine Bewegung gewesen? Forschend sah sie sich um. Es war nicht ungewöhnlich, dass sie in einer Stadt auch nachts nicht allein auf der Straße unterwegs war – wenn dem so gewesen wäre, hätte sie ja ein Taxi bekommen – aber die Grünanlagen und den Friedhof hatte Lexa um diese Zeit üblicherweise für sich. Doch da war niemand. Die alten Bäume hüllten sie in dichte Schatten, echte Schatten, die sich nicht durch die mangelnde Bereitschaft, Tatsachen hinzunehmen, sondern durch die Abwesenheit von Licht auszeichneten. Und doch konnte sie erstaunlich viele Einzelheiten erkennen. Fußspuren, Zigarettenkippen und Kaugummipapierchen zwischen dem Laub. Nachtsicht war schon fein.

Sie ging achselzuckend weiter.

Da! Wieder ein hektisches Rascheln hinter ihr!

Sie drehte sich um, meinte, etwa zwanzig Meter hinter sich eine Bewegung im Gebüsch zu sehen, doch konnte nichts Genaues entdecken.

Lexa überlegte, was sie tun sollte. Früher wäre sie einfach weitergegangen. Im Vertrauen darauf, dass fünf Jahre Karate und Übung mit streitlustigen Geschwistern sie notfalls schützen würden, wenn München seinem Ruf als sicherste Stadt der Welt nicht gerecht werden sollte. Für einen mit Superkräften ausgestatteten Vampir schien der Plan nicht weniger tauglich.

Also ging sie wieder weiter, erreichte unbehelligt die Straße und ging an der Burgerbude vorbei an der Friedhofsmauer entlang. Sollte sie trotzdem die Abkürzung über den nächtlichen Friedhof nehmen oder doch lieber den Umweg entlang der Straße?

„Geht's noch?", rügte sich Lexa. „Seit wann so ängstlich?" Offenbar hatte sie diese Vampirgeschichte doch deutlich aus dem Tritt gebracht. Als müsste sich ein Vampir auf einem Friedhof fürchten! Entschlossen öffnete sie das Tor, das entgegen der Auskünfte auf dem dort angebrachten Schild mit Öffnungszeiten auch nachts nicht verschlossen war, und bog in den dunklen Weg ein.

Irgendwie hingen die Zweige der alten Kastanien heute tiefer und der Mond schien blasser. Waren die moosüberwucherten Grabsteine gewachsen?

Ein paar Schritt vor ihr wuselte ein Igel geschäftig über den Weg, um in einem Laubhaufen zwischen zwei Abfalleimern zu verschwinden.

Lexa spürte, wie ihr Herz schneller schlug. Ihre Haut prickelte. Es war nicht der Igel vor ihr der sie sorgte, und auch nicht ihre überbordende Fantasie. Sie beschäftigte das, was hinter ihr blieb. Sie *wusste*, dass da etwas war. Etwas, das ihr nicht wohlgesonnen war. Etwas, das sie beobachtete und auf die günstige Gelegenheit wartete, die irgendwann unweigerlich kommen würde.

Unwillkürlich beschleunigte Lexa, die sich ärgerte, überhaupt über den dunklen Friedhof gegangen zu sein, ihre Schritte. In einem Seitenweg huschte ein hellgrauer Schatten zwischen zwei Grabsteinen zurück in die Dunkelheit. Lexa kniff die Augen zusammen, um genauer zu sehen, doch zu spät. Der Weg lag verlassen im diffusen Zwielicht der Stadt.

Dann hörte sie hinter sich Schritte. Während sie noch angestrengt lauschte, beschleunigten die Schritte. Offenbar waren es mehrere und sie holten auf...

Mit einem Mal hatte Lexa das beklemmende Gefühl, umzingelt zu sein.

„Tu nie was sie erwarten", hatte ihr Karate-Lehrer einmal zu ihr gesagt, als sie sich auf das Vereinsturnier vorbereitet hatten und das zitierte Lexa jetzt. Es war beruhigend, eine Stimme zu hören, die einer Person gehörte, die ganz und gar zu einem hielt. Dass es die eigene Stimme war, machte dabei gar nichts. Psychologie ist eine verrückte Sache.

Lexa drehte sich um und rannte los, direkt auf die Schritte zu.

Die drei Typen hinter ihr waren so erstaunt, dass Lexa dem ersten bereits mit voller Wucht ihre Handtasche ins Gesicht geschlagen hatte, bevor sie auch nur zum Halten kamen. Lexa hingegen war gar nicht überrascht.

Sie nutzte den Schwung ihrer Handtasche drehte sich und trat dem zweiten unfein aber wirkungsvoll in den Magen, dann packte sie der Dritte jedoch am Arm und riss sie zurück. Lexa folgte dem Impuls, drehte weiter, bis sie mit der Schulter die Brust ihres Angreifers berührte, hakte mit dem Fuß nach, um ihn über ihre Schulter zu Boden zu werfen. Der Dreckskerl hatte nur leider ein Messer und erwischte sie damit höchst schmerzhaft am Oberschenkel. Blut versaute ihre neue Hose.

Als Lexa der Geruch von frischem Blut in die Nase stieg war es um sie geschehen. Mit einem Schrei wandte sie sich ihrem Angreifer zu, packte ihn mit ihrer freien Hand am Hals, um ihn am ausgestreckten Arm wie ein Terrier zu beuteln. Sie staunte selbst darüber, wie sie schreiend die Zähne fletschte und langsam zudrückte. Auch bei einem Schrei öffnet man den Mund weit genug, um seinen Vampirzähnen Platz zu bieten. Ein Wunder, dass sie nicht klirrten, als sie ausfuhren.

Gut 30 Zentimeter über dem Boden hatte sich ihr Angreifer flugs in Beute verwandelt und zappelte nun mit vergleichbaren Atemproblemen um sein Leben. Lexa sah zu, wie er erst rot und dann bläulich anlief und langsamer strampelte. Eine Bewegung links von ihr lenkte sie ab. Schnell trat sie einen Schritt vor und schwang ihr fast bewusstloses

Opfer herum, um es als Schutzschild zu verwenden. Der Kerl, den sie getreten hatte, versuchte seinem Freund zu helfen. Sollte er. Lexa warf ihn ihm entgegen und polternd stürzten beide auf den Kies. Lexa sah sich um und stellte fest, dass sie noch nicht einmal nennenswert außer Atem war. Der Geruch von Blut ließ sie zittern. Wo war der Dritte?

Der Kerl, den sie gleich zu Beginn mit ihrer Handtasche niedergeschlagen hatte, war der Türsteher, den Herbert vorhin begrüßt hatte. Stefan, wenn sie sich recht entsann. Langsam richtete er sich auf. Dabei schien seine Gestalt zu zerfließen und eine neue Form anzunehmen.

Lexa blinzelte erstaunt. Stefan wuchs und wuchs, sein Rücken krümmte sich und sein Schädel wurde immer länglicher, bis er schließlich aussah, wie ein extrem hässlicher Anubis.

„Hätte nicht gedacht, dass die Underworld-Filme so dokumentarisch sind", bemerkte Lexa. Doch der Werwolf vor ihr brüllte nur seinen Zorn in die Nacht, bevor er sie mit gefletschten Zähnen ansprang. Lexa duckte sich und wich zurück. Jetzt tat es ihr Leid, dass sie die anderen beiden nicht ganz ausgeschaltet hatte, denn noch einmal würden sie sich nicht überraschen lassen und das bedeutete, dass sie dann ein Problem hatte. Drei gegen einen war einfach immer ungünstig.

Oder besser vier. Hinter dem Werwolf sprang ein weiterer Wolf durch die Nacht heran. Nun, der schien weniger gefährlich. Geradezu winzig im Vergleich zu der Bestie vor ihr. Trotzdem... einer mehr war ein Problem.

Lexa trat ein paar Schritt zurück, um möglichst alle ihre Gegner im Blick zu behalten. Der helle Wolf war fast heran, als sich der riesige Werwolf duckte, um sie anzuspringen. Von rechts kam der Kerl, den sie getreten hatte, erneut auf sie zu. Der andere lag immer noch röchelnd am Boden.

Lexa hatte keine Ahnung, wie sie die nächsten Augenblicke überleben sollte.

Der Werwolf sprang in dem Augenblick los, in dem auch der Wolf über einen Grabstein setzte – und auf dem Rücken des Werwolfs landete. Fauchend und knurrend stürzten beide in ein offenes Grab.

Damit hatte Lexa Zeit, sich um ihren verbleibenden Gegner zu kümmern. Der Kerl packte sie und wollte ihr mit der Faust ins Gesicht schlagen. Lexa schlug ohne nennenswerte Mühe seinen Arm mit der einen Hand beiseite, wich dem Faustschlag aus und packte dann mit der anderen Hand, die Faust. Sie drückte zu und drehte über den Handballen. Unter ihrem Druck spürte sie Knochen nachgeben und Knorpel springen. Der Kerl stieß einen schrillen Schrei aus und wand sich unter ihren Händen. Wieder stieg Lexa der Geruch ihres Blutes in die Nase. Unwillkürlich fletschte sie die Zähne und brachte ihr Gesicht dicht an das ihres Gegners. Er roch nach Tabak, irgendeinem Fruchtlikör und Angst. Angst vor allem, die inzwischen alle andere Gerüche überlagerte.

„Lecker...", hauchte Lexa an einem auffallend hässlichen Ohrring vorbei. „Du bist so lecker."

Der Kerl versuchte erfolglos, sich loszureißen und wimmerte, als Lexa zur Verdeutlichung ihres Standpunkts nochmals seine zerquetschten Finger drückte.

Hinter ihr hatten sich die Ungeheuer aus der Grube herausgearbeitet und prügelten sich nun hingebungsvoll zwischen den Gräbern. Lexa sah sich nach dem letzten der Räuber um, dem röchelnden. Doch der hatte offenbar die Flucht ergriffen. Jedenfalls entfernte sich das Husten eilends.

„Was mich wieder zu Dir bringt, mein Süßer", gurrte sie und fuhr sich prüfend über ihre Zähne. Sie war noch nie zuvor so hungrig gewesen. Sie zog den Kerl dicht an sich heran und blockte so sein Zappeln. Ohne seine Hand loszulassen, presste sie ihn mit dem Arm an sich. Dann bog sie mit der anderen Hand langsam seinen Hals zurück. Er wehrte sich, doch er war so lächerlich schwach. Sie atmete ein und schloss die Augen…

Hinter ihr erklang ein gequältes Jaulen.

Irritiert sah sich Lexa um.

Der Werwolf lag blutend auf dem Weg. Vor ihm stand knurrend der helle Wolf, der bei genauerer Betrachtung ein Husky war. Ein großer, sehr schlecht gelaunter Husky, der nun langsam auf den Werwolf zuging. Die riesige Bestie richtete sich auf und wich in geduckter Haltung zurück. Erst einen Schritt, dann noch einen. Und noch einen. Dann warf er sich herum und hetzte davon, um sich irgendwo in die Tiefen des Friedhofs zu verkriechen.

Der Husky drehte sich zu ihr um und bedachte sie mit einem seltsamen Blick. Aber das konnte auch an den blauen Augen liegen. Hunde sollten keine blauen Augen haben.

Der Räuber in Lexas Arm zappelte. Unklug, denn so hätte ihn Lexa fast vergessen. So aber zog sie ihn wieder fester an sich und beugte sich über ihn.

Sie spürte seine Wärme, roch seine Angst, hörte sein Herz und wusste, dass er köstlich schmecken würde.

Alles um sie herum versank als sie sich langsam über ihr zappelndes Mal beugte.

„Stop! Lass das!"

Irritiert hielt Lexa inne.

Vor ihr stand Dave, mit einem Lendenschurz, der verdächtig nach dem Hemd von Stefan, dem Türsteher-Werwolf, aussah. Wenn sie nicht ohnehin schon mit offenem Mund vor ihm gestanden wäre, würde sie ihn jetzt fassungslos aufreißen.

„Du hier?"

„Mach den Mund zu und lass den Kerl los", sagte Dave betont heiter, auch wenn Lexa nicht entging, wie wachsam er hinter der lässigen Fassade blieb.

„Nein! Das ist meiner", rief sie verwirrt. Besagter Kerl begann wieder heftiger zu zappeln.

„Der bekommt Dir nicht." Dave entspannte sich unmerklich und schnappte sich Stefans Jeans, die etwas liederlich über einem Messingkreuz hing.

Lexa blinzelte irritiert. „Ich bin Vampir", sagte sie dann.

„Der Kerl ist stuffed mit Drugs and Coffee. Der bekommt Dir nicht. Er ist der Köder einer Falle."

Nun schien auch der Kerl verwirrt. Jedenfalls vergaß er zu zappeln.

Dave zog sich an und schüttelte dann den Kopf. „Stefan hat vor einiger Zeit gecheckt, dass Vampire-Girls schön sind und billig in der Haltung. Lass sie einen Junkie beißen und dann brauchen sie ihn. Denn dann sind sie auch auf Droge, you see?"

„Warum?" Das hatte Lexa auch fragen wollen, aber ihre Junkie-Beute war ihr da glatt zuvorgekommen.

„Stefan ist ein Werwolf, und zwar anders als ich von der weniger netten Sorte. Er hasst Vampire und quält sie gern. Darum setzt er solchen Trash auf Dich an." Er warf dem Junkie einen flüchtigen Blick zu. „No insult intended."

„Warum?", fragte Lexa dieses Mal selbst.

„Stefan ist ein Pimp, immer auf der Suche nach Girls, die für ihn laufen. Addicted Vampire Whores findet er lustig."

„Zum Totlachen", grollte Lexa und ließ den Junkie fallen. Ihr war der Appetit vergangen.

Dave grinste und sah dem Kerl nach, der hochmotiviert um sein Leben rannte. „Gut ist, dass einem Junkie keiner glauben wird, dass er auf einem Cemetery von einem Werwolf vor einem Vampir gerettet wurde."

„Und was ist mit Stefan?" Lexa war zu frustriert, um wirklich besorgt zu sein. Sie hatte ja schon öfter gehört, dass böse Zuhälter miese Tricks kannten, um sich arme Mädchen gefügig zu machen – meist in miesen Fernsehreportagen zu vorgerückter Stunde – aber das hier war irgendwie grotesk.

„Well, ich habe meinen Standpunkt klargemacht und bin zuversichtlich, dass er künftig sein Businessmodell überdenken wird."

„Du warst der Husky? Wieso hat der Werwolf Dich nicht zerfetzt. Der war viel größer..."

„Ja und nein", sagte Dave mit einem Schulterzucken. „Ich sagte ja, dass ich Husky bin. Und Stefans Werwolf war seine Kampfform. Die ist immer größer als der Normalwolf."

Lexa verstand gar nichts, wollte aber nicht nachfragen. Zu viel Information war auch nicht gut. Das hatte Herbert ihr heute im Zusammenhang mit den Elfen erklärt.

„Warum?", sagte sie daher. Das hatte sich bewährt. Und klarstellend: „Warum interessiert sich Stefan für mich?"

„Nun, du bist hübsch", stellte Dave sachlich fest. „Und ein Vampir. Das reicht. Möglicherweise haben

ihn auch die anderen Vampire auf deine Spur gesetzt. Sie mögen keine Thugs und empfinden ihre
Opfer als Bedrohung, als Makel. Bei Vampiren weiß
man nie, you know."

„Du meinst, Karel würde so was machen?"

„Karel?" Dave stutzte. „Nein! Das war Thomas'
Signatur. Karel selbst ist zwar ganz und gar skrupellos, aber auf seine Art honest und verlässlich. Da
er Dir seine Karte gegeben hat, bist Du im Club. Du
gehörst dazu."

Lexa nickte. Sie hatte schon im *Red Moon* das Gefühl gehabt, dass Dave nicht nur deshalb diese Visitenkarte für Lexa verlangt hatte, damit sie Karels
Telefonnummer bekam.

„Muss ich Herbert fürchten?"

„Herb? Nein, nach allem, was ich weiß, ist der
okay. Dem ging es damals auch nicht anders als Dir.
Eine berühmte Geschichte."

Mehrere Fragen brannten Lexa auf der Zunge.
Da sie aber Herberts Geschichte lieber von Herbert
hören wollte, widmete sie sich der, die Dave direkt
betraf.

„Was tust Du eigentlich hier und warum hilfst Du
mir?"

Dave zögerte und fuhr mit einer flachen Hand
über den Grabstein an seiner Seite.

Lexa wartete und bückte sich schließlich nach
ihrer Tasche, um dort ein Taschentuch herauszuho-
len, mit dem sie den Schnitt in ihrem Oberschenkel
behandeln konnte.

Als sie wieder aufsah, waren da nur noch eine
verlorene Jeans und ein Hemd und ein grauer
Schatten, der fast so schnell wie der Junkie vorhin
zwischen den Grabsteinen verschwand.

11 – WIENER BLUT

Am nächsten Morgen begutachtete Lexa erst einmal ihre Schenkelwunde. Gewappnet mit Verbandszeug, Wundsalbe und einem Desinfektionsspray setzte sie sich auf die Kante der Badewanne und schob ihre Pyjamahose nach unten.

„Na, zum Glück ist da noch genug Blut, um zu beweisen, dass ich nicht völlig bescheuert bin."

Fasziniert besah sich Lexa die Wunde – oder vielmehr die Stelle, an der, den Blutspuren zufolge, die Wunde sein sollte. Tatsächlich war da nicht mehr viel mehr zu sehen als ein verschorfter Kratzer. Lexa war kein Arzt, aber kein Mensch arbeitete in einem Krankenhaus, ohne ein bisschen was über Wunden zu lernen. Und diese Wunde sah aus, als sei sie mehrere Tage und nicht nur ein paar Stunden alt. Gleichwohl behandelte sie den Kratzer mit Desinfektionsspray und Wundsalbe. Den Verband allerdings ließ sie weg. „Nur nicht übertreiben", erklärte sie ihrem Spiegelbild.

Dann tappte sie zu ihrer Morgenlektüre in die Küche.

„Neben der Kraft und der Reaktionsgeschwindigkeit, die dem vampirischen Körper innewohnen, ist vor allem das Talent zur Selbstheilung positiv hervorzuheben. In Reihenversuchen wurde ein statistischer Mittelwert errechnet, wonach der Wundheilungsprozess bei Vampiren durchschnittlich 2,9 mal schneller erfolgt als bei der Humanheilung."

Lexa nippte grübelnd an ihrem Früchtetee. „Na, das ist ja mal erfreulich!" Einer spontanen Eingebung folgend blätterte sie weiter zu Kapitel 13, in dem auch andere Schattengänger beschrieben wurden.

„Werwölfe hingegen sehnen sich nach streng definierten Hierarchien. Unabhängig von dem Status, den sie sich in menschlicher Erscheinungsform im Tagesgeschehen in der Normwelt erarbeiten, halten sie in den Schatten eine klare Rangfolge ein."

Ein paar Seiten später behandelte das Handbuch endlich das, was Lexa eigentlich wissen wollte:

„Die wölfische Seite in einem Werwolf ist unterschiedlich stark ausgeprägt. Die Ruheform, die seit etwa 100 Jahren zunehmend einem hündischen Äußeren angepasst wird, um reibungsfrei auch im Tagesgeschehen Akzeptanz zu finden, ist die weitaus häufigere Erscheinungsform des modernen Werwolfs. Das Design der Ruheform ist dabei im Wesentlichen frei gestaltbar, sodass heute Werwölfe in großer Variantenbreite anzutreffen sind. Die Kampfform hingegen ist einer Einflussnahme weitestgehend entzogen, scheint sie doch in konzentrierter Form die Energie des Wesens auf die wölfische Stärke zu komprimieren. Der menschlicher Kontrolle entzogene Werwolf ist aufgerichtet 70 bis 90 Inch groß und in der Lage, auf den Hinterbeinen zu gehen. Er ist von einer Stärke, die deutlich über der eines Vampirs liegt, jedoch nur von allenfalls mäßiger Intelligenz."

Mit Blick auf die Uhr verschob Lexa weitere Recherchen auf einen späteren Zeitpunkt. Sie war ohnehin schon spät dran, wenn sie den Bus noch erwischen wollte.

Als sie kurz darauf schnaufend wie eine Dampflokomotive an der Bushaltestelle ankam, war zwar Lexa zusammen mit 10 anderen Menschen da, doch der Bus glänzte durch Abwesenheit. Ungeduldig begann Lexa, am Bordstein auf und ab zu gehen. Der dichte Münchner Berufsverkehr bot alle möglichen Sorten von Wägen, nur keinen Bus. Lexa schlenderte weiter zu den Zeitungsständern, um die Schlagzeilen zu lesen.

„Blutbad in Haidhausen!"

„Vampire in der Stadt!

„Ungewöhnlich blutrünstige Mordserie weiterhin ungeklärt!"

Lexa grinste. Wie üblich war schon anhand der Überschriften deutlich zu sehen, wo zwischen Boulevard und Nachricht die jeweilige Zeitung zu Hause war.

Dann schloss das Gelesene zu ihr auf. „Mordende Vampire veranstalten ein Blutbad?"

Hektisch kramte Lexa nach Kleingeld, um die Details zu erfahren.

Als sie Maya etwa eine Stunde später traf, war Lexa in Gedanken bei den Zeitungsartikeln. Es war wieder eine Leiche gefunden worden, deutlich anämisch. Mit Bissen und Kratzern am Körper. Das war natürlich ein gefundenes Fressen für die Presse und irgendwo hatte sie gelesen, dass sogar eine Sonderkommission gebildet werden sollte.

„Die neue Vampirleiche ist ein Österreicher", erzählte ihr Maya ungefragt. „Ein Manager aus Wien.

Der arme Kerl sah noch schlimmer aus als der Strichjunge, der Mick weggestorben ist."

„Darf ich wissen, woher Du das alles weißt", fragte Lexa.

„Nachdem Du Deinen Polizisten in die Wüste geschickt hast, habe ich meine alten Kontakte zur Gerichtsmedizin aufgefrischt", erklärte Maya. „Allerdings nur freundschaftlich. Ron wollte unbedingt mehr über die Sache wissen und an ihm liegt mir wirklich viel."

„Das freut mich für Dich!" Lexa lächelte. Wenn Ron nicht ausgerechnet ein Werwolf wäre, würde sie sich noch viel mehr freuen.

„Mich auch"; grinste Maya. „Und was ist mit Dir und Dave? Ihr wart ja letztens so superschnell weg – und habt uns dabei eine phänomenale Nacht beschert. Ron kann so zärtlich sein. Wir haben den ganzen Abend nur gekuschelt, ganz ohne Sex. Und das, obwohl wir sturmfrei gehabt hätten."

„Sehr clever, Ron", brummte Lexa, die sich gut an Daves Erklärung der mit der Mondphase verbundenen Risiken für Werwolfgespielen erinnern konnte, und griff nach ihrem Wasserglas.

„Ich glaube nicht, dass Ron so taktisch vorgeht", missverstand sie Maya natürlich prompt. „Nein, es war einfach schön. Wir waren einander so nah..." Maya seufzte. „Und doch – oder auch gerade deshalb – spüre ich ganz genau, dass Ron irgendwas verbirgt. Irgendein Geheimnis wartet da draußen und ich weiß nicht, was das sein könnte. Hast Du eine Idee?"

Lexa, die sehr genau wusste, welches Geheimnis Ron verbergen wollte, verschluckte sich kläglich, bekam Wasser in die Nase und in den falschen Hals zugleich.

Maya reichte ihr ein Taschentuch und klopfte ihr dann auf den Rücken.

„Geht's wieder?"

Lexa war sich nicht sicher, nickte aber brav – schon um sicherzustellen, dass Maya ihr nicht vor lauter Sorge das Schulterblatt zertrümmerte.

Ihr Handy klingelte. Herbert.

„Hi", keuchte Lexa heiser.

„Liebes, Du klingst, als wäre Dir der gestrige Ausflug gar nicht bekommen." Herbert klang zu besorgt, um sich mit einer Begrüßung aufzuhalten. „Was lese ich da? Noch ein Vampirmord? Wir müssen Deinen feurigen Lover unbedingt stoppen, bevor er hier noch eine Lawine lostritt, unter die wir alle miteinander nicht geraten wollen. Auch hier gilt – wer Lösungen hat, muss sich mit Antworten nicht aufhalten."

„Das ist exakt meine Rede." Lexas Stimme war im Augenblick zu piepsig, um für einen Vorwurf Platz zu bieten. Warum sonst sollte sie denn nachts mit einem schwulen Klarinettisten um die Häuser ziehen?

„Schone Dich, Liebes", verfügte Herbert. „Ich hol Dich dann heute Abend ab. Wenn Du magst, können wir vorher bei Dir kochen. Damit Du lernst, was ein Vampir so unter Hausmannskost versteht."

Insgeheim fürchtete Lexa, dass der Begriff unter Vampiren deutlich wörtlicher zu verstehen war als in anderen Kreisen, hoffte aber zugleich, sich zu irren. Irgendwann musste nach dem Gesetz der Serie ein Irrtum ja auch mal eine Wendung zu besseren bringen.

„Wer war das?", fragte Maya neugierig.

„Herbert." Lexa zuckte die Schultern. „Ein Freund eines Bekannten, den ich gestern getroffen habe."

„Ah." Mayas Blick nach war sie mit der Antwort nicht zufrieden. „Muss sich Dave wegen des Platzes an Deiner Seite Sorgen machen?"

„Nein", entfuhr es Lexa heftiger als beabsichtigt. „Dave muss sich keine Sorgen machen, weil Dave keinen Platz an meiner Seite hat! Wir können gern zu viert ausgehen, damit Du Ruhe gibst, aber das wird 2+1+1 und nicht 2+2, wenn Du verstehst, was ich meine."

„Oh ja", grinste Maya als hätte sie eine ganze Banane auf einmal und zwar quer verschluckt. „Die Worte hör ich wohl, allein mir fehlt der Glaube, Süße. Ihr seid also noch in der Werbungsphase."

„Nein", knirschte Lexa, die überhaupt keine Lust hatte, mit ihrer neugierigen Freundin über Dave zu sprechen. Nicht, etwa weil es wegen Dave so viel zu Reden gegeben hätte, sondern weil der blöde Kerl auf einem Haufen von Themen saß, die Lexa gerade lieber nicht und auf gar keinen Fall in der Mittagspause ansprechen wollte. Vampire, Werwölfe, Massenmörder... das bedurfte sorgfältiger Vorbereitung und feinfühliger Hinführung.

Mit gutem Gespür für das richtige Timing brummte Lexas Handy, um so aufgeregt anzuzeigen, dass irgendwer eine SMS geschrieben hatte. Froh um die Ablenkung schnappte sich Lexa das Gerät.

„Alles ok? Bin in Sorge. Melde Dich, wenn Du Zeit hast. D."

„War er das", fragte Maya unschuldig.

„Wie kommst Du darauf?"

„Also ja!" Maya wirkte wie eine Katze, die gerade versehentlich in die Speisekammer gesperrt worden war. „Deine ausdrucksstarke Mimik verrät Dich. Du warst genervt, als das Handy gebrummt hat, neugierig und irgendwie erleichtert, als Du es genommen hast und während des Lesens erfreut."

„Alles richtig", gab Lexa zu, was ohnehin bekannt war. „Aber wir kommst Du darauf, dass es Dave war, der mich erfreut hat?"

Maya zuckte die Schultern. „Widersprich mir, wenn ich irre."

Nun war es Lexa, die grinste. „Lass gut sein", bat sie dann. „Ich hab derzeit für eine Affäre zu viel um die Ohren."

„Dir hängt diese Baghira-Sache noch nach", vermutete Maya, deren Treffsicherheit heute wirklich beängstigend war. „Das verstehe ich. Nicht auszudenken, was der Typ alles mit Dir hätte anstellen können."

„Darüber sollte man gar nicht nachdenken", sagte Lexa und hoffte, dass Maya sich daran hielt. „Vermutlich brauch ich einfach etwas Zeit, bis ich das alles sauber verarbeitet habe."

Damit endlich gab sich Maya zufrieden und Lexa beruhigte ihr Gewissen damit, dass sie ja nichts dafür konnte, wenn ihre Freundin unter der Verarbeitung etwas anderes verstand als die konkret vor Lexa liegenden Aufgaben. Sie musste sich eine Strategie einfallen lassen, wie sie Baghira stoppen konnte. Herbert hatte gesagt, das Hauptproblem bestehe darin, dass ihn keiner kannte und Lexas Beschreibung zu vage war. Solange nur sie den Thug identifizieren konnte, versagte Karels Einfluss. Wenn Lexa nur etwas besser im Beschreiben von Personen gewesen wäre, wäre alles halb so schlimm. Verzweifelt grübelte sie, wie im Nachtleben ein einzelner Mann besser gefunden werden konnte, als auf der Suche nach ihm durch irgendwelche Klubs zu streifen.

Nie wäre Lexa darauf gekommen, rote Nudeln tatsächlich mit Blut einzufärben, obwohl sie zugeben musste, dass sie dann zusammen mit Gewürzen einen sehr pikanten Geschmack hatten, den man auch Nicht-Vampiren vorsetzen konnte.

Herbert lachte, als sie nach einem üppigen Mal in den Bus stiegen, der sie zu Münchens größter Party-Area bringen würde. „Es ist wichtig, dass man genug Rezepte in petto hat, die einen normalen Umgang mit den normalen Leuten erlauben. Essen nimmt einen so großen Teil unseres gesellschaftlichen Miteinanders ein, dass hier kluge Strategien das Leben schon spürbar erleichtern. Wobei es Kollegen gibt, die es vorziehen, unter sich zu bleiben, um sich nicht verstellen zu müssen. Sie halten die vampirische Lebensart für überlegen." Mit einem Schulterzucken stempelte er die Fahrkarte und setzte sich neben Lexa. „Ich mag meine normalen Freunde und möchte sie nicht missen. Auch sie sind ein Teil von mir und daher muss ich mich da gar nicht verleugnen. Aber wer als klassischer Konzertmusiker und Homosexueller durchs Leben läuft, den wirft so ein bisschen Vampir auch nicht mehr aus der Bahn. Die meisten Kollegen wären jedenfalls mit den einfachen Leuten deutlich kompatibler als diese Gothics, die unseren Lebensstil so grausam missverstehen."

Unwillkürlich grinste Lexa. Herbert, der heute unter einer Lederjacke ein Shirt mit dem Aufdruck „Ich mag's klassisch" trug, sah trotz seiner bis auf den Schriftzug schwarzen Kleidung wahrlich nicht wie ein Goth aus. Schon die Lachfalten störten.

Gemeinsam stiegen sie am Ostbahnhof aus und schlenderten durch die Katakomben unter den Gleisen auf die andere Seite zu den Clubs. Im grellen Neonlicht wirkte die Gesellschaft, die sich da auf der Suche nach abendlicher Zerstreuung zur Party-meile wälzte, außerordentlich schräg.

Auf dem alten Fabrikgelände drängten sich nun Kneipen, Discotheken, Bars und Clubs und versprühten morbiden Charme, der gut zu der Suche nach einem marodierenden Vampir passte. Sie begannen in dem Laden, in dem Baghira angeblich gesehen worden war.

„Warum such ich eigentlich?", fragte Lexa, während sie missmutig an ihrem Cocktail nippte. „Dave hat schon Recht, das ist doch eigentlich euer Thema."

„Erstens mal ist Dein *Euer* dank Baghira ja längst ein *unser*, das auch *Dein* umfasst", korrigierte Herbert allzeit liebenswürdig, „und zweitens bist Du die Einzige, die diesen Mistkerl erkennen kann. Wir brauchen Dich. Warum sonst hat Dir Karel gleich seine Visitenkarte gegeben? Darauf warten andere Jahre. Warum sonst hast Du so einen Premium-Coach wie mich bekommen? Tolerant, sensibel, charmant, witzig, hilfsbereit, gut vernetzt in beiden Welten..."

„Wie gut, dass Bescheidenheit nicht zur Job Description gehört", grinste Lexa, obwohl ihr gar nicht zum Lachen war. Sie wusste nicht, ob es ihr lieber war, wenn Karel sie brauchte oder dass er ihr nur half, weil Dave es verlangt hatte.

„Was beschäftigt Dich?", fragte Herbert. „Du siehst aus, als hättest Du Deinen tollwütigen Panther gesehen – aber hier ist niemand, der auch nur ansatzweise auf Deine Beschreibung passt."

„Kluges Kerlchen." Suchend sah sich Lexa in dem langsam voller werdenden Raum um. Auf der Tanzfläche herrschte inzwischen ein ziemliches Gedränge. Aufmerksam sah sich Lexa um. Würde sie Baghira auch dann wieder erkennen, wenn er sein Outfit gewechselt haben sollte? Allerdings war Lexa ziemlich sicher, dass Baghira zu eitel war, um sich zu verändern. Sein Äußeres war Teil eines Gesamtkonzepts, das bei teurer Designermode ansetzte, seine Bewegungen, sein Verhalten, seine Sprüche und schließlich sogar seinen Namen bestimmte. *Baghira* – wie der schwarze kluge Panther aus dem Dschungelbuch. Wie sah er sich? Oder wichtiger: Wo?

Herbert neben ihr kicherte. „Kaum zu glauben, dass all die sich wiegenden, springenden, zappelnden und stampfenden Wesen dieselbe Musik zur gleichen Zeit hören."

„Dass da das Herz eines Musikers blutet, wundert mich nicht." Lexa rückte näher zu Herbert. „Aber vergiss nicht, dass wir nicht zum Spaß hier sind."

Herbert warf ihr einen vampirmäßig düsteren Blick zu. „Zum Spaß bin ich nicht hier. Da wäre ich woanders."

„Konzertsäle, Philharmonie...", mutmaßte Lexa.

Herbert riss überrascht die Augen auf. „Hach, Liebes, seh ich aus, als würde ich Klischees frontal reiten?" Er lachte. „Nein, nichts gegen Pop und Rock. Mit Freddie Mercury war ich durchaus befreundet und mit David Bowie chatte ich auch heute noch. Er sagt, ich hätte ihn inspiriert. Auch mit Pink kann ich mich durchaus anfreunden, ich hab sie mal bei einer Preisverleihung persönlich getroffen. Arg amerikanisch, aber nett. Was ich dagegen gar nicht leiden kann, ist, wenn die Bässe so unkonturiert sind und die Höhen schrillen. Merkst Du nicht, wie die Mitteltöne zu einem Klangbrei verkleben?"

Willig folgte Lexa, die vor allem den Cocktail klebrig gefunden hatte, Herbert, dem vielseitig Berühmten, aus der schlecht beschallten Bar.

Um in eine der großen Discotheken weiterzuziehen. Ob der Sound dort besser war, konnte Lexa, deren Stilrichtung es jedenfalls nicht war, nicht einschätzen. Jedenfalls war es lauter. Sie nickte Herbert zu und schlängelte sich im Halbdunkel in Richtung Tanzfläche. Es war durchaus praktisch, dass Vampire im Dunkeln gut sehen konnten. Weniger praktisch war ihr feines Gehör. Die Höhen schrillten auch hier aus den riesigen, spektakulär an der Tanzfläche aufgetürmten Boxen und ließen Lexas Ohren klingeln. Sie erwog, sich Ohrstöpsel anzulegen, entschied sich dann aber dagegen.

„Wer schön sein will, muss leiden." Und Oropax hätte weder zu ihrer roten Lederjacke und den engen Jeans mit den hochhackigen Ankleboots gepasst, noch zu ihrer Hochsteckfrisur.

Es war so laut, dass sie sich selbst nicht hören konnte. So machten auch Selbstgespräche wenig Spaß. Sie entdeckte Herbert, der an einer Bar mit zwei vollbusigen Damen sprach, die sich sichtlich freuten, ihn zu sehen. Natürlich. Herbert mochten einfach alle.

Dann wurde sie zu den Klängen irgendeines RnB-Künstlers auf die Tanzfläche gesogen. Im Licht der Stroboskope ließ Lexa sich treiben, gab sich dem Rhythmus hin und durch sie wirken. Neben ihr tanzten zwei Teenies in Kleidchen, bei denen sich Rocksaum und Ausschnitt offenbar in der Mitte treffen wollten, und warfen irgendwem hinter ihr Blicke zu, von denen sie hofften, dass sie kokett wirkten, wobei man das natürlich heute anders nennen würde.

Lexa seufzte zu den Beats. Sie fühlte sich alt. So alt, dass sie die Sprache in diesem Laden schon gar nicht mehr sprach – und wenn, dann allenfalls als Fremdsprache.

Resigniert drehte sie sich um und erntete das Lächeln eines pickeligen Kerls in Halbmastjeans und einem kunstvoll zerschlissenem Sweatshirt. Sie senkte schnell den Blick, doch zu spät. Mit siegessicherem Jägerblick tanzte der Kerl näher an sie heran.

Sie spürte die hasserfüllten Blicke der Teenie-Gören auf ihren Schultern brennen.

Die Pickel rückten näher. „Hi", brüllte er in Lexas Ohr. „Ich bin Tom."

„Fein", rief Lexa und wich hinter die Front der Gören zurück. Wenn die Mädels schlau waren, würden sie jetzt über ihn herfallen. Zwei zum Preis für eine! Aber natürlich waren sie nicht schlau – oder jedenfalls nicht erfahren, abgebrüht und skrupellos. Und deshalb ließen sie den Jungen einfach an sich vorbeiziehen, als er Lexa folgte. Dumme Gänse.

Zur nächsten Nummer drehte sie sich um und arbeitete sich an den Rand der Tanzfläche vor. Der Kerl folgte ihr, offenbar in unberechtigter Vorfreude auf einen Drink in netter Gesellschaft. Warum akzeptierte er nicht, dass sie ihn nicht mochte? Obwohl... er schien keine Drogen zu nehmen und wäre damit vermutlich ein netter Leckerbissen! Lexa schüttelte sich.

„Disziplin", ermahnte sie sich. Sie war nicht zum Essen hier.

„Lexa?"

Diese Stimme hätte sie überall wieder erkannt. Keine andere lotete die Bandbreite ihrer Gefühle so aus, sprach von zähneknirschender Mordlust über Schmetterlingsgefühle im Bauch bis hin zu panischen Fluchtimpulsen einfach alle an. Gleichzeitig.

Sie vergaß Tom, drehte sich um und stand vor Baghira, der sich zwischen zwei aufgeschminkten Nachthühnchen sehr wohl zu fühlen schien.

„Baghira?" Ihre Stimme entschied sich für ein kehliges Piepen, das aber zum Glück in den wuchtigen Bässen irgendeines Gangster-Raps unterging.

Wo war Herbert?

Die beiden Mädchen funkelten Lexa böse an.

Wenn die wüssten.

Baghira sah aus wie bei ihrer ersten Begegnung. Von Kopf bis Fuß in lässiges Schwarz und ein überhebliches Lächeln gekleidet.

„Ich wollte Dich nicht bei Deinem Gespräch stören", sagte Lexa kühl.

„Tust Du nicht. Es ist genug für alle da." Das Lächeln wurde breiter, breit genug, um seine Raubtierzähne zu entblößen. Ausgefahren. Hier! Mitten unter den Leuten!

„Wie geht es Dir?" Er maß sie mit einem prüfenden Blick. „Darf ich Dich auf einen Drink einladen?"

„Danke nein. Ich kann Typen nicht ausstehen, die sich heimlich davon stehlen und nicht mal ihre Nummer zurück lassen", schnappte Lexa. „Und ich mag es auch nicht, wenn man mich bestiehlt!"

„Ach?" Baghira hob eine Augenbraue und sah dabei unvergleichlich sexy aus. „Dann habe ich Deine kehligen Forderungen nach *Tiefer, fester* und *Mehr, ich will mehr...* wohl falsch verstanden."

Und wieder entsann sich Lexa einiger pikanter Details jener Nacht, die sie bis soeben gnädigerweise vergessen gehabt hatte.

„Ich weiß nicht, was es da falsch zu verstehen gibt", sagte sie und trat dicht an Baghira heran. „*Mehr* bedeutet *geben* und nicht etwa *nehmen!*"

Baghira lachte, umfasste Lexas Taille und zog sie dicht zu sich heran. „Zwischen *Gib's mir* und *Nimm mich* ist in Situationen wie der in Frage stehenden nicht so der Wahnsinnsunterschied", raunte er ihr ins Ohr. „Wir haben getauscht. Mein Sekret gegen Dein Blut und sind beide bereichert. Gib zu, dass Du noch nie vergleichbar intensiven Sex hattest. Orgasmatische Höhen, von denen Du noch nie geträumt hast..."

Er drückte sich fest an sie. „Und da ist noch viel mehr..."

Lexa wusste nicht, ob ihr das gefiel. Oder vielmehr, sie wusste eigentlich genau, dass es ihr nicht gefiel. Aber dafür blieb ihr ein Rätsel, warum sie nichts dagegen unternahm. Fast so sehr, wie die Beobachtung, dass sie Baghiras Berührung trotz allem, was geschehen war, erregte. Sehr sogar. Verdammt!

„Das liegt an dem Sekret, das irgendwie die Hormone manipuliert. Wie genau, weiß ich nicht, Chemie ist nicht meine Stärke." Baghira lächelte und wirkte für einen Augenblick fast verlegen, was Lexas Herz zum Pochen brachte. „Ich hab Dir nichts genommen, sondern etwas gegeben", hauchte er dann in ihr Ohr und blies neckend eine Strähne aus ihrem Nacken, der daraufhin sofort verräterisch prickelte. „Ich hatte Dein Leben in der Hand und habe es Dir in besserer Form zurückgegeben."

Unter Aufbietung all ihrer Willenskraft löste sich Lexa aus seiner Umarmung. „Du gehörst wohl auch zu denen, die eine Vergewaltigung damit begründen, dass es das Opfer gewollt hat, ja?"

Sie hatte ihn provozieren wollen, doch an Baghiras unerschütterlichem Selbstbewusstsein prallten solche Vorwürfe ohne erkennbare Reaktion ab. Er zögerte nur kurz und sah ihr dann interessiert aber ohne jede Reue in die Augen. „Und wenn es so wäre? Würde ich lügen? Wolltest Du es nicht in jener Nacht? In jenem Gang, wo wir uns das erste Mal küssten? Und dann bei Dir? Intensive Leidenschaft, unfassbar, unbeschreiblich... unendlich."

Lexa fürchtete ernsthaft, in diesen nachtschwarzen Augen zu ertrinken. „Das war Vorspiegelung falscher Tatsachen", sagte sie lahm. „Was Du genommen hast, war im Angebot nicht enthalten und was ich bekommen habe, wollte ich nicht haben."

Mit unterdrückter Kraft streichelte Baghira ihren Nacken und drehte sie dann zu den beiden Mädchen, die nicht recht wussten, wie sie die Situation gerade einschätzen sollten. „Welche von den beiden willst Du haben? Ich hatte mich noch nicht entschieden."

„Warum willst Du mit mir teilen", fragte Lexa, schon um Zeit zu gewinnen, bis sie aus dem Meer widersprüchlicher Gefühle irgendwo ihren über Bord gegangenen Verstand herausgefischt hatte.

„Weil Du ein Vampir bist." Der Druck in Lexas Nacken verstärkte sich. Langsam glitt Baghiras Hand ihre Wirbelsäule entlang nach unten und blieb auf ihrem Gesäß liegen. „Ich war fasziniert von Deiner Zielstrebigkeit in jenem Club, von der Art, wie Du mich erobert hast. Du hast gesagt, Du seist ein Vamp. Jetzt stimmt es wirklich."

Ein Schauer wohliger Erregung lief über ihren Rücken. Lexa blinzelte. Im Handbuch hatte sie gelesen, dass man dem Vampir, der einen gebissen hat, nicht böse sein kann. Oder hatte es Herbert gesagt? Egal! Jedenfalls war sie hier ein Opfer arglistiger Biochemie und nicht etwa ihrer echten Gefühle.

Doch zuerst wollte sie Mädchen retten. Sie drehte sich zu Baghira um und küsste ihn leidenschaftlich und besitzergreifend. Das sollte den Gören zeigen, dass sie hier nicht mehr erwünscht waren. Baghira stutzte zuerst, doch gab ihr dann willig nach. Sein Kuss war heiß, feurig und besitzergreifend. Und anzüglich, so wie Baghira mit der Zunge an ihrem Oberkiefer entlangfuhr und nachdrücklich seine Vampirzähne gegen ihre Lippen presste. Mit einer Handbewegung hielt er die dumm glotzenden Mädchen zurück.

Lexa wagte es nicht, in der Discothek einen mordlüsternen Vampir zu entlarven und drängte stattdessen Baghira langsam aus der Nische, in der sie gestanden waren fort und zog ihn dann in Richtung Ausgang. Sobald es etwas leiser war, fuhr sie zornig herum: „Sag mal, spinnst Du? Du kannst doch nicht einfach allnächtlich mordend durch die Stadt ziehen. Wofür gibt es denn Blutkonserven?!"

„Ich mag keine Dosenkost", grinste Baghira und fuhr sich bedeutungsvoll mit der Zungenspitze über die Zähne, bevor er sie wieder küssen wollte. „Komm, lass uns jagen gehen und uns dann lieben. Du hast Dich bewährt und als Dein Meister führe ich Dich noch weiter in die Schatten ein."

„Du bist doch komplett durchgeknallt!" Lexa schob ihn mit aller Kraft von sich. „Wenn Dich einer von den anderen Vampiren erwischt, bist Du fällig. Die sind gar nicht gut auf Dich zu sprechen und seit die Presse Deine Hinterlassenschaften als Vampirmorde deklariert, werden sie Dich nicht sympathischer finden. Wenn Du klug bist, wechselst Du die Stadt und verhältst Dich fortan unauffällig."

„Höre ich da Sorge in Deiner entzückenden Schmährede?"

„Nein! Ja! Aber nicht um Dich, Du skrupelloses Ungeheuer! Drecksskerl. Ich mochte mein Leben zurück!"

„Du wirst auch dieses mögen, das Dir bietet, was Dir bisher gefiel und noch viel mehr dazu", schnurrte Baghira. „Komm, ich zeig Dir, wozu Du fähig bist…"

Er packte sie am Arm und zog sie zu einem Hinterausgang, den eigentlich nur das Personal benutzen durfte. Lexa wollte ihm nicht folgen, doch noch weniger wollte sie unerwünschte Aufmerksamkeit. Wo war nur Herbert?

Kaum waren sie im Freien, verstärkte Baghira seinen Griff und schleuderte Lexa mit dem Rücken gegen eine Wand. Übermächtig ragte er vor ihr auf und fixierte sie mühelos mit seiner Hüfte, während er ihr mit beiden Händen die Haare aus dem Gesicht strich, bevor er einen zarten Kuss auf ihre Lippen hauchte, der in seltsamen Widerspruch zu der Gewalt stand, mit der er sie doch festhielt.

Lexa ahnte, dass sie im Augenblick wie ein geblendetes Mondkalb da stand und mit weit aufgerissenen Augen einfach alles über sich ergehen ließ. Aber sie war nicht fähig, klar zu denken, geschweige denn, sinnvoll zu reagieren. Während sie noch überlegte, bemerkte sie, wie sie sich ihm unwillkürlich entgegenstreckte. Verrat in den eigenen Reihen!

Baghira bemerkte ihren Zwiespalt und lachte leise. „Kriegerin", raunte er ihr ins Ohr und knabberte dann sanft an ihrem Hals. „Du bist so wenig für dieses ängstliche Schattenleben geschaffen wie ich. Die Nacht gehört uns. Kein Mensch kann uns stoppen – und auch kein Vampir, selbst wenn Karel das nicht gerne hört. Die Elfen nicht und dieser tumbe Werwolf, der sich so über mich geärgert hat, auch nicht."

Langsam fuhren seine Hände ihren Körper entlang und brachten ihre Haut zum Kribbeln.

„Du weißt nicht, wie herrlich es ist, wenn lebendiges Blut Dich erfüllt..."

„Warum nimmst Du so viel, dass Dein Opfer stirbt?", flüsterte Lexa zwischen seinen Küssen. „Weil weniger nicht genug ist." Seine Hände wurden zielstrebiger, fordernder. „Weil gerade dieser letzte Schluck unvorstellbar köstlich ist. Die Essenz..."

„Du warst in jener Nacht so unersättlich, Kriegerin."

Lexa stöhnte leise. Die Erinnerung an die Nacht, dieses Vampir-Biss-Phänomen und Baghiras kundige Hände waren zu viel für sie. So wie sie nun ihre Brüste umspielten und schmerzlich ihre härter werdenden Brustwarzen knetete, konnte sie ihm nicht widerstehen, auch wenn sie noch so gerne wollte.

„Ich habe erkannt, dass Du zu mir gehörst. Du bist ein Geschöpf der Nacht und nicht der Schatten. Komm mit mir, es wird Dir gefallen. Erst in Deinen Armen habe ich gekostet, was möglich ist..."

„Na toll!" Der Zauber schwand. „Willst Du damit sagen, dass ich schuld bin, wenn Du jetzt irgendwelche armen Nachtschwärmer aussaugst?"

„Wer spricht von Schuld?" Baghira war nicht beeindruckt und zu stark, um sich stören zu lassen. „Das war eine Offenbarung. Du hast mir die Augen geöffnet. Bei Dir habe ich die Beherrschung verloren und erkannt, was uns jenseits der Angst erwartet. Komm mit mir."

Er drängte sich noch enger gegen sie und strich dann mit den Fingern einer Hand über ihren Hals und neigte den Kopf, so als wolle er sie noch einmal beißen.

„Bitte, lass mich", wich Lexa hilflos, die paar Zentimeter, die sie hatte, zur Seite.

„Du hast sie gehört", rief da hinter ihr eine Stimme.

„Seit wann stört einen Vampir ein Nein?" lachte Baghira, drehte sich aber neugierig nach Herbert um.

„Du bist ein elender Feigling, wenn Du Dir Kraft von einem Neuling holst, der gar nicht weiß, was Du beabsichtigst. Das ist fast so schlimm, wie dieses Gesindel hier um ihre erbärmlichen Existenzen zu bringen. Um das bisschen, das sie haben."

„Ach was", begehrte Baghira auf. „Als wäre es um dieses Dasein, das meine Beute fristet, schade. Ich würde da nicht von Diebstahl, sondern von Erlösung sprechen!"

„Es ist das einzige Leben, das sie kennen und sie mögen es", sagte Herbert ruhig. „Wenn Du Wohltäter spielen willst, wende Dich an die Selbstmordabteilung in der Psychiatrie."

„Bah!", entfuhr es Baghira. „Die schmecken so bitter. Und außerdem mag ich keine Chemie in meinem Essen."

„Dann eben keine Wohltaten." Lexa konnte Herbert zwar nicht sehen, aber sie war sicher, dass er dabei gleichmütig die Schultern zuckte. „Du weißt, dass Karel mich losgeschickt hat, um Dich mit ihrer Hilfe zu suchen."

„Was will der alte Rechtsverdreher denn? An dem ist ein Elf verloren gegangen."

Herbert lachte. „Da bist Du nicht der Erste, der das vermutet. Warum auch nicht? Es spricht ja nichts dagegen, einen Elf zu beißen. Aber wie auch immer – Karel lässt Dich suchen, denn er duldet keine Thugs..."

„Was", fuhr Baghira auf. Vor Zorn ballte er die Fäuste und bemerkte gar nicht, dass er dabei Lexas Bluse zerriss, auf der seine eine Hand immer noch gelegen hatte. In seine Augen trat ein schwer zu deutender Ausdruck, der Lexa sehr besorgte.

„Er nennt mich einen Thug? Was erlaubt sich dieser alte..."

„Eigen- und Fremdwahrnehmung, mein Lieber" unterbrach Herbert, der offenbar näher gekommen war, mit unerschütterlicher Liebenswürdigkeit. „Du siehst Dich als Erlöser, während alle anderen Dich für einen marodierenden Blutsauger halten, ein disziplin- und gewissenloses Etwas, das man nur bedauern oder verachten kann. Thug passt da doch vorzüglich."

„Ich zerfetze Dich mit bloßen Händen, Savary", fauchte Baghira und wandte sich endgültig Herbert zu.

Lexa nutzte die Gunst der Stunde und wich vorsichtig im Krebsgang die Mauer entlang außer Reichweite. Herbert war von außen um die alte Fabrikhalle, in der sich die Diskothek befand, herum gegangen und stand nun locker aber sehr aufmerksam vor Baghira, der plötzlich deutlich größer und breiter als Herbert wirkte.

„Du hattest heute schon Blut", bemerkte Herbert mit einer winzigen Spur von Unsicherheit in der Stimme. „Warum wolltest Du Dir dann noch die Mädchen holen?"

„Eine Jungfrau zum Dessert", lachte Baghira. „Das ist köstlich und macht stark. Funktioniert mit Jungmännern übrigens genauso – oder wie nennt man zum erstmaligen Vernaschen bestimmte Knaben in Deinen Kreisen? Süßspeise? Armer Ritter? Beißt Du direkt, während Du sie von hinten nimmst?"

„Du kannst mich nicht ärgern", sagte Herbert ruhig. „Dazu müsste ich ein Mindestmaß an Respekt für Dich empfinden. Aber Du kannst uns allen einen

Haufen Ärger ersparen und mitkommen. Noch ist kein größerer Skandal passiert und solange wird Karel mit sich reden lassen."

„Und dann ist alles gut, ja?" Baghira spie die Worte förmlich aus. „Karel ist das Maß der Dinge. Vampire sind frei. Wir brauchen wie die Werwölfe keine Social Networks und all den Mist, um uns wohl zu fühlen. Wir sind stark genug, um Alleinsein zu ertragen, gar zu begrüßen. Mir ist es vollkommen egal, was Karel oder Daria oder sonst irgendwer irgendwo von mir halten. Ich tue was ich will und das mit Genuss."

Seine Haltung veränderte sich. Lexa hielt den Atem an. Sie verstand genug von Kämpfen, um zu wissen, dass Baghira sich auf einen Angriff vorbereitete.

„Und jetzt will ich Dich, Savary! Du hast mich schon damals in Dehli maßlos aufgeregt."

„Dehli?" Für einen Augenblick war Herbert irritiert und das war genug für Baghira, der sich nun mit einem riesigen Satz auf Herbert stürzte und ihn Fuß voran in bester Martial Arts-Manier ansprang.

Herbert gelang es gerade noch, auszuweichen, bevor Baghira auf einer Mülltonne landete, die splitternd umstürzte und ihren Inhalt aufs Pflaster ergoss.

Mit einem Schrei setzte Baghira sofort nach und wieder konnte Herbert nur knapp einem gefährlich aussehenden Kick entgehen. Angesichts der Geschwindigkeit des Kampfes verwarf Lexa die Idee, im Falle einer Konfrontation mit einem der Beiden auf ihre Karate-Kinderkurs-Künste zu setzen. Offenbar hatte sie gestern mit den Werwölfen auf dem Friedhof großes Glück gehabt.

Inzwischen war Herbert zum Gegenangriff übergegangen, denn splitternd ging gerade unter seinem mit einem Besenstil geführten Schlag eine Europalette zu Bruch.

Baghira wich geschmeidig zurück, schnappte sich dann eine Latte, aus der noch krumme Nägel standen. Mit brachialer Gewalt krachte Baghiras Prügel gegen Herberts Besenstil.

Mit ihrem ganzen Körpergewicht rangen die beiden um den besseren Stand, bevor sich schließlich Herbert mit einem Ruck löste, ein Ende seines Besens losließ und so Baghira aus dem Gleichgewicht brachte.

Der größere Vampir taumelte unbeholfen einen Schritt nach vorn und halb an Herbert vorbei, der die Gelegenheit nutzte, seinen Besen in einem großen Bogen zurückschwang und Baghira quer über die Nieren schlug. Begleitet von einem Schrei irgendwo zwischen Wut und Schmerz ließ der daraufhin seinen Prügel fallen.

Herbert wollte nachsetzen, doch Baghira reagierte schneller. Er drehte sich auf Herbert zu, packte ihn am Arm und zog ihn stöhnend zu sich heran. Lexa sah zwischen den beiden miteinander ringenden Gestalten silbern einen länglichen Gegenstand aufblitzen. Herbert bemerkte das Stilett auch und versuchte, sich aus Baghiras Griff zu befreien, doch als er sich endlich losreißen konnte, war es schon zu spät. Über den verlotterten Hinterhof legte sich schwer der betörende Duft von frischem Blut. Lexa sog gierig die kalte Luft ein und spürte wie sie das Verlangen nach Blut zu überwältigen drohte. Stöhnend wich sie einen Schritt zurück.

Während Herbert schreckensbleich eine blutverschmierte Hand von seinem Bauch zurückzog, fletschte Baghira die Zähne und setzte fauchend nach.

Herbert taumelte noch ein paar Schritt zurück und wehrte Baghira halbherzig mit seinem Besen ab. Baghira bekam dabei ein paar Blutspritzer ab, die er mit einem Lächeln beschnupperte und dann bedeutungsvoll von Handgelenk und Messerscheide leckte. „Amuse gueule..."

Keuchend lehnte sich Herbert gegen eine mit Graffiti verzierte Hauswand und beobachtete Baghira aus glasigen Augen. Das sah nicht gut aus. Lexa trat unentschlossen einen Schritt vor.

Wie sollte sie Herbert gegen diese Bestie helfen? Sollte sie um Hilfe rufen?

Baghira trat zu Herbert wie ein Metzger zu einem Hasen, hob sein Stilett und stach wuchtig zu. Einmal, zweimal, dreimal – bis Herbert stöhnend zusammenbrach und zu Boden stürzte wie eine Lumpenpuppe.

Baghira hielt inne und sah sich nach Lexa um. Nie hatte er sie mehr an ein gefährliches Raubtier erinnert als in diesem Moment. Er sah sie an und legte dann fragend den Kopf schief, während langsam Herberts Blut auf die Straße lief.

„Komm", raunte er. „Du willst es doch auch."

Lexa zögerte. Sie sah zu ihrem Freund, der wie ein Bündel Lumpen auf der Straße lag. Und doch lief ihr das Wasser im Munde zusammen und ein Kribbeln durchlief in ihren Körper wie sie es eigentlich nur von der vorfreudigen Erwartung auf Sex kannte. Unwillkürlich trat sie einen Schritt auf die beiden zu. Ihre Blutlust war so viel stärker als alle Skrupel. Sie wollte schreien, aus Angst, aus Zorn, aus Frustration und Verzweiflung... aber ihre Kehle war wie zugeschnürt.

„Jetzt komm", drängte Baghira. „Es wäre schade, wenn körperwarmes Blut verkommt."

Dann beugte er sich mit gefletschten Zähnen über Herbert.

Herbert öffnete die Augen und sah Lexa direkt ins Gesicht. Er lächelte schief. „Spielt *Memories of You* auf meiner Beerdigung", krächzte er.

Da endlich löste sich der Knoten in Lexas Hals und sie schrie so laut sie konnte. Schrie bis sie Schritte hörte, schrie weiter, bis die Tür zur Diskothek aufflog und zwei besorgte Männer heraustraten. Baghira ließ von Herbert ab, fuhr herum, fauchte sie hasserfüllt an und sprang dann mit einem riesigen Satz auf das Dach eines Lagerschuppens. Fassungslos starrten die Männer ihm hinterher, dann fiel ihr Blick auf Herbert. Der eine riss sein Handy aus der Tasche, der andere rannte auf die Straße, um nach Polizei und Notarzt zu rufen.

Lexa schrie immer noch, denn solange sie schrie, schien der Bann, den Baghira über sie gelegt hatte, gebrochen.

Doch das hielt den Vampir nicht davon ab, sich nun mit einer Zornesfratze ihr zuzuwenden. Langsam kam er über das Dach auf sie zu. Der Mann, der über Herbert gebeugt, telefoniert hatte, sah auf. „Mädchen pass auf", brüllte er, als bedürfe es da noch einer Warnung.

Baghira drehte sich ihm zu, sprang ihn vom Dach herab an und stürzte mit ihm schwer auf einige Kisten, die dort aufgestapelt waren. Der Mann holte aus, um Baghira einen Faustschlag zu verssetzen, doch erstarrte mitten in der Bewegung, als der Vampir seine Zähne in seinen Nacken schlug.

Blut floss und der Geruch allein löste in Lexa ein unbeherrschtes Zittern aus. Die Augen des Mannes waren glasig geworden. Er schien nach innen zu lauschen, was mit ihm geschah, dann sank er zurück. Baghira erhob sich, blutverschmiert und lächelte.

Langsam kam er auf Lexa zu, die nicht anders konnte, als ihn anzustarren wie ein Kaninchen eine Schlange. Wobei in diesem speziellen Fall die Schlange im Karottenkostüm erschienen war.

Dann stand er vor ihr, stolz und unbesiegt und verlockend duftend. Er packte Lexa grob am Nacken und zog sie an sich, um sie zu küssen – leidenschaftlich, besitzergreifend, fordernd. Lexa gab sich hin, sie konnte nicht anders. Allein der köstliche Geschmack von frischem Blut ließ jeden Widerstand erlahmen. Sie stöhnte leise, als er ihr Haar zur Seite strich und sein Gesicht in ihre Nackenbeuge vergrub.

„Wir hätten so viel Spaß zusammen haben können", raunte er ihr zu und in diesem Augenblick wusste Lexa, dass er nun sie töten würde. Sie fühlte förmlich wie er sie von der Geliebten zur Beute machte, wie er seinen Kopf eine Winzigkeit zurücknahm, um den Mund zu öffnen, Luft zu holen und zuzubeißen...

„Ahhh!" Baghira stöhnte auf und faltete sich ordentlich um Lexas hochgezogenes Knie herum zusammen. Der Vorteil einer erotischen Umarmung ist der, dass eine aufmerksame Dame genau spürt, wohin sie mit ihrem Knie zielen muss.

Der verhängnisvolle Bann, in den sie Baghira seit ihrer ersten Nacht geschlagen hatte, schien zumindest für diesen Moment gebrochen und die Gelegenheit wollte Lexa nutzen. Sie riss sich los und rannte wie von tausend Teufeln gehetzt davon, weg von Baghira, dieser Diskothek, dem bewusstlosen Mann und Herbert, der tot wie ein Haufen Lumpen zwischen dem Müll eines verlotterten Hinterhofs lag.

Einige Besucher des Fabrikgeländes sahen ihr erstaunt nach, als sie blutverschmiert aus einer Seitenstraße bog und auf die Straße zu um ihr Leben rannte. Über das Heulen ankommender Sirenen hinweg konnte sie hinter sich Schritte hören. Schritte die näher kamen.

Lexa hätte gern geflucht, doch sie sparte lieber ihren Atem. Angesichts ihrer Motivation und vampirischen Leistungsfähigkeit gab es nicht viele, die sie im Augenblick einholen konnten. Von ein einem Profi-Mittelstreckenläufer einmal abgesehen, fiel ihr nur einer ein. Baghira.

Ohne sich umzudrehen, beschleunigte Lexa ihre Schritte. Doch ihr Verfolger ließ sich nicht abschütteln. High Heels waren beim Fliehen hinderlich. Lexa erreichte die Straße, die zwischen dem Fabrikgelände und dem Bahnhof verlief und stürzte fast über die Bordsteinkante vor ein wütend hupendes Taxi. Passanten schrien, doch Lexa fing sich gerade noch und rannte einfach weiter, den Zaun zum Bahnhof entlang. Der Verkehr hatte offenbar auch Baghira aufgehalten, denn für einen wundervollen, freiheitsverkündenden Moment hörte sie nichts mehr von ihm. Dann ein Fauchen wie das eines Panthers und eine Frau, die panisch aufschrie. Lexa rannte weiter. Hinter ihr wieder mit etwas Abstand Schritte, die über den Asphalt zu ihr klangen, seltsam deutlich abgehoben von der Geräuschkulisse der Party-Meile. An der Unterführung, die unter den Gleisen hindurch zum eigentlichen Bahnhofsbereich führte, zögerte Lexa für einen Augenblick. Hier unten würde sie Baghira nicht abschütteln können. Um diese vorgerückte Stunde waren nicht genug Menschen dort und die würden sie vor einem zornigen Vampir nicht schützen können. So wenig wie die beiden

Türsteher gerade im Hof. Also rannte Lexa weiter. Die Schritte folgten ihr in rasch kürzer werdendem Abstand. Fast glaubte sie, schon seinen Atem in ihrem Nacken spüren zu können. Der Gedanke kribbelte verlockend. Lexa keuchte entsetzt auf. Soweit durfte es nicht kommen, denn noch einmal würde sie sich Baghira weder körperlich noch seelisch widersetzen können. Nicht, dass er ihr dazu noch eine Chance lassen würde.

Lexa sah ein Tor, warf sich dagegen und als es nicht nachgab, sprang sie nach oben, bekam die Kante zu greifen, zog sich mit einem Klimmzug hoch und schwang sich auf die andere Seite.

Im selben Augenblick krachte hinter ihr Baghira gegen das Gitter.

„Miststück!"

Lexa sparte ihren Atmen und rannte weiter, direkt auf die Gleise zu, auf denen Güterwägen auf ihren Einsatz warteten.

Sie hastete über einige Gleise, stolperte, stürzte fast und schüttelte die dämlichen Schuhe von ihren Füßen. Dann hetzte sie weiter, gerade als Baghira, der ihr natürlich gefolgt war, nach ihrem Bein greifen wollte.

In blinder Panik hielt sie auf einige große Container zu, zwischen denen sie sich vielleicht verstecken können würde.

Ein gellendes Pfeifen ließ sie jedoch innehalten. Geblendet blinzelte sie in das Licht eines heranfahrenden Zuges, der unfähig noch zu bremsen, nun zornig sein Gleis für sich beanspruchte. Lexa wollte sich lieber überfahren als von Baghira missbrauchen lassen und blieb wie ein Reh auf der nächtlichen Fahrbahn stehen.

Das Pfeifen wurde immer lauter, füllte ihre Welt

aus und übertönte sogar Baghiras Rufen.

Im letzten Augenblick warf sich Lexa nach vorn und landete schmerzhaft auf dem Schotter zwischen den Gleisen. Der Zug fuhr weiter. Die Waggons ratterten an ihr vorbei und ließen das Schotterbett beben. Langsam öffnete Lexa die Augen und sah zu, wie eine endlose Reihe von Waggons an ihr vorbeizog. Sie richtete sich auf, spuckte Blut, Schweiß und Tränen, die ihr nicht gehörten, und rannte dann barfuß weiter, dem Ausgang entgegen, wo sie wusste, dass ein stets gut besetzter Taxistand war. Mit dem Ärmel ihrer Jacke wischte sie sich ihr Gesicht ab und versuchte, wieder normal zu atmen.

Wenigstens für den Augenblick war sie Baghira mit Hilfe des Güterzugs entkommen.

12 – ICH BIN TRAURIG

Als der Wecker gegen die Wand krachte und eine Kerbe in den Putz schlug, veränderte sich sein mahnendes Klingeln in ein schmerzlich heiseres Scheppern. Grizzly rannte verstört ins Wohnzimmer, um sich unter der Couch zu verstecken, jenem Ort, den er für den sichersten der Welt hielt. Lexa hingegen vergrub den Kopf in den Kissen, um den Todeskampf des Weckers auszublenden.

Sie würde auch gern sterben.

Nein, präziser formuliert würde sie gerne tot sein. Oder noch besser *Nicht-sein*. Sich einfach aus diesem garstigen Universum subtrahieren. Fort, weg... Puff.

Es gab nichts, was in dieser Welt zu bleiben lohnte.

Ihre Augen brannten von ungeweinten Tränen. Sie wollte keine Bestie sein und sie wusste nicht, wie sie das verhindern konnte. Der einzige Mensch – Vampir – der dieses Kunststück vollbracht hatte, war tot, tot, tot. In einem dreckigen Hinterhof zwischen umgestürzten Mülltonnen verblutet. Lexa biss sich unter ihrem Kissenberg auf die Lippe. Sie hatte versagt, hatte nichts getan, als Herbert Hilfe gebraucht hätte. Hatte zu spät geschrien und war mehr auf sein Blut als auf sein Leben fixiert gewesen. Sie war ein Ungeheuer wie Baghira!

„Au!" Der süße Geschmack von frischem Blut weckte hochnotpeinliche Erinnerungen an die Nacht, an Baghiras Kuss und die Leidenschaften, die er entfesselt hatte.

Nein, das war kein Leben, das sie leben wollte. Doch wie brachte sich ein Vampir um? Lexa erwog, sich die Pulsadern aufzuschneiden. Der Blutgeruch würde ihr den Abschied versüßen. Und damit würde der Vampir letztlich triumphieren! Warum musste man sich das Leben erst nehmen, um es endgültig für sich zu beanspruchen? Lexa begrübelte die Abgründe und Feinheiten der deutschen Sprache, auf die Herbert sie erst gestoßen hatte. Wie traurig war das denn, dass die einzige Verfügung, die man über sein Leben traf, dieses zugleich beendete - zumindest grammatikalisch? Herbert hätte das gewiss faszinierend gefunden...

Sie ging in die Küche, setzte Tee auf und starrte aus dem Fenster auf den im herbstlichen Frühnebel ruhig vor ihr liegenden Friedhof.

Fried-Hof. Ganz anders als der Grauen-Hof, in dem Herbert gestorben war. Wegen ihr!

Nicht, dass sie nicht selbst gewusst hätte, wie gefährlich Baghira war, hatte Herbert sie noch davor gewarnt, dass man dem Vampir, der einen gebissen hat, hilflos ausgeliefert war. Warum also hatte sie nicht Hilfe geholt, als sie ihn gesehen hatte? Warum hatte sie sich auf dieses Gespräch eingelassen? Warum war sie ihm in diesem verfluchten Hof gefolgt? So viele Fragen, die alle nur zu ihrem vollständigen Versagen führten – für das Herbert den Preis bezahlt hatte.

Und immer noch wusste niemand außer ihr, wie Baghira aussah.

„Das macht es zu einer Sache zwischen Dir und mir, Schweinebacke", grollte sie. Jetzt nicht aufzugeben, war sie Herbert schuldig. Auch wenn es natürlich vermessen war, sich einem Wesen wie Baghira entgegen zu stellen. Sie hatte ja gesehen, wie chancenlos Herbert gewesen war. Baghira würde sie im günstigsten Fall einfach töten. Wenn er sie nicht zu ganz grässlichen Dingen zwang, denen zu widersetzen ihr die Kraft und die Disziplin fehlte..

Ihr Kampfwille verdorrte, kaum dass er aufgekeimt war.

Frustriert goss sie Tee auf, und setzte sich an den Küchentisch. Eine einzelne Träne aus reinem Kummer und Verzweiflung kullerte langsam über Lexas Wange und platschte in die Tasse. Schniefend fuhr sie sich mit dem Handrücken über die Nase. Dabei bemerkte sie die Blutspuren an ihren Fingern.

Angeekelt von sich selbst stürmte sie ins Bad, um sich zu waschen. An der Wange, am Hals – überall verräterische Zeichen, als hätte sie Baghira für alle Zeiten zeichnen wollen.

„Schweinebacke", zischte sie und spürte dabei doch, dass sie ihn tatsächlich nicht hassen konnte. Jedenfalls nicht lange. Es war als würde ihre Wut von einem Gummiband zurückgehalten werden. Wenn sie sich konzentrierte, konnte sie in die Gefilde rotglühenden Zorns und vernichtenden Hasses vorstoßen, speziell wenn sie an Herbert dachte. Doch wenn sie nur einen Augenblick an etwas anderes dachte, schnalzte alles zurück auf Anfang und da war eben nur ein betörend gut aussehender, verwegener Mann, der in ihr Leidenschaften und Begierden weckte, die sie trotz umfassender Feldstudien nie zuvor auch nur erahnt hatte. Und doch durfte sie einfach nicht vergessen, was er Herbert angetan hatte – und dass er sie hatte beißen wollen, bevor wenigstens kurz ihr Wille ihre Hormone besiegt hatte.

Als sie zurück in die Küche kam, fiel ihr Blick auf das Handbuch.

„So verlockend es auch sein mag, sich gegenseitig mit Blut zu versorgen, so dringend ist davon abzuraten. Anfang des 19. Jahrhunderts wurden umfassende Studien zur Verbesserung der vam-

pirischen Fähigkeiten betrieben, die tatsächlich signifikante Leistungssteigerungen durch eine Diät mit Vampirblut nachweisen konnten. Zugleich ergab sich aber zweifelsfrei, dass diese Art von latentem Kannibalismus mittelfristig zu schweren Wahnvorstellungen und bipolaren Störungen führt, die jegliches Gefühl für Disziplin und Diskretion weitestgehend zu absorbieren scheinen. Besonders drastisch trat das in jenen Versuchsreihen zutage, in denen in einem inzestuösen Versuchsaufbau Blut von selbst vampirifizierten Probanden konsumiert wurde. Diese mittelbare Rückführung des eigenen Sekrets führt zwar zu einer exponentiellen Leistungssteigerung, zugleich aber in allen Fällen zu irreversiblen Wahnsinn. Daher wurde dies auf dem 6. Konvent von Bukarest unter Todesstrafe gestellt."

Lexa schluckte. Sie hatte ja schon vermutet, dass Baghira verrückt war, aber das Ausmaß und die Gefährlichkeit der diesbezüglichen Spurabweichung hatte sie dennoch gehörig unterschätzt.

Grizzly kam in die Küche und bedachte sie mit einem besorgten Blick. Mit einem leisen Maunzen umstrich er ihre Beine und kitzelte sie mit seinem Schwanz in den Kniekehlen, bis Lexa endlich reagierte und ihn auf ihren Schoß hob, wo sich Grizzly entschlossen schnurrend niederließ. Ihr Kater war nicht übermäßig romantisch veranlagt und hielt Schmusereien meist für albern, aber wenn er sich einmal entschlossen hatte, seinen Menschen zu trösten, dann ließ er sich davon auch nicht abbringen. Irgendwie gerührt kraulte Lexa mit der einen Hand seinen Nacken, während sie weiter im *Vampire Beginners Guide* blätterte. Im hinteren Teil waren neben zahlreichen Kontaktadressen in allen möglichen Städten dieser Welt auch Rezepte abgedruckt. Lexa schniefte noch einmal beim Gedanken an Herbert, mit dem sie noch so viel hatte kochen wollen.

Das Handy läutete vorwurfsvoll, wohl weil es immer noch angeleint an der Ladestation hing.

Maya.

„Sag mal, ist alles in Ordnung? Auf Station wirst Du schon vermisst, Ich hab Dich mal vorsorglich krank gemeldet, bevor Dr. Frankenstein wieder Amok läuft und Schwester Iriza auf dich hetzt."

„Danke", sagte Lexa und kraulte schnell den Kater weiter, der jede Unterbrechung mit ausgefahrenen Krallen und Oberschenkelpiercings bestrafte.

„Hallo? Lexa? Was ist denn los mit Dir?" Mayas Stimme klang aufrichtig besorgt, warm und weich wie die einer guten Freundin – keine Spur von dem spöttischen Unterton, der sonst untrennbar zu ihr gehörte.

„Nichts", log Lexa mit, wie sie hoffte, fester Stimme. „Ich hab irgendeinen Virus erwischt und fühle mich einfach schlapp und matschig. Nichts, das sich nicht mit etwas Schlaf und einer Wärmflasche wieder in Ordnung bringen würde."

„Hm", meldete Maya ihre diesbezüglichen Zweifel an. „Dann sage ich auf Station jedenfalls, dass Du morgen auch noch nicht kommst. Einen Virus willst Du also haben? Soll ich Dir nachher ein paar Sachen vorbeibringen?"

„Danke, Du bist so lieb." Lexa lächelte, auch wenn

Maya das nicht sehen konnte und fühlte sich zum ersten Mal seit Tagen nicht allein. „Lass mich einfach noch ein bisschen schlafen. Ich melde mich dann später, wenn ich ausgeruht bin, noch einmal."

„Mach das, Schätzchen", stimmte Maya zu. „Ich schaue derweil, dass hier in der Klinik der Irrsinn nicht überhandnimmt. Manchmal bin ich mir echt nicht sicher, ob die nicht alle auf Droge sind – und das als Pharmazeutin des Ladens!"

Schon um neben der blutrünstigen Bestie nicht auch noch als Lügnerin dazustehen, klemmte sich Lexa den leise murrenden Grizzly unter den Arm und legte sich im Wohnzimmer auf die Couch. Ein paar Stunden Zusatzschlaf konnten auf gar keinen Fall schaden.

Lexa träumte, wie sie in einem Meer von Blut herumwatete, immer auf der Jagd nach Baghira und auf der Flucht vor Herbert, ihrem personifizierten schlechten Gewissen. Sie rannte durch einen düsteren Friedhof voller Mülltonnen, fort von Karel und dem wie nach dem Genuss von zu viel Eigenblut irre kichernden Thomas, vorbei an einem auf einem Hügel stehenden Grauwolf, der sie mit leuchtend blauen Augen verächtlich musterte, bevor er sich umdrehte, in Dave verwandelte und mit Maya und Ron in den Schatten verschwand.

Sie erwachte als das Handy läutete. Fluchend tastete sie nach dem blöden Gerät.

„Hallo?" murmelte sie schlaftrunken.

Das erneute Schrillen wurde von dem Freizeichen des Handys übertönt. „Ich war's nicht", teilte es tutend mit. „Versuch's mal mit der Haustür, Haustür, Haustür..."

Lexa sprang auf, stolperte über ihre eigenen Füße, stieß sich das Schienbein am Couchtisch und humpelte stöhnend zur Haustür, die immer noch wütend schrillte.

„Gute Güte, ja!", rief Lexa. „Ich komm schon!"

Schlaftrunken öffnete sie die Tür, ohne erst durch den Spion zu sehen. Doch einmal hatte sie Glück. So standen weder die Kriminalpolizei noch Baghira im Treppenhaus, sondern Mick bewaffnet mit einer Einkaufstüte und seinem Arztkoffer.

„Schön, dass Du noch lebst", begrüßte er sie mit seinem typischen halben Lächeln beim Eintreten.

„Was zeigt, dass Du mich gar nicht hättest wecken müssen", murrte Lexa und folgte ihm in die Küche.

„Das zu entscheiden, ist einer fachärztlichen Diagnose vorbehalten, die ich mit Laien nicht diskutiere." Mick stellte die Tüte auf den Küchentisch und begann eine Zeitung, Hühnerbrühe, Brot und Zwieback auszuräumen.

„Setz mal frischen Tee auf", wies er sie an. „Ich bin während der Mittagspause hier und habe nicht viel Zeit."

„Was mich wieder zu der Frage bringt, warum Du überhaupt hier bist", brummte Lexa, während sie die Kanne ausspülte und wartete, bis das Wasser im Kocher zu sprudeln begann.

„Maya erzählte mir, Du hättest Dir einen Virus eingefangen. Da wir beide wissen, dass Du seit Deinem Abenteuer mit den K.O.-Tropfen nicht mehr wirklich fit gewesen bist, ist jetzt einmal ein gründlicherer Check angezeigt, meine Liebe!"

Lexa verzog das Gesicht. Sie konnte sich – vampirifiziert wie sie war – unmöglich von Mick untersuchen lassen. Da sie ihren Freund aber kannte, wusste sie auch, dass sie aus der Nummer nur mit einem wirklich guten Trick wieder rauskommen würde.

„Was möchtest Du für einen Tee?", fragte sie.

„Kamille."

Unwillkürlich verzog Lexa das Gesicht. „Kamille ist aus. Wie wäre es mit Ingwer? Der soll doch auch gegen alles Mögliche helfen?"

„Auch gut. Mit Zitrone und etwas Honig. Lass ihn gründlich ziehen." Mick sah sie über den Rand seiner Brille hinweg an. „Und dann setz Dich und lass Dich mal abhören."

Abhören schien vampirtechnisch unverfänglich zu sein, beschloss Lexa und nahm gehorsam Platz.

Mick war gründlich und klopfte kritisch auf Brust und Rücken,

„Mund auf, Zunge raus", kommandierte er dann.

Lexa öffnete zögerlich den Mund, sorgsam darauf bedacht, dass ihre Eckzähne gut verstaut und ziemlich von ihren Lippen bedeckt waren und streckte dann brav ihre Zunge heraus.

Mit einem Spatel drückte Mick sie nach unten, um ihren Hals zu betrachten.

„Alles normal, soweit ich sehe. Leicht gerötet, aber sonst völlig normal."

Was so viel bedeutete, wie dass Vampirbronchien wie menschliche reagierten und auch das gemeine Vampirzäpfchen sich seine menschlichen Züge bewahrt hatte. Das warf aus Lexas Sicht die sehr spannende Frage auf, was denn nun genau bei einem Vampir anders war. Sie waren langlebiger, zäher, schneller, sinnenschärfer, reaktionssicherer, stärker – alles in allem und von ein paar kulinarischen Mankos quasi ein Update. Aber warum das so war, woher diese Verbesserungen kamen, darüber schwieg sich auch das Handbuch aus.

„Lexa?" Micks Nase schob sich vor die ihre und diente als Peilhilfe für einen sehr strengen Ärzteblick. „Hast Du gehört?"

„Wie? Ja... ich meine, nein!", stammelte Lexa. „Sorry, ich war in Gedanken."

„Da bekommst Du schon Hausbesuche und dann passt Du noch nicht einmal auf, was der Onkel Doktor Dir zu sagen hat." Kopfschüttelnd wedelte Mick mit dem Fieberthermometer. „Dein Puls ist leicht erhöht. Dein Blutdruck auch, zumal Du ja eher über Müdigkeit klagst. Wenn Du mir Dein entzückendes Ohr leihst, könnten wir sehen, was Dein Blut diesmal so in Wallung bringt."

Lexa zögerte. Fieber messen erschien irgendwie riskanter als Puls und Blutdruck. Andererseits fiel ihr keine Ausrede ein und so nickte sie nur ergeben und drehte brav den Kopf zur Seite.

„Hm", brummte Mick. „Auch leicht erhöht. Also irgendwas stimmt nicht. Wir werden um eine neue Blutprobe nicht herumkommen. Und Urin nehmen wir auch."

„Das geht ja erst morgen", wehrte Lexa hastig ab. „Morgenurin und so, nicht wahr? Da ist es doch vernünftiger, wenn ich morgen ein Pröbchen mit in die Arbeit bringe und wir dann dort auch Blut abnehmen. Das spart Dir den Transport."

Mick legte den Kopf schief und bedachte sie mit einem prüfenden Blick. „Du bist morgen auch noch krank gemeldet, Süße."

„Aber übermorgen haben sie im Labor auch noch Zeit für mich und so schlecht geht es mir ja nun auch wieder nicht."

Lexa beschloss, dass Wahrheit immer noch das beste Argument war. Selbst in dezenter Kostümierung. „Schau"; begann sie deshalb. „Lass mir einfach ein bisschen Zeit. Die Geschichte in dem Club ist mir echt nahe gegangen."

Mick ahnte ja gar nicht, wie nahe.

„Nicht nur wegen der blöden K.O.-Tropfen, sondern auch psychisch. Das muss man erst mal verarbeiten..."

Mick ahnte ja gar nicht, wie viele Aspekte ihres Lebens deshalb einer dringenden und umfassenden Überarbeitung bedurften.

„Ein Augenblick voller Leidenschaft im Schlafzimmer", Lexa seufzte wohlplatziert, „und dann der nächste völlig allein, ausgenutzt, im eigenen Zuhause hilflos zurückgelassen. Ich brauch echt ein bisschen Zeit, um da wieder mit mir ins Reine zu kommen."

Mick nahm sie lächelnd in den Arm. „Du packst das schon", murmelte er in ihr Haar. „Du bist doch ein großes Mädchen."

Lexa entspannte sich.

„Sag mir, wenn Du wen zum Reden brauchst, der auch zuhören kann."

„Damit schließt Du Maya aus, eh?", grinste Lexa.

„Das hast jetzt Du gesagt, aber ich würde Dir nicht widersprechen. Maya ist echt nett und definitiv eine meiner allerliebsten Freundinnen. Aber sie gehört zu den Leuten, die bei einfach jeder Panne dieser Welt selbst schon einmal etwas ähnliches nur viel schlimmer erlebt haben – oder doch jemanden kennen, von dem sie das behaupten können."

Er sah auf die Uhr und seufzte. „Du, ich muss wieder gehen. Lass uns heute Abend nochmal telefonieren. Wenn was ist, melde Dich. Und iss was, das ist meist die allerbeste Medizin." Er schmatzte ihr einen Kuss auf die Wange und ging.

Gleichwohl verschmähte Lexa die von Mick vorsorglich mitgebrachte Bio-Hühnersuppe aus der Dose.

Andererseits wusste sie nicht, wie sie an die Art von Nahrung kommen sollte, die sie jetzt benötigte. „Ach Herbert", seufzte Lexa traurig, „die Besten gehen zuerst, man muss sich schämen, dass man noch lebt."

Um sich abzulenken, zog sie die Zeitung zu sich heran und begann die Schlagzeilen zu lesen.

„Blutbad in der Kultfabrik! Vampir schlägt wieder zu!", sprang sie sofort an.

„Der Mordkommission bot sich ein Bild wie aus einem Splattermovie. Pünktlich zur Mitternacht wurde der gefeierte Starklarinettist Herbert S. (45) von einem Unbekannten mit einer Stichwaffe im Hinterhof einer Diskothek auf dem Gelände der Kultfabrik förmlich aufgeschlitzt und in einer Blutlache zurückgelassen. Als vom Kampflärm und Hilferufen angelockt der Türsteher des benachbarten Clubs, Frank L. (31) den Täter überraschte, wurde er gleichfalls niedergestochen und zudem mehrfach in Nacken und Kehle gebissen. Er erlag seinen Verletzungen auf dem Weg ins Krankenhaus.

Damit reiht sich auch dieser Fall in eine mysteriöse Mordserie, die seit einigen Tagen München erschüttert und einem Einzeltäter zugeschrieben wird. Zur Ergreifung des so genannten Vampirs wurde mittlerweile eine Sonderkommission eingesetzt. Sachdienliche Hinweise erhofft sich die Kripo von einer Frau, die als offenbare Zeugin des Geschehens lautstark um Hilfe gerufen hatte, bevor sie selbst geflohen ist."

Langsam ließ Lexa die Zeitung sinken und wartete, bis das Zittern ihrer Hände nachließ. Ihr war schlecht. Irgendwie war Herberts Verlust durch den Zeitungsartikel fühlbarer geworden, echter. Auch wenn das in doppelter Hinsicht Blödsinn war. Weder bedurfte sie der Information, die dieser Schmierfink zu bieten hatte, noch würde sie jemals einer Zeitung ungeprüft Glauben schenken. Warum heulte sie jetzt?

Sogar Grizzly hatte zwischenzeitlich für einen seiner Streifzüge durch die felide Nachbarschaft die Wohnung verlassen. „Im nächsten Leben hol ich mir einen Hund", schluchzte Lexa, bevor sie sich in eine Decke gehüllt auf der Wohnzimmercouch zusammenrollte.

Der Umstand, dass sie offenbar von einer Sonderkommission gesucht wurde, beunruhigte sie. Und nirgends war Hilfe in Sicht. Niemand, der ihre Lage verstand. Keiner, der ihr sagte, was sie tun sollte. Sie war noch nie zuvor in ihrem Leben so allein gewesen.

Sollte sie Dave anrufen?

Lexa stutzte. Hatte sie an Dave jetzt gedacht, weil sie nicht einsam sein wollte, was verstörend wäre – oder weil sie gerade an Hunde gedacht hatte, was sie in ein hässliches Licht rückte. Nein! Natürlich würde sie ihn *nicht* anrufen.

Es klingelte. Handy oder Tür?

Es klingelte wieder. Tür. Eindeutig.

Seufzend stand Lexa auf und tappte zum Flur, spähte durch den Spion und öffnete dann mit erstaunter Erleichterung die Tür.

„Hallo, Kleines", sagte Mary und trat ein. „Wie geht es Dir?"

„Wie kommst Du denn hierher?", fragte Lexa statt

einer Antwort.

„Mit dem Taxi natürlich. Schau meine Schuhe an", Mary streckte einen mit High Heels bewehrten Fuß unter ihren Marlenehosen hervor. „Würdest Du mit den Dingern quer durch die Stadt laufen wollen?"

„Ich meinte, wie... Herrje, Mary! Woher weißt Du überhaupt, wo ich wohne?"

„Toller Blick!" Mary ging in die Küche und setzte sich auf die Bank. Dann sah sie zu Lexa, die sich gerade fragte, was sie eigentlich in ihren früheren Leben alles falsch gemacht hatte, um dieses hier zu verdienen.

„Karel hat mich gebeten, nach Dir zu sehen", sagte Mary. „Das gehört zum Service, wenn man Visitenkarten-Besitzer ist."

„Visitenkarten-Besitzer", echote Lexa irritiert. „Die Dinger sind doch gemacht, um sie zu verteilen...?"

„Diese nicht", lachte Mary. „Die sind so etwas wie VIP-Clubkarten. Die bekommt nicht jeder." Suchend sah sie sich in Lexas Küche um.

„Hast Du mal zwei Gläser?"

Lexa ging wortlos zum Küchenkasten, stellte zwei große Wassergläser auf den Tisch und wartete, was Mary aus ihrer Tasche hervorkramte.

Eine Flasche mit einer viel versprechenden roten Flüssigkeit – nicht unähnlich jener, die sie im *Red Moon* gesehen hatte, als sie mit Dave dort gewesen war.

„Das ist ein ganzer Liter freigezogenes Blut, AB, Rhesus und Kell je negativ. Superselten, superlecker. Damit kommst Du wieder zu Kräften."

„**Äh**", sagte Lexa, weil so viele Fragen gleichzeitig gestellt werden wollten. Und weil sie diese wunderbare Flasche Blut so ablenkte. „Freigezogen?", schob sie dann unbeholfen nach.

„Im Gegensatz zu Spendenblut aus dem regulären Blutbankbetrieb", erklärte Mary. „Das ist ungefähr so wie Aqua-Kultur und Wildfang bei Fischen. Freigezogenes Blut hat diese feinwürzige Adrenalin-Komponente, die es zu etwas Besonderem macht. Meist ist es Magerblut aus Krisengebieten, wo die Beschaffung nicht weiter auffällt. Dieses hier hingegen ist erste Ware, skandinavisch. Doch das Zeug ist richtig teuer. Darum jagen die meisten von uns auch zwischendrin selbst. Solange man nur ein paar Schluck nimmt, ist da auch wirklich nichts dabei. Tut keinem weh. Disziplin und Diskretion."

„Ich nehme an, dass die Flasche von Karel ist." Lexa spürte, wie ihr das Wasser im Munde zusammenlief. Oh ja, für ein Glas frisches Blut könnte sie töten... Was sie natürlich *nicht* **wörtlich meinte!**

„Hast Du Worcester-Sauce?" Mary hatte inzwischen die Flasche aufgeschraubt, auf den Tisch gestellt und sah nun abwartend zu Lexa, die ihrerseits nur mit Mühe den Blick von der Flasche lösen konnte.

„Disziplin, Süße", mahnte Mary mit einem milden Lächeln. „Und? Hast Du?"

„Wahrscheinlich schon, warum?"

„Erstens, weil Dich so eine kleine Vorbereitungshandlung davon ablenkt, diese Köstlichkeit auf Ex zu stürzen", grinste Mary breit. „Zweitens, weil mit Gewürzen das Blut besser wirkt und drittens, weil es besser schmeckt. Vertrau mir. Worcester-Sauce ist das Mittel der Wahl. Alternativ dazu geht es auch mit einer chinesischen Scharf-Sauer-Sauce. Das ist exotisch."

Angesichts der verbesserungsfähigen Grundausstattung von Lexas Küche einigten sie sich darauf, dass ein paar Tropfen Soja-Sauce auch schmackhaft sein könnten.

„Damit kommst Du bestimmt schnell wieder auf die Beine."

„Woher...?"

„Karel weiß solche Dinge. Du hast Dich heute im Dienst krank gemeldet, nicht wahr?"

Lexa stellte ihr Glas ab und schüttelte sich. „Warum lässt Karel mich beschatten", fragte sie dann zaghaft, nicht wissend, welche denkbare Antwort sie am Schrecklichsten fand."

„Es geht ihm nicht um Dich und dafür solltest Du dankbar sein. Ich kenne Karel jetzt wirklich schon eine Weile und bin immer froh, wenn er sich nicht für mich interessiert. Er ist so anstrengend und hat wirklich keine Vorstellung von Humor. Anwalt halt, nicht wahr?"

„Um was geht es Karel dann", hakte Lexa nach, die sich insgeheim zu ihrer Geduld beglückwünschte. Wenn Mary sie bezüglich der in der Schattenwelt so gepriesenen Disziplin prüfen wollte, verlangte sie wirklich viel.

Mary schob ihr die Zeitung hin. „Das nimmt gar keine schöne Form an", sagte sie dann mit Blick auf die Vampir-Schlagzeile. „Nachdem Herbert mit vertretbarem Aufwand nichts mehr sagen kann, bist Du derzeit die Einzige, die diesen irren Thug erkennt. Nur Du kannst ihn finden!"

„Deshalb habe ich ihn auch mit Herbert zusammen gesucht. Du siehst, was das gebracht hat."

„Und damit sich das nicht wiederholt, hat Karel eben ein Auge auf Dich. Irgendwie scheinst Du ihm zu imponieren. Normalerweise hält sich sein Mitgefühl für Neulinge auch dann in Grenzen, wenn sie einvernehmlich vampirifiziert wurden."

„Was wiederholt?"

„Denk nach, Süße." Mary nahm einen tiefen Schluck aus ihrem Glas, schloss die Augen und lächelte dann glücklich. „Nicht nur Karel weiß, dass Du die Einzige bist, die den Täter identifizieren kann, sondern eben auch der Täter. Er muss Dich ja gesehen haben, nach allem, was allein in der Zeitung steht. Vor wem sonst bist Du denn geflohen?"

Lexa nickte und beschloss, auf Art und Umfang der jüngsten Begegnung mit Baghira im Hinterhof nicht einzugehen. Sie spürte, wie sie vor Scham und Ekel errötete und trank schnell den Rest ihres Blut-Soja-Shakes.

Mary sah ihr belustigt zu und nippte an ihrem eigenen Glas. „Ich hab Dir gesagt, dass wir Dir mit Rat und Tat helfen. Und nachdem Herbert, mögeerinfriedenruhen, ja ausfällt, muss ich das halt übernehmen. So eine Vampirifizierung hat ja mit dem Biss erst begonnen. Wenn man so was macht, nimmt man nicht nur das Blut, sondern auch die Verantwortung. Dieser Kerl ist wirklich eine Schande für die Zunft. Ein zügelloser Vampir. Das geht einfach nicht."

„Nein", stimmte Lexa kläglich zu.

„Immerhin nehmen jetzt alle Vampire die Sache ernst. Gemeinsam werden wir diesen Baghira schon finden." Mary warf der Zeitung einen düsteren Blick zu. „Derzeit diskutieren alle bereits, was der Kerl für einen Imageschaden verursacht und wie man dem gegensteuern kann." Zornig knallte sie ihr Glas auf den Küchentisch. „Als wäre das unser einziges Problem!"

„Ist es nicht?" Lexa sah das genauso. Aus eigenem Erleben wusste sie, dass Baghira ungeachtet aller damit verbundenen Risiken und Nebenwirkungen keinerlei Hemmungen hatte, sich auch an der eigenen Spezies zu vergreifen. Aber was besorgte Mary, der sie diese Details bisher verschwiegen hatte.

„Noch geht die Polizei von einem Irren aus, was natürlich zutrifft. Aber sie jagen einen *Menschen*. Doch schon bald werden Weltverschwörungstheoretiker und Gruselfilmexperten auf Vampirjagd gehen. Das ist immer gefährlich, denn wenn man mal kritisch hinterfragt, was wir, die Elfen oder auch die Werwölfe in den Schatten so treiben, dann hat das schon ein bisschen was Manipulatives – gerade im Hinblick auf die vielen Zombies, die brav arbeiten und von all dem um sie herum gar nichts mitbekommen sollen. Allein wenn die Menschen die Bedrohung realisieren würden, die von dieser Epidemie ausgeht..." Mary wedelte entsetzt mit beiden Händen, bevor sie ruhiger fortfuhr: „Die Elfen bemühen sich zwar, über mit Politik und Medien alle entweder zu beschäftigen oder abzulenken – aber auch wenn meist an der falschen Stelle gesucht wird, bei vielen Menschen lässt sich doch das Gefühl, dass sie irgendwie... nun ja... verarscht werden, nicht ganz abstellen."

„Das musst Du mir gelegentlich genauer erklären", bat Lexa, als das soeben Gehörte ganz zu ihr aufgeschlossen war.

„Mach ich", versprach Mary. „Aber das akute Problem besteht darin, dass bald schon Irre losziehen, um Jagd auf Schattengänger zu machen. Nicht nur *Twilight* ist ein Blockbuster gewesen. Auch *Blade* lief äußerst gut und da kamen wir, ... sagen wir nicht ganz so gut weg."

Lexa wollte Mary lieber nicht sagen, dass sie persönlich die Blade-Reihe auch deutlich lieber gemocht hatte als diese Glamour-Vampirfilmchen und

Serien rund um den Twilight-Hype. Inzwischen sah sie das im Hinblick auf die Grundaussage der Filme etwas differenzierter.

Mary fuhr fort: „Das ist ein persönliches Risiko, das jeden Einzelnen von uns betrifft, und das mit jeder Begegnung enorm wächst. Denn wenn der Vampir sich bei einer Konfrontation verteidigen kann, gießt er unweigerlich Öl ins Feuer – und wenn nicht, wird die Autopsie ein Problem."

Lexa dachte an ihre eigenen Probleme dabei, Micks Untersuchung abzuwehren, und nickte. Dieses neue Leben war durchzogen von Geheimnissen, die Lexa, die eigentlich in jeder Hinsicht ein offenherziges Wesen besaß, wenig Freude bereiteten.

Das Handy klingelte.

Mit einem entschuldigenden Blick zu Mary griff Lexa danach. *Unbekannte Nummer.*

„Hallo?", meldete sie sich fragend.

„Hi, Lexa", klang es akzentlastig durch die Leitung. „Hier Dave."

Lexas Herz begann zu pochen. Gerade noch rechtzeitig konnte sie unterdrücken, Dave mitzuteilen, dass sie ihn auch schon hatte anrufen wollen. „Hi", sagte sie daher nur, was gut war, denn an dieser einen Silbe konnte man nicht erkennen, wie sie zu dem Anruf stand. Was blöd war, denn eigentlich hätte Lexa das selbst auch gern gewusst.

„Lexa, ich wollte nur fragen, wie es Dir geht. Ich hatte heute Morgen schon telefoniert, aber Dich nicht erreicht. Ist alles okay?"

Ärger. Lexa beschloss, dass Ärger eindeutig das vorherrschende Gefühl bei diesem Telefonat sein sollte. Angesichts jüngerer Katastrophen hatte sie fast vergessen, dass der Mistkerl sie tatsächlich auf einem von Werwölfen und Junkies verseuchten

Friedhof stehen gelassen hatte.

„Wie kommst Du darauf, dass etwas nicht okay sein könnte", erwiderte sie daher kühl. „Ein Held wie Du würde doch eine Dame niemals verlassen, wenn da Bedenken bestünden, nicht wahr?"

„Die Situation auf dem Cemetery meinst Du?" Dave hatte immerhin genug Anstand, um verlegen zu zögern. „Die war safe. Aber ich lese die News. Das ist nicht gut, was gerade geschieht. Pass auf Dich auf. Du stehst zwischen vielen Fronten zugleich. Ich will nicht, dass Dir was passiert."

„Danke für den Tipp. Das habe ich auch schon bemerkt." Lexa hatte wirklich keine Lust vor Mary mit Dave über ihre Nicht-Beziehung zu sprechen, die diesen Status auch niemals verlieren würde. „Ich meine, das mit den Fronten. Dass Du Dich dagegen um mich sorgst", Lexa lachte etwas schrill, „das habe ich hingegen nicht bemerkt. Lag vermutlich daran, dass ich von hinten Deine Miene nicht lesen konnte."

„Lexa, du bist wütend. Das verstehe ich. Aber... es tut mir Leid, dass ich so schnell gegangen bin. Really. I can't fight the Moonlight. Wenn Du willst, kann ich Dich besuchen und wir reden. Okay?"

„Nein. Will ich nicht", wehrte Lexa energisch ab. „Das wäre gerade gar nicht gut. Oder vielmehr ganz schlecht. Ich bin nicht allein, verstehst Du?"

Dave schwieg. Lange genug, um an der Verbindung zu zweifeln. Gerade als Lexa mit einem fragenden *Hallo* das Gespräch wieder aufnehmen wollte, räusperte er sich.

„I see."

Und dann war die Leitung tot. Er hatte aufgelegt.

„Darf ich fragen, wer das war?" Erwartungsvoll sah Mary sie an und erinnerte Lexa dabei sehr an Maya.

„Ein Freund, der sich Sorgen um mich macht", sagte Lexa.

„Dieser schicke Werwolf, mit dem Du Dich eingeführt hast?"

„Woher...?"

„Süße", lachte Mary. „Ist Dir noch nicht aufgefallen, wie klein unsere Welt ist? Wenn man mit einem gutaussehenden und obendrein äußerst einflussreichen Werwolf bewaffnet das *Red Moon* stürmt und Karel und Thomas gleichzeitig fordert, dann bleibt eine gewisse Aufmerksamkeit nicht aus."

Lexa dachte an den besorgten Barkeeper im *Red Moon* und grinste.

Mary lehnte sich über den Küchentisch zu ihr und ließ dabei stilsicher einen kleinen Fledermausanhänger über ihren Brüsten baumeln. „Aber pass auf. Werwölfe sind schwierig. Wohlwollend formuliert passt unser freiheitlicher Lebensstil nicht in deren naives Weltbild vereinfachender Strukturen. Und obendrein sind sie anders. Komplett anders."

„Nun, sie sind eben zu zweit, Mensch und Wolf." Lexa war froh, dass sie endlich auch einmal was wusste.

„Erklärt er das so, Dein Werwolf?", fragte Mary. „Meinetwegen. Jedenfalls führen sie in den Schatten wie in der Tageswelt ein völlig anderes Leben. Anderer Rhythmus, andere Regeln, anderer Stil. Daher klappen solche Beziehungen nicht. Nie! Lass also lieber die Finger von ihm und such Dir was Passenderes. Berühmt, hübsch und unverbraucht wie Du bist, kannst Du so ziemlich jeden in den Schatten haben."

„Was ist mit Underworld...?" fragte Lexa leicht patzig. So wenig wie sie sich von Maya eine Beziehung aufschwatzen lassen wollte, so wenig durfte ihr Mary eine verbieten.

Die Vampirin lachte. „Das ist ein verniedlichender Schulfilm, meine Süße. Und bloß weil Latex-Kate sich in ihren haarigen Lover verliebt, heißt das nicht, dass es ein Happyend gibt. Ich habe alle Filme gesehen und würde soweit nicht tauschen wollen. Bis auf das schicke Kostüm vielleicht...“

Mary stand auf. „Es ist spät geworden. Ich muss dann mal weiter und mich noch ein bisschen aufhübschen, bevor meine Schicht losgeht. Du hast ja meine Nummer. Wenn Du willst können wir die Woche noch einmal zwei Runden Shoppen gehen. Pflicht und Kür - Vampirbedarf und Schuhe, würde ich vorschlagen.“

Lexa ließ sich lachend von Mary zum Abschied umarmen.

Als sie die Haustür hinter ihr geschlossen hatte, sank sie seufzend zu Boden. Maya, Mick einerseits, Mary und die anderen Vampire andererseits und irgendwo dazwischen auch noch Dave. Sie musste ihr Leben wieder selbst in den Griff bekommen. Dringend!

13 – EINS ZWEI POLIZEI

„Hallo Christian", meldete sich Lexa gut eine Stunde später bei ihrem jüngsten Ex-Freund. „Entschuldige, dass ich Dich störe, aber ich bräuchte in einer etwas delikaten Angelegenheit Deine Hilfe."

„Wie kommt es nur, dass ich nicht überrascht bin." Christian lehnte sich demonstrativ an den Rahmen seiner Haustür und musterte sie belustigt. „So was wie späte Reue hätte ich auch selbständig ausschließen können. So gut kenne ich Dich dann doch."

Lexa hauchte ihm einen Kuss auf die Wange und umarmte ihn dann herzlich. „Das weiß ich doch. An Dir ist ein Profiler verloren gegangen, nicht wahr?"

Zögerlich erwiderte Christian, der jedenfalls nicht nur ein einfacher Polizist sein wollte, die Umarmung. „Wenn Du so nett bist, willst Du nicht nur irgendwelches Werkzeug", bemerkte er dann. „Also komm lieber erst einmal rein. Das will ich nicht auf dem Hausgang besprechen."

Er gab die Tür frei und folgte Lexa in die Wohnung. „Nimm schon mal Platz. Ich hol mir nur schnell einen Kaffee. Magst Du auch einen?"

„Ja", sagte Lexa aus ehrlicher Gewohnheit und korrigierte sich schnell. „Aber trotzdem nehme ich nur ein Wasser." Irgendwie hatte Dave sie nachhaltig verunsichert – in Bezug auf ihren Kaffeekonsum.

„Also? Wie darf ich Dir helfen?"

Wenn Lexa eines wirklich an Christian immer geschätzt hatte, dann seine Zielstrebigkeit.

„Kommst Du über den Polizeicomputer an die Überwachungsvideos von dem Frachttransport-Areal am Ostbahnhof?"

Wie befürchtet warf ihr Christian einen prüfenden Blick zu, der ein gerüttelt Maß professionelles Interesse enthielt. „Und wenn dem so wäre?"

„Dann hätte ich gern die von gestern Nacht. Oder vielmehr ein Foto von einem Mann, der darauf zu sehen sein müsste, wie er eine Frau über die Gleise hetzt."

„Aha." Christian rührte umständlich Milch und Zucker in seinen Kaffee, legte den Löffel ab und trank.

Da Lexa wusste, dass sie da einen ziemlich großen Gefallen verlangte, ließ sie Christian Zeit, darüber nachzudenken. Er würde wissen, dass sie nicht leichtfertig zu ihm gekommen war. Unabhängig davon konnte Christian auch unendlich bockig werden, wenn man ihn drängte. Sie waren lange genug zusammen gewesen, um die Bedienungsanleitung des jeweils anderen zu kennen.

„Welche Antwort würdest Du mir geben, wenn ich nach dem Grund dafür fragte? Du wirst das Bild ja wohl kaum für Deine Sammlung gebrochener Herzen brauchen."

Lexa lächelte wehmütig. „Meine Motive sind hilfreich, edel und gut und zur Abwechslung einmal völlig uneigennützig."

Christian lehnte sich auf dem Sofa zurück und musterte sie über den Rand seiner Kaffeetasse hinweg. „Superbulle" stand in großen Lettern darauf. Lexa hatte sie ihm geschenkt.

„Das erwarte ich auch", sagte er dann ernst, „denn immerhin riskiere ich meine Karriere, wenn ich Deinen Wunsch erfüllen sollte."

Er hatte sich nicht verändert. Weder äußerlich, noch in dieser Fixierung auf seine alberne Karriere bei der Kriminalpolizei.

„Du siehst aber wirklich aus, als könntest Du etwas Hilfe gebrauchen", bemerkte er dann mit ehrlicher Sorge in der Stimme. „Was ist denn los?"

Eigentlich hatte Lexa eine sehr gute Geschichte vorbereitet; eine, die Christian gewiss überzeugen würde. Aber an dieser schlichten Frage vorbei gab es keinen Weg für eine noch so gute Lüge. „Einfache Frage, schwierige Antwort", sagte sie daher. „Ich bin da in eine Sache gerutscht, aus der ich wohl allein raus muss."

Christian schüttelte resigniert den Kopf. „Bitte verwechsle das Leben nicht mit einem Kinofilm. Es gibt nichts, wobei wir Dir nicht besser helfen könnten, wenn Du uns einweihst."

„Das war ja klar, dass Du das so siehst", seufzte Lexa. „Aber glaub mir, wenn es wirklich so wäre, wäre ich einfach aufs Revier gegangen und hätte nicht Dich um Hilfe gebeten. Es gibt eben doch die eine oder andere... hochspezielle... Situation, bei der tatsächlich offiziell gar nichts zu erreichen ist." Sie sah auf und schüttelte den Kopf, um Christians gut erratenem Einwand zuvorzukommen. „Und nein – ich kann Dir nicht sagen, warum, weil das Teil des Problems ist, das eine hochoffizielle Behandlung verbietet."

„Du verlangst trotzdem ganz schön viel von einem abgeschossenen Ex", sagte er dann, unentschlossen zwischen Neugier, Hilfsbereitschaft und bockiger Verletztheit schwankend.

„Ich weiß", erwiderte Lexa und hielt seinem Blick tapfer stand. „Darum ist mir der Weg hierher auch nicht leicht gefallen."

„Muss ich mir Sorgen machen?"

Plötzlich verschwamm Lexas Sicht. „Das hängt davon ab, wie viel Dir noch an mir liegt."

Drei Stunden später saß Lexa vor ihrem PC und betrachtete die beiden Bilddateien, die ihr von Stierchen69 auf einen neutralen E-Mail-Account gesandt worden waren. Sie grinste. Bestimmt war Stierchen69 eigens in ein Internet-Café gegangen, um die Dateien zu versenden, denn fraglos waren die nur für den internen Gebrauch bestimmt.

Wenn man das eine Bild etwas nachbearbeitete, schärfer machte und einen Ausschnitt vergrößerte, bekam man von Baghira einen ganz guten Eindruck.

Obwohl Lexa nun kein Meister der Bildbearbeitung war, konnte sich das Ergebnis ihrer Meinung nach durchaus sehen lassen, das sie kurz darauf in verschiedenen Foren und Blogs postete, die sie zuvor recherchiert hatte. Erstaunlich, was die Suchmaschinen alles zum Thema Vampire ausspuckten. Es gab wirklich viele Spinner da draußen, die zum Teil bei genauerer Betrachtung mit ihrer Wahrnehmung nicht halb so weit neben der echten Wahrheit lagen, als die vermeintlich Normalen.

Lexa hatte bei zwei, drei Websites sogar den Verdacht, dass da Schattengänger redaktionell mitmischten, auch wenn sie für eine ernstzunehmende Einschätzung insgesamt selbst noch zu wenig wusste. Dave hatte ja erzählt, dass die Elfen mit Wikipedia und Google zwei sehr mächtige und einflussreiche Instrumente zur Informationsgestaltung bedienten. Wenn sie so darüber nachdachten, ergab dieser Aspekt plötzlich sogar eine brauchbare Erklärung für die Redaktionspolitik der Wikis. Mary oder Herbert hingegen hatten erwähnt, dass im Social Media-Bereich Werwölfe gut vertreten waren, die naturgemäß jeder Art von Rudelbildung gegenüber aufgeschlossen waren. Oh, sie musste noch viel lernen.

Ob sie Dave fragen sollte, wie sie Baghiras Geheimnisse am besten und nachhaltigsten enthüllen konnte? Nackt im Shitstorm würden ihm seine Übeltaten deutlich schwerer fallen.

Sie lächelte böse und unheilvoll in ihren Monitor. Und außerhalb seiner Komfortzone würden ihn schon entweder Karel oder Christian erwischen. Sie war sicher, dass Christian sich die Bilder vor der hochgeheimen Weiterleitung sehr genau angesehen hatte und gewiss würde er ermitteln. Einerseits, um sich und seine heilige Karriere abzusichern, denn das erklärte natürlich, warum er die Bilder überhaupt angesehen hatte; andererseits aber auch, um weitere Bonuspunkte zu sammeln. Und vielleicht auch, um sie zu schützen. Ihr Lächeln wurde weicher. Auch wenn es vorbei ist, ist es nicht immer vorbei.

Schließlich war da ja auch noch sie selbst. Und ihr lag viel daran, dass Herberts Mörder, der Zerstörer ihres Lebens seiner gerechten Strafe zugeführt wurde. Oder vielmehr ihrer gerächten.

14 - DER KOMMISSAR

Auch am nächsten Morgen – oder vielmehr Mittag – weckte Lexa das Klingeln der Haustür, gegen das sie sich anders als beim Weckerläuten mit roher Gewalt nicht wehren konnte. Allmählich wurde das zur Gewohnheit!

„Moment", rief sie und eilte in ihrem Schlafshirt durch den Flur. „Ich komme."

Vor dem Spion stand ein Unbekannter in Parka und mit krummer Nase.

„Kriminalpolizei, Frau Schellenberger? Können Sie bitte öffnen?" Er schwenkte einen Ausweis vor dem Spion, der tatsächlich so ähnlich aussah wie die Dinger, die sie vom Tatort kannte.

„Moment", wiederholte sie, hastete auf der Suche nach ihren Jeans ins Schlafzimmer zurück und öffnete dann die Tür.

„Wie kann ich ihnen helfen?"

„Mein Name ist Kellerer", stellte er sich erst einmal vor, nachdem Lexa ihn in die Küche geführt hatte. „Kennen Sie eine Luise Morgenthal?"

„Nein", sagte Lexa ohne zu zögern. „Den Namen habe ich noch nie gehört. Warum?"

„Weil sie tot ist."

„Das ist bedauerlich, vor allem für sie. Aber es beantwortet meine Frage nicht."

„Nun", sagte Herr Kellerer. „Sie haben gestern Abend etwas in Frau Morgenthals Blog gepostet."

Lexa war, als hätte er ihr eine Faust in den Magen gerammt. „Ach", piepste sie schwach. „Da ich sie nicht kenne, müssen Sie mir ein bisschen auf die Sprünge helfen."

„Sie haben gestern auf den von Frau Morgenthal verantwortlich betriebenen „Black-Pages" ein Bild gepostet, auf dem ein einzelner Mann zu sehen ist, vor dem sie warnen. Er halte sich für einen unbesiegbaren Vampir und würde sich Opfer für perverse Spielchen suchen." Er warf ihr einen strengen Polizistenblick zu. „Da wir annehmen, dass Sie von dem Vampirmörder bereits gehört haben, würden wir uns da gerne mit Ihnen über den Anlass dieser Nachricht und die Herkunft dieses Bildes unterhalten."

Lexa setzte ein paar Mal an, brachte aber nicht nur nichts Vernünftiges, sondern gleich gar nichts heraus. Was vielleicht von Vorteil war. Immerhin konnte man sich mit falschen und unbedachten Worten sehr schnell verdächtig machen, selbst wenn es da eigentlich gar nichts Verdächtiges gab. Das hatte sie in der Zeit mit Christian gelernt. In ihrem speziellen Fall, in dem es sehr viel Verdächtiges gab, dass sie nun wirklich gar Niemandem anvertrauen wollte, sollte sie noch viel besser nachdenken, was sie Herrn Kellerer erzählte. Hatte Christian ihn mal erwähnt? Vielleicht, aber da er seinen Vornamen nicht genannt hatte und sie ihn auch schlecht fragen konnte, half ihr das gerade nicht weiter.

„Frau Schellenberger? Geht es Ihnen nicht gut?"

„Wie? Doch. Nein! Darum bin ich auch zu Hause. Ich hab mir irgendwas eingefangen. Aber das jetzt, das schockt mich schon. Wie ist Frau Morgenthal denn gestorben?"

Eine Gegenfrage war ja nie schlecht.

„Sie wurde heute in den frühen Morgenstunden an der Donnersberger Brücke gefunden, An den Rangiergleisen. Der Täter hat sie förmlich aufgerissen und dann ausbluten lassen. Ein ungewöhnlich brutaler Mord, die Art der Tatbegehung offenbart besorgniserregendes Aggressionspotential."

Lexa schnappte entsetzt nach Luft. Ob der Tatort Zufall war?

„Dort befinden sich ja einige große Nachtklubs, sodass wir davon ausgehen, dass der Täter sein Opfer dort ausgesucht hat. Er schlägt allnächtlich zu. Das ist selbst für einen Serientäter ungewöhnlich. Frau Schellenberger, wenn Sie etwas zu dem Fall zu sagen haben, dann wäre jetzt ein guter Zeitpunkt. Helfen Sie uns bitte."

Lexa nickte, wusste aber nicht, was sie sagen sollte. Sie könnte nach einem Anwalt verlangen und dann Karel anrufen. Das war – Anwaltsgeheimnis hin oder her – der Einzige der als Beistand für ihren speziell gelagerten Fall in Frage kam. Aber machte sie sich nicht erst recht verdächtig, wenn sie jetzt einen Anwalt verlangte? Und wie würde der reagieren, wenn er erfuhr, wie sie der Kripo überhaupt erst aufgefallen war? Sie dachte an Karels kalte Augen und schauderte unwillkürlich. Nein, anwaltliche Hilfe war vielleicht doch keine so gute Idee.

„Wie sind Sie dann auf mich gekommen? Ich habe ja unter einem Pseudonym gepostet."

„Kriegerin666", grinste der Kriminalbeamte. „Wir konnten Ihre IP-Adresse zurückverfolgen. War gar nicht schwer. Leider ließ sich nicht nachvollziehen, wer Ihnen das betreffende Bild hat zukommen lassen."

Und darum hatte Stierchen69 ein Internet-Café besucht, der war eben schlau.

„Also", sagte Lexa vorsichtig. „Ich habe das Bild von einem Bekannten bekommen. Dazu werde ich Ihnen sonst nichts sagen. Und ich habe den Post aus genau dem Grund geschrieben, den ich auch geschrieben habe..." Lexa stutzte verlegen. Wenn sie weiter solchen Müll erzählte, redete sie sich noch um Kopf und Kragen. „... nämlich, weil ich den Kerl für sehr gefährlich halte."

„Und woher kennen Sie ihn?"

„Gar nicht! Ich habe ihn in der Kultfabrik gesehen, wie er diesen Mann niedergestochen hat, zwischen den Mülltonnen von diesem Klub. Und dann habe ich um Hilfe gerufen. Dann ist er auch noch auf den Türsteher losgegangen und ich bin geflohen."

„War er allein?"

„Der Typ oder der Türsteher?", fragte Lexa zurück. Dann fiel ihr auf, dass sie gerade noch nichts erzählt hatte, was sie nicht auch aus der Zeitung wissen konnte, die immer noch auf dem Tisch lag. „Der Typ schon, soweit ich das sagen kann. Der Türsteher zuerst nicht. Es sind zwei gekommen. Da war der Kerl schon auf dem Dach von dem Anbau neben dem Klub. Der eine ist dann zurück, um wegen all dem Blut den Notarzt zu rufen – und wohl auch die Polizei. Der andere ist zurückgeblieben und hat nach Herbert gesehen. Da hat ihn der Typ angesprungen und mit ihm eine Prügelei begonnen."

Kellerer nickte. Auf Lexa machte er einen fürs Erste zufriedenen Eindruck. Sie hatte genug Informationen genannt, um plausibel zu klingen.

„Warum sind Sie davongelaufen?"

„Hallo? Warum ich geflohen bin, wenn sich ein paar Typen in einem Hinterhof abstechen? Ist die Frage ernst gemeint? Weil der Typ mir vielleicht auch was antun wollte. Ich meine, wenn ich Mörder wäre, legte ich auch keinen Wert auf Zeugen in guter gesundheitlicher Verfassung."

„Und warum haben Sie sich dann nicht bei der Polizei gemeldet?"

„Weil... ich geschockt war. Bei der Kripo wird

man solche Sachen ja gewohnt sein, aber wenn man das erste Mal sieht, wie ein Mann einen anderen niedersticht, dann... braucht man eben ein bisschen Zeit zum Verarbeiten. Und ich hatte Angst, dass der Kerl dann erfährt, wer ihn verpfiffen hat."

„Das ist überzeugend", bemerkte Kellerer trocken. „Vor lauter Angst vor Entdeckung gehe ich nicht zur Polizei, sondern spamme sämtliche Party-Foren mit Warnungen. Klar."

„Deshalb habe ich ja nicht mit meinem Namen unterschrieben, sondern mit einem Pseudonym." Lexa fand inzwischen selbst, dass das dämlich klang. „Ich habe mich dafür extra überall neu registriert, damit ich anonym bleibe."

Kellerer seufzte. „Sie sollten mal ein Datenschutzseminar besuchen."

Dann lehnte er sich zu ihr über den Tisch nach vorne, nicht anders als vorhin Mary – nur ohne Fledermauskettchen. „Und wie sind Sie in den Hinterhof gekommen?"

„Ich... bin mit dem Typen nach draußen gegangen."

„Dem mutmaßlichen Täter?"

„Nicht dem *mutmaßlichen Täter*", patzte Lexa, „sondern mit dem gemeingefährlichen Irren! Er hat mich an der Bar angesprochen und weil es zu laut zum Unterhalten war, sind wir nach draußen gegangen."

„Sie gehen mit jedem Wildfremden gleich nach dem Ansprechen mit?"

Lexa bemerkte, dass sie irgendwie nicht wirklich den Themen ausweichen konnte, über die sie nun gar nicht sprechen wollte. So ein Mistkerl. Der wäre, sollte er ein Werwolf werden, sicherlich ein Terrier, so ein lästiger, kläffiger, fieser Wadenbeißer.

„Ich bin ja nicht mit ihm nach Hause gegangen", korrigierte sie würdevoll. „Sondern vor die Tür. Das fand ich jetzt nicht so intim."

„Mit wem waren Sie in dem Klub?"

„Gehen in Ihrer Welt Damen nicht alleine aus?"

Kellerer nickte. Er warf einen Blick auf sein Handy und erhob sich. „Vielen Dank und gute Besserung, Frau Schellenberger. Hier ist meine Karte. Bitte vereinbaren Sie einen Termin für eine umfassende Vernehmung, inkl. Phantombildfertigung. Am besten morgen Vormittag. Und halten Sie sich zu unserer Verfügung, wir sprechen uns sicher noch einmal."

An der Tür drehte er sich noch einmal zu Lexa um: „Sie nannten das Opfer, Herrn Savary, vorhin Herbert. Dem entnehme ich, dass Sie sich kannten?"

Wieder allein in ihrer Küche saß Lexa lange am Fenster und wartete, bis das Zittern ihrer Finger endlich aufhörte. Die Polizei war erheblich unter Druck, der Öffentlichkeit einen Mörder zu präsentieren. Sie wusste von Christian, was das bedeutete. Zudem konnte Baghira vermutlich die Spur aus dem Netz zu ihr genauso schnell verfolgen wie die Polizei. Und obendrein würden genau deshalb auch die Vampire nichts davon halten, Baghira einfach zum Aufhören zu zwingen. Was wiederum daran liegen könnte, dass die Idee vom Start weg nicht so genial war, wie sie Lexa zunächst gefunden hatte.

Sie hatte nur irritiert genickt und hingenommen, dass sie am nächsten Morgen zu einer offiziellen Aussage gehen musste, die sie gewiss allein nicht überstehen würde, ohne ihr ohnehin schon in Trümmern liegendes Leben auch gleich noch anzuzünden.

„Das kann man drehen und wenden wie man will", erklärte sie schließlich in Ermangelung besserer Gesprächspartner ihrem Küchentisch, „aber ich brauche dringend Hilfe."

Mit dieser Erkenntnis griff sie zum Telefon.

Es dauerte eine Weile, bis überhaupt ein Freizeichen kam.

Dann läutete es zweimal und wechselte abrupt auf das Belegtzeichen.

Lexa schluckte und unterdrückte gerade noch den Impuls, ihr Handy gegen die Wand zu schleudern. Das war nicht zuletzt aufgrund ihrer Vampirkräfte schon dem wesentlich robusteren Wecker nicht bekommen und Handys waren teuer.

„Hat der Mistkerl mich glatt weggedrückt!" Empört stand Lexa auf, setzte Teewasser auf und nahm, um die Wartezeit zu überbrücken, erst einmal einen großen Schluck aus Marys Flasche, die sie gestern in den Kühlschrank geräumt hatte.

Es war verflixt schwer, nicht gleich den ganzen Rest auf Ex direkt vor dem Kühlschrank hinunterzukippen, aber sie wollte sich nicht nachsagen lassen, gegen das oberste Vampirgebot zu verstoßen.

„Disziplin, Disziplin, Disziplin!", ermahnte sich Lexa und schloss die Kühlschranktür etwas schneller und heftiger als normalerweise erforderlich, um sich nicht unnötig in Versuchung zu führen. „Das mit der Diskretion hat ja schon mal nicht so hingehauen."

Ihr Handy läutete gerade in dem Moment, als sie Wasser aufgoss.

„Ah, späte Reue", meldete sie sich. „Warum hast Du mich überhaupt weggedrückt?"

„Weil wie so oft Dein Timing nicht passt. Wir hatten Training." Dave klang, als sei er zu lange in dieser Eishalle gestanden. „Was willst Du?"

Lexa zögerte. „Können wir uns treffen?", fragte sie dann. Um Hilfe betteln war persönlich leichter als am Telefon und auch dann noch schwer genug. Schon bei Christian – und dem vertraute sie einerseits in solchen Dingen und legte andererseits keinen gesteigerten Wert mehr darauf, von ihm auch gut gefunden zu werden.

„Heute ist es schlecht", wich Dave aus. „Die Jungs und ich haben noch was vor. Wie sieht es am Wochenende aus?"

„Dave, bitte", drängte Lexa. „Es ist wichtig. Wir müssen irgendwas wegen Baghira machen. Die Polizei war gerade bei mir."

„Und dann rufst Du mich über dein Mobilephone an? Sehr clever", schnappte Dave. „Hör zu, das ist ein crazy Vampir-Ding und daher will ich mich nicht einmischen. Don't break the rules. Ich wollte Dir persönlich helfen – aber das wolltest Du nicht. Das ist okay, accepted. Aber bitte belassen wir es auch dabei. Nichts gegen Small-Talk, wenn wir mit Maya und Ron ausgehen – aber keine Solo-Show und kein SOS, wenn kein anderer Clown in Sicht ist."

„Dave!", rief Lexa verzweifelt. „Ich hab doch sonst niemanden. Weder Clowns noch Helden!"

„Wende Dich an Karel", sagte Dave.

„Der reißt mir angesichts meiner letzten Aktionen den Kopf ab."

„Unwahrscheinlich. Das würde seinen Teppich ruinieren. Aber sorge Dich nicht, er weiß es eh schon. Immerhin hat er mich heute Morgen angerufen, um mir mitzuteilen, was *meine* Vampire-Bride so treibt."

Lexa wollte noch etwas sagen, doch Dave kam ihr zuvor. „See... Wölfe und Vamps, das passt nicht.

Posh und Sporty, das passt nicht. Weder in den Basics noch im Detail. Wir sehen uns bei Maya. Bye!"

Eine Stunde später stand Lexa am Empfang der hochnoblen Kanzlei, und verlangte nach Dr. Karel von Wattenberg.

Dass eine junge Dame nach dem Seniorpartner verlangte, schien die Empfangssekretärin nicht zu erstaunen. Sie zog nur eine Braue hoch und fragte, ob sie denn einen Termin hätte.

„Nein", sagte Lexa. „Ich habe keinen Termin. Aber es ist dringend und wird auch nicht viel Zeit in Anspruch nehmen. Bitte sagen Sie ihm einfach, dass ich da bin."

Die Empfangssekretärin hob in einer Wenn-Du-meinst-Geste die Schultern und griff zum Telefon.

„Karin, meine Gute, hier unten ist eine Alexandra Schellenberger und will Dr. von Wattenberg sprechen. Es sei dringend. So dringend, dass sie keinen Termin nötig hat."

Karin am anderen Ende der Leitung sagte etwas, das abweisend klang. Lexa warf der Sekretärin einen flehenden Blick zu.

Die hörte Karin geduldig zu. „Hör mal, es scheint wirklich dringend zu sein, zumindest für die Klientin. Frag ihn doch einfach, dann machen wir nichts falsch."

Sie legte auf.

„Herr Dr. von Wattenberg ist sehr beschäftigt. Ein Termin jagt den nächsten. Aber seine Sekretärin will ihn kurz stören. Ich hoffe, es ist dringend, sonst reißt er uns den Kopf ab."

„Das würde er nicht, denn damit ruiniert er seinen Teppich", sagte Lexa unglücklich.

„Ach? Sie kennen Herrn Dr. von Wattenberg persönlich? Das hätten Sie mir sagen sollen."

„Egal. Wir werden sehen, was mit seinem Teppich passiert", sagte Lexa und ließ sich unaufgefordert in einen der Besuchersessel sinken.

Von dort sah sie zu, wie wichtig und erfolgreich aussehende Menschen wichtig durch die Gänge eilten, um Erfolg und Reichtum nachzujagen. Ob Karel in seiner Kanzlei Zombies beschäftigte? Eine selbst für ihre Branche eher schlecht bezahlte Physiotherapeutin kam sich hier so fehl am Platze vor, wie ein Vampir auf einer Werwolf-Party.

Sie schob den Gedanken an Dave beiseite und griff zu einem Wirtschafts-Magazin, in dem sie blätterte, ohne die Texte zu lesen. Sie verstand schon nur die Hälfte der Überschriften. Das war nicht ihre Welt.

Nach einer Viertelstunde kam eine teuer gekleidete junge Dame mit klassischer Hochsteckfrisur und High Heels an den Empfang. Grace Kelly für Arme. Die Sekretärin wies auf Lexa.

„Guten Tag", sagte Grace und lächelte geübt mit dem Mund. „Ich bin Karin Rieck, die persönliche Sekretärin von Herrn Dr. von Wattenberg. Er bat mich, Sie zu ihm zu führen."

Auf dem Weg zum Fahrstuhl sezierte sie Lexa mit jenem skalpellscharfen Desinteresse, das Lexa sonst nur von der Tussi-Fraktion in Mayas Freundeskreis kannte. Lexa gab normalerweise nur wenig auf solche Stutenbissigkeiten, aber hier und heute war sie trotzdem froh, dass sie mit Edeljeans, hochhackigen Stiefeln und Blazer ordentlich aussah. „Sie haben Glück, dass er im Haus ist", erklärte Grace als sie bemerkte, dass sie bemerkt worden war. „Er hat ungewöhnliche Arbeitszeiten. Bei internationalem Klientel muss man die verschiedenen Zeitzonen berücksichtigen."

Lexa nickte unverbindlich. *Zeitverschiebung, soso.*

In den oberen Etagen jagte man nicht mehr nach Erfolg und Reichtum, hier verwaltete man ihn. Kaum zu glauben, dass sie den Herrn dieser Hochburg der Gediegenheit in einem Hinterzimmer eines allenfalls mittelfeinen Nachtklubs kennengelernt hatte.

Unwillkürlich grinste sie. Eine ihrer Patientinnen hatte in einem Edel-Eskort-Service gearbeitet und wenn man ihr glauben wollte, schienen gerade die superreichen älteren Herren durchaus willig nächtens aus ihren Glaspalästen in die Niederungen der Stadt hinabzusteigen.

Lexa wurde mit ein paar höflichen Floskeln in einem Besprechungszimmer geparkt, das einen herrlichen Blick auf die herbstfönigen Alpen bot.

Der Reihe nach kam erst eine Sekretärin herein, die Ihr einen Mandatsfragebogen übergab, dann eine Assistentin, die nach ihren Getränkewünsche fragte, dann eine andere Assistentin, die ihr ein Glas Wasser brachte und schließlich erschien Grace, die als Karin deutlich an Nimbus eingebüßt hatte, und bat Lexa, ihr zu folgen.

Das Büro, das Karel bewohnte, schien nicht viel kleiner als Lexas gesamte Wohnung. Der Schreibtisch war groß genug, um einer senegalischen Großfamilie in der Regenzeit Schutz und Obdach zu gewähren und mit dem Bücherschrank an der Wand ließ sich ein Mittelklassewagen finanzieren. Getönte Scheiben tauchten den Raum in ein auch für lichtempfindlichere Wesen angenehmes Licht ohne düster zu wirken.

„Frau Schellenberger", sagte Karin, die eben nicht Grace war, mit minimal schnippischem Unterton und verschwand wieder.

„Danke, Karel, dass Sie mich so kurzfristig empfangen", sagte Lexa und blieb unschlüssig und etwas verloren in dem riesigen Raum stehen.

Karel blieb an seinem Schreibtisch sitzen und musterte sie, als sei sie zu spät zum jüngsten Gericht erschienen. So ungefähr fühlte sie sich auch.

Momente dehnten sich zu Zeitaltern. Dann erhob sich Karel und steuerte um seinen Schreibtisch herum eine Sitzecke an, die geschmackvoll vor dem Bücherschrank arrangiert war.

„Nehmen Sie Platz, wir haben ein paar Dinge zu besprechen, bei denen ich Ihre Einschätzung in Bezug auf Wichtigkeit und Dringlichkeit teile." Er schnaubte durch seine lange aristokratische Nase. „Erstaunlich." Dabei erinnerte er an eine perfekte Mischung aus Bela Lugosi und Leonard Nimoy.

Lexa setzte sich zaghaft zu ihm.

„Dann beginnen Sie mal, Lexa. Was haben Sie Dringendes zu erzählen?"

Karel sah sie an, wie einen kleinen Käfer. „Und bitte verschwenden Sie nicht meine Zeit dadurch, dass Sie irgendwelche Dinge auslassen oder verdrehen. Ich halte sie für eine im Grundsatz äußerst intelligente Frau – und das ist übrigens der einzige Grund, warum ich überhaupt in Erwägung ziehe, sie aus Ihrer fraglos misslichen Lage zu befreien."

Seufzend begann Lexa, die natürlich die in diesen Worten versteckte Beleidigung ebenso wie die damit verbundene Drohung erkannt hatte, ihre Erzählung mit dem Streifzug, der sie und Herbert auf diesen Hinterhof geführt hatte und endete mit Herrn Kellerers Besuch. Nur das Telefonat mit Dave ließ sie aus. Sie brachte es nicht über sich, in Wunden zu stochern, von denen sie noch gar nicht wusste, wie tief sie waren.

„Ja, und nachdem das Gespräch mit dem Kriminalbeamten entgegen meinen Erwartungen von mir so gar nicht zu steuern gewesen war, erwäge ich, nun doch für das morgige Interview anwaltliche Hilfe in Form eines Zeugenbeistands in Anspruch zu nehmen."

„Sie haben von ihrem letzten Lebensabschnittsgefährten zumindest die Fachtermini gelernt", erwiderte Karel mit einem sparsamen Lächeln, das seine Augen nicht erreichte. Er erhob sich, trat an den Schrank und öffnete eine kleine Bar. Der köstliche Geruch von Blut erfüllte den Raum. Karel kam zurück und reichte ihr einen Cognacschwenker.

„Sie bringen – das steht außer Frage – reichlich Bewegung in die Schattenwelt."

„Was gut oder schlecht sein kann", bemerkte Lexa und hielt sich mit ihrem Glas zurück, bis sich Karel wieder gesetzt und ihr formvollendet zugeprostet hatte.

„Was gut oder schlecht sein kann." Karel nahm einen kleinen Schluck, rollte ihn wie Rotwein kurz im Mund umher und schluckte dann mit geschlossenen Augen. „Obgleich sie sich mit der Normwelt, also jenem Leben, das Sie bisher kannten, in Bezug auf Vorurteile, falsche Prämissen und ein starres Korsett aus Regeln nicht messen kann, bedarf auch die Schattenwelt eines gewissen Rahmens." Ein humorloses Lächeln umspielte seinen Mund. „Sie sind die einzige Zeugin, die diesen Thug identifizieren kann, der uns seit einigen Jahren zu schaffen macht. Erstmals tauchte er in Mumbay auf, dann in London, Toronto und schließlich hier – wobei ungeklärt ist, ob nicht aus anderen Städten vermeldete Einzelfälle auch auf sein Konto gehen. Bis zu einem gewissen Grad verträgt das System Übergriffe.

Doch die Intervalle dieser Entgleisungen wurden kürzer und inzwischen schlägt der Thug täglich zu. Es wird Zeit, ihn zu erlegen." Karel öffnete die Augen wieder. „Und das ist Ihr großes Glück. Das, und der Umstand, dass ich erste letzte Woche meinen Perser aus der Reinigung holen ließ."

Unwillkürlich wanderte Lexas Blick zu dem prächtigen Teppich, auf dem die Sitzgruppe stand.

„Haben Sie es schon einmal mit Abdeckplanen versucht", sagte sie dann betont lässig. „Die führt jeder Malerbedarf."

Dieses Mal erreichte das Lächeln die Augen des Vampirs.

„Gleichwohl ist durch Ihre unbedachte Interne-taktion die Situation deutlich schwerer zu berechnen", fuhr er jedoch unbeeindruckt fort. „Erstens lockt Ihr durchaus mitreißend formulierter Aufruf jede Menge selbsternannte Vampirjäger herbei, die völlig die Gefahr verkennen, in die sie sich begeben. Zweitens setzt diese öffentlichkeitswirksame Aktion mich auch innerhalb der Schattenwelt gehörig unter Druck. Diskretion ist mindestens so wichtig wie Disziplin. Die Schatten erwarten nun Ergebnisse, bevor der Aufruhr noch größer wird."

„Eine Serie bestialischer Morde allein genügt nicht als Druck?"

Karel zuckte die Schultern. „Menschen wollen Gewalt. Nicht als Einzelner, jedenfalls nicht gegen sich persönlich gerichtete Gewalt – aber als Spezies. Es ist diese Faszination, die sie bei Laune hält. Eine Geschichte, in der die Protagonisten glücklich sind und ihre Wünsche erfüllt bekommen, interessiert keinen Menschen. Nur mit Leid erregt man ihre Aufmerksamkeit."

„Um zu lernen, wie man es überwindet. Es geht

nicht um Leid, sondern um dessen Überwindung", widersprach Lexa.

„Nein", widersprach Karel. „Das ist eine nicht haltbare Vermutung. Ein Happyend ist bei diesen Geschichten eine Option, aber keine Bedingung. Es darf auch tragisch enden. Im Gegenteil – tragisch endende Geschichten sind haltbarer. Romeo und Julia zum Beispiel..."

„Warum gibt es dann mehr glückliche Enden?"

Karel lachte. „Das dürfte am Geschichtenerzähler liegen, der seine Figuren im Laufe der Geschichte lieben lernt, eine emotionale Bindung zu ihnen aufbaut und in einer Art Übersprungsreaktion jene Loyalität und Zuneigung, die uns arterhaltend für unsere jeweilige soziale Gruppe – Freunde, Familie, Firma – antreibt, auch für die eigene Schöpfung entwickelt."

Karel stellte sein Glas ab. „Auch wenn ich zugegebenermaßen die Diskussion mit Ihnen außerordentlich kurzweilig finde, ändert das nichts daran, dass wir in einer hierfür eigentlich nicht vorgesehenen Zeit einige Dinge zu klären haben. Lexa, Sie werden morgen zusammen mit einem meiner Angestellten zur Polizei gehen und ohne auf Fragen zum Nebengeschehen einzugehen, ausschließlich eine möglichst präzise Phantomzeichnung dieses Thugs anfertigen lassen. Zu einer weiteren Vernehmung sehen Sie sich bis auf Weiteres psychisch außerstande. Ein entsprechendes Attest wird morgen rechtzeitig bei der Kriminalpolizei vorliegen. Wir müssen sicherstellen, dass Sie – stellvertretend für die Sanguiniker unter den Schattengängern – von den Ermittlungsbehörden als Opfer und nicht etwa als Täter wahrgenommen werden. Alle weiteren Schritte werden Sie künftig mit mir abklären. Zu diesem Zwecke steht auf der Visitenkarte, die ich

Ihnen bekanntlich auf Bitten von Mr. Finn überlassen habe, auch meine Mobiltelefonnummer. Es ist faszinierend, wie Sie auf die Werwölfe wirken. Eine so direkte Forderung wurde seit gut 60 Jahren nicht mehr zwischen zwei hochrangigen Vertretern unserer Gruppen ausgetauscht. Wir werden sehen, wohin diese Entwicklung führt. Aber pragmatische Lösungen erfordert gelegentlich Abstriche in anderen Bereichen. Doch das ist nicht Ihr Thema. Sie werden sich zunächst mit der Polizei befassen, Lexa."

Lexa nickte. Mehr als Zeichen, dass sie alles verstanden hatte, denn als Geste der Zustimmung. Die setzte Karel mit einer Selbstverständlichkeit voraus, die Lexa deprimierte.

„Sie sagten, dass Baghira seit Jahren unangenehm auffällt", nahm Lexa dann zaghaft den Faden auf. „Das erstaunt mich..."

„Warum?"

„Baghira sagte mir in diesem Hinterhof, ich hätte ihn erst auf den Geschmack gebracht, hätte ihm gezeigt, wie stark er sein kann..."

Karel blieb unbeeindruckt. „Na und?"

„Sie werden verstehen, dass dieser Aspekt für mich persönlich wichtig ist, denn er definiert meine Mitschuld."

„Ich verstehe", sagte Karel. „Er ist seit Jahren als maßloser Vampir, als Thug aufgefallen. Doch offenbar hat die Erfahrung mit Ihnen einen neuen Plan in seinem kranken Hirn freigesetzt. Obwohl er nun nicht mehr gelegentlich, sondern täglich seine Opfer reißt, leben Sie noch. Das ist erstaunlich, finden Sie nicht."

Lexa lächelte gezwungen. „Ich bin eben ein besonderes Mädchen." Es klang lahm.

Das Zögern verriet, dass Karel darauf meherere Antworten eingefallen **wären**. „Berücksichtigen Sie, dass dieser Thug weiß, wem er den Druck, unter dem er jetzt steht, zu verdanken hat", sagte er dann unverbindlich. Dieses Wesen ist außerordentlich rachsüchtig und grausam. Sehen Sie zu, dass er Sie nicht in die Finger bekommt."

„Wie soll ich das verhindern? Er weiß, wo ich wohne und arbeite."

Karel erhob sich und geleitete Sie zur Tür. „Dann seien Sie eben vorsichtig. Nutzen Sie die Ihnen geschenkte Gabe zu Ihrem Vorteil."

15 - STERNENHIMMEL

„Vampire sind anders als Werwölfe Einzelgänger. Im Hinblick auf die in den von Vampiren durchsetzen Gesellschaften vorherrschenden Konventionen wurde Anfang des 19. Jahrhunderts im Anschluss an den Wiener Kongress und die damit einhergehende Neuordnung Europas die Tafelrunde eingeführt. Ein Zusammenschluss der sanguinen Untergesellschaft, die von 12 Tafelherren geleitet wird, die gegenüber den Gruppierungen in der Schattenwelt wie auch im Tagesgeschehen die politischen Interessen vertreten. Die derzeitigen Tafelherren sind in Anhang 1 aufgelistet (Tabelle 1a), ebenso das Tribunat der lunalupiden Untergesellschaft (Tabelle 1b) und die Sprecher der Elfen, die ihre weitere, innere Struktur nicht offenlegen (Tabelle 1c)."

Neugierig blätterte Lexa zu Anhang 1 und entdeckte dort tatsächlich an 3. Stelle Karel, der also offenbar ein VIV – very important Vampire – war. Die Liste der Elfen enthielt zwei Namen, die Lexa aus der Welt der Stars- und Sternchen kannte. Elf und Glamour – das passte irgendwie. Bei den Werwölfen hingegen tauchten einige Namen aus Sport und Medien auf. Dann stutzte Lexa. Peter Finn stand da im Nordamerika-Board. War Finn nicht Daves Familienname? Sollte hier eine Verwandtschaft bestehen, würde das zumindest Karels kryptischer

Hinweis auf hochrangiges Insistieren im Zusammenhang mit ihrer Anerkennung erklären.

Nun, Dave – der Arsch – war Geschichte. Der Vampir ist am stärksten allein. Irgendwie hatte sie das ja schon vor ihrer Vampirifizierung geahnt und ein halbes Leben ihre Unabhängigkeit trainiert. Dumm dabei war nur, wenn man niemanden hatte, von dem man unabhängig sein konnte, weil man nirgends mehr dazu gehörte. Dann war man irgendwie nicht frei, sondern einsam. Aber das sagte einem vorher natürlich keiner. Lexa spürte wie ihr Tränen in die Augen stiegen und war daher eigentlich ganz froh, dass Abwechslung sich laut Sturm läutend an der Haustür ankündigte. Lang, lang, kurz, gaaaaaaanz lang. Das war Maya. An der Länge des letzten Läutens konnte sie üblicherweise den Grad der Erregung ihrer Freundin messen. Heute schien Feuer auf dem Dach zu sein.

„Kaffee und Schokolade", rief sie schon auf der Treppe, sobald sie Lexa in der Wohnungstür stehen sah. „Sofort, viel!"

Schokolade war Mayas besonderer Pharma-Philosophie zufolge die optimale Medizin gegen so ziemlich alle Widrigkeiten des Lebens, gegen die Antibiotika versagten. Schlechtes Wetter, nervige Mitmenschen, ein überzogenes Bankkonto – mit Schokolade war alles halb so wild. Die Kombination mit Kaffee hingegen verhieß schwere seelische Erschütterungen, die im Rahmen freundschaftlicher Gesprächstherapie kuriert werden mussten. Also ging es um Männer. Das begeisterte Lexa nicht gerade. Auf diesem Terrain fühlte sie sich seit der Begegnung mit Baghira nicht besonders sattelfest.

Andererseits sah sie trotz gewisser körperlicher Veränderungen, Mordanschlägen, Polizeiverhör und einer Unterredung mit einem der weltweit führenden Vampire im Vergleich zu Maya blendend aus.

Mayas Gesicht war von intensivem Weinen verquollen und fleckig und die Schminke, die um ihre Augen verschmiert war, sah im richtigen Leben nicht halb so sexy aus wie bei den Schauspielerinnen in irgendwelchen Romantik-Schmachtfetzen, die Lexa im Gegensatz zu Maya eh nicht leiden konnte.

„Was ist denn los", eröffnete Lexa brav, während sie aus dem Kasten eine Tafel Zebraschokolade bereitstellte und Wasser für den Kaffee aufsetzte.

Maya schnappte sich die Küchenrolle und den gerade zum Fenster hereinkommenden Grizzly, zwängte sich auf die Bank und schluchzte erst einmal ganz fürchterlich.

„Das Gehirn ist ein wundervolles Organ, das 365 Tage im Jahr zuverlässig rund um die Uhr arbeitet und alle Systeme perfekt betreibt. Doch es stellt die Arbeit in dem Moment ein, indem man sich verliebt!"

Grizzly und Lexa wechselten betroffene Blicke.

„Du bist der einzige Kerl, der was taugt", weinte Maya Grizzly ins Nackenfell. „Du bleibst wenigstens bei uns."

Lexa, die anders als Maya die Mimik ihres Katers sehen und lesen konnte, war da nicht so sicher. Im Augenblick jedenfalls blieb der tränenbefeuchtete Kater nur deshalb, weil Maya ihn mit beiden Händen an sich presste.

„Was ist denn los", fragte Lexa daher noch einmal, in der Hoffnung, dass Maya wenigstens ihre Nase aus Grizzlys Fell nahm, bevor der noch ernsthaft zur Gegenwehr überging.

„Nichts ist los. Nichts! Nicht mehr und nie mehr!"
Sie wischte sich mit einem Stück Küchenrolle die Augen und sah leidend auf. „Ron verheimlicht etwas vor mir!"

Lexa hätte fast das Wasser neben die Kanne statt in sie gegossen. „Was?!"

„Das weiß ich natürlich nicht, weil er es ja verheimlicht!", schnappte Maya unglücklich und brach ein Stück Schokolade von der Tafel.

„Ja, schon klar", beschwichtigte Lexa schnell. „Das ist ja nicht ungewöhnlich. Ich meine, ihr seid gerade mal zwei Wochen zusammen. Da darf man doch noch ein paar Geheimnisse haben. Kennt Ron zum Beispiel die Geschichte mit dem Kran schon?"

Maya schniefte würdevoll und stellte den Zucker bereit. „Natürlich nicht. Eine Frau *muss* ja ein paar Geheimnisse haben, sonst wird es langweilig. Aber Ron verheimlicht mir aktiv etwas. Und das, obwohl wir so eine unglaublich intensive Beziehung haben. Verstehst Du?"

„Nein", gab Lexa unumwunden zu. Sie rührte den Kaffee kurz um, filterte ihn dann und stellte die Kanne, Milch und zwei Tassen auf den Tisch. Gerade noch rechtzeitig fiel ihr ein, dass Vampire keinen Kaffee trinken sollen und beschränkte sich auf Milch. Warum eigentlich nicht, fragte sie sich. Außer Daves diesbezüglich fast panischer Reaktion hatte sie keinerlei Hinweise. Und dieser kanadische Mistkerl war nun wirklich nicht das Maß der Dinge!

„Schau, diese Beziehung war von beiden Seiten so hingebungsvoll, so einzigartig. Treue war da nicht nur ein Wort..."

„Das war es nie, Maya, auch wenn bezüglich der Definition gelegentlich keine Einigkeit mit Dir herbeigeführt werden konnte", wandte Lexa milde ein.

„Aber das ist doch auch egal. Warum sprichst Du von Eurer Beziehung schon wieder in der Vergangenheitsform? Alles, was sich zu besitzen lohnt, lohnt sich auch zu kämpfen."

Maya seufzte aus tiefstem Herzen. Grizzly nutzte die Gelegenheit und eroberte seinen Lieblingsplatz auf dem Küchenfenster zurück, von wo aus er sich ärgerlich die Tränen aus dem Fell putzte. „Ich wollte Ron gestern vom Training abholen. Er hat sich total gefreut und sofort seine Verabredung mit den Jungs abgesagt."

„Anders als Dave übrigens", entfuhr es Lexa spontan, doch Maya war so mit sich beschäftigt, dass sie das zum Glück gar nicht wahrnahm.

„Wir waren allein in der Halle und ich wollte ihn verführen."

Das klang prinzipiell sehr nach ihrer allzeit auf Nervenkitzel versessenen Freundin. Und auch wieder nicht. Maya legte größten Wert auf Reinlichkeit. „Auf dem Eis oder in der Umkleidekabine?"

„Brrr! Lexa, also wirklich! Weder noch natürlich. Mit ein paar Decken in der Präsidentenloge. Von dort hat man einen herrlichen Blick auf das Eis und die großen Fenster oben in der Halle und den Sternenhimmel dahinter." Maya seufzte mit einer Lexa berührenden Mischung aus schwärmerischer Sehnsucht und tiefer Verletztheit. Was war bloß passiert?

„Wir haben uns geküsst und langsam entkleidet. Es war wunderschön. Ron ist sehr einfühlsam und dennoch ganz und gar zielstrebig, ohne hektisch zu werden. Wir lagen eng umschlungen auf dem Sofa dort und verwöhnten uns gegenseitig. Ron sah träumerisch zum Himmel und meinte, wie schön die Sterne leuchten. Ich nickte und sagte, das sei in einer Vollmondnacht eher ungewöhnlich, weil dann der Mond so hell strahlt."

Mayas Tränen begannen wieder zu laufen. „Und dann war es vorbei. Als hätte ich ihm gestanden, dass ich die Syphilis oder Schlimmeres hätte. Er sprang auf, fluchte lästerlich, schnappte sich sein Hemd und rannte davon, als sei ich der Teufel persönlich."

„Und dann?"

Es dauerte, bis Maya sich soweit beruhigt hatte, dass sie weitersprechen konnte. „Ich habe mich in eine Decke gehüllt und bin ihm hinterher. Aber weit und breit keine Spur von Ron. Nur sein Hemd auf dem Flur. Also bin ich zurück und habe mich angezogen. Nackt wie er war, konnte er ja nicht weit sein. Doch ich konnte ihn nirgends finden. Als ich weiter nach ihm rief, habe ich irgendwo Hundepfoten laufen hören. Offenbar der Wachdienst. Und als ich dann schleunigst verschwinden wollte, war der blöde Köter schon auf dem Weg zur Präsidentenloge. Ha! Bin gespannt, wie Ron erklären will, dass da seine Klamotten und ein gebrauchtes Kondom lagen." Sie zögerte und grinste schief. „Nein, das Kondom war noch nicht gebraucht und Ron damit auch nicht *völlig* nackt."

Lexa nippte nachdenklich an ihrer Milch und warf dem Kaffee einen sehnsüchtigen Blick zu. Ob ein winziger Schluck wirklich schadete? Dann schüttelte sie den Kopf. Der letzte *winzige Schluck* – im Labor der Klinik – hatte sie geradewegs in die Katastrophe geführt.

„Jetzt gib Ron doch die Chance, sich zu erklären", sagte Lexa dann und schob Maya das letzte Stück Schokolade hin. „Bestimmt hatte er seine Gründe!"

„Ach!" fuhr Maya so heftig auf, dass Grizzly sich

unwillkürlich duckte. „Und welche sollen das sein? Wie würdest Du denn erklären, warum Du die – ich zitiere – *Liebe Deines Lebens* splitterfasernackt auf verbotenem Terrain mitten im Liebesakt ohne ein Wort verlässt? Und zwar so überstürzt, dass Du noch nicht einmal das Kondom abstreifst?!"

So wie Maya nun losheulte, hatte Lexa ihre Freundin noch nie erlebt. Maya war auch in ihrem Leid eine extrovertierte Persönlichkeit, aber da waren die Tränen eher ein gestalterisches Mittel für die Dramaturgie einer Szene. Dieses Mal aber führte echter Kummer die Regie.

Unbeholfen tätschelte Lexa ihr die Hand. „Willst Du noch etwas Schokolade?"

„Neihein", schluchzte Maya, „ihich bihin soho offenbahar schohon zu hässlihich für Sehex. Wehenn ihich auch nohoch fehett weherde..."

„Red keinen Blödsinn", unterbrach Lexa sie streng. „Du findest schon wieder einen, einen Netteren."

„Will ich aber nicht", klagte Maya und sah sie aus triefenden Augen an. Ihre Lippe zitterte. „Ich will Ron!" Und schon ging es in die nächste Runde.

Hilflos drückte Lexa ihrer Freundin ein weiteres Küchentuch in die Hand und warf die benutzten in den Müll.

„Ich verstehe ihn nicht. Das war so gemein", weinte Maya unvermindert weiter. „Das tut so weh. Ich war so allein in dieser furchtbaren Halle. Das ist das absolute Höchstmaß an Sitzengelassen-werden! Geht's noch schlimmer oder demütigender? Ich irrte nackt durch endlos dunkle Gänge. Immer in Furcht vor einer hochnotpeinlichen Entdeckung. Das war grusliger als in jedem Horror-Film. Und die kann ich schon im Kino nicht leiden!"

„Hat er denn nochmal angerufen", fragte Lexa, die ahnte, dass Ron sehr gute Gründe für seine überstürzte Flucht gehabt hatte – wenn auch noch lange keine akzeptable Erklärung.

„Zweimal." Mayas Stimme klang unter dem Küchentuch gedämpft und verschnupft. „Einmal in den frühen Morgenstunden und dann mittags noch einmal."

„Und was hat er gesagt?"

„Nichts. Ich hab den Mistkerl weggedrückt."

„Maya!" rief Lexa. „Was denn nun? Willst Du Dich vertragen oder trennen? Wenn Du Deinen Ron so liebst, solltest Du ihm wenigstens zuhören. Bloß weil Dir kein Grund einfällt, der dieses Verhalten entschuldigt, heißt das ja noch lange nicht, dass es keinen gibt."

Allmählich beruhigte sich Maya wieder. Oder vielleicht ging ihr auch nur das Wasser aus. Jedenfalls knüllte sie das Papiertuch zusammen und schniefte zornig. „Keine Fragen, keine Lügen sagst Du immer. Solange ich nicht mit ihm rede, kann ich mir wenigstens ausmalen, dass es einen Grund geben könnte, mich so zu demütigen. Das kann ich verarbeiten. Aber wenn er mir jetzt erzählt, er... er...". Maya wedelte hilflos mit den Händen, „er habe vergessen, seine Mutter anzurufen..." Wieder stiegen Tränen in ihre Augen.

Lexa seufzte. „Was würdest Du denn sagen, wenn er ein Werwolf wäre, der Dich angesichts des aufgehenden Vollmonds vor sich selbst schützen wollte."

Maya grinste. „Das wäre jedenfalls kreativ und romantisch. Schade nur, dass Ron kein Werwolf ist – also jenseits des Eishockeyfelds."

„Na, immerhin wart ihr im Stadion und damit auf Werwolfgebiet", scherzte Lexa. „Aber wenn es nun doch Werwölfe gäbe und wenn Ron tatsächlich einer von ihnen wäre, könntest Du ihm dann verzeihen? Nach allem, was ich von Werwölfen weiß, müssen sie hart arbeiten, um den Wolf in sich auszugleichen. Gerade bei Vollmond ist der Wolf aber unbezwingbar stark und dann sollte ein Werwolf nichts tun, wobei er seine Beherrschung verlieren könnte. Sex gehört wohl dazu. Speziell, wenn ihm an seinem Partner etwas liegt."

„Seit wann hast Du denn soviel Fantasie, Lexa", fragte Maya mit schief gelegtem Kopf. „Hast Du vielleicht doch heimlich Twilight gelesen, ja? Gehörst Du zur Jacob-Fraktion?"

„Nein, wenn dann informiere ich mich via Underworld."

Mayas Lachen klang etwas schrill, aber Lexa blieb ernst. „Es gibt Werwölfe. Diese lunalupide Gesellschaft lebt mitten unter uns. Sie sind einflussreich und gut vernetzt. Sehr gut sogar. Traditionell über den Sportbereich, aber seit einigen Jahren eben auch über das Internet. Social Media und so. Und Ron ist einer von ihnen."

Der Blick, den Maya nun Lexa zuwarf, verhieß nichts Gutes. Ihr Kummer suchte ein Ventil, und da war ein ordentlicher Streit mit der besten Freundin genau so gut wie eine tränenreiche Schoko-Session.

„Dass Du Dich ausgerechnet jetzt auch noch über mich, meinen Kummer und meine harmlose Freude an paranormalen Romanzen lustig machst, finde ich so was von erbärmlich, Lexa..."

Zornig knallte Lexas Hand auf die Tischplatte und ließ sogar Grizzly irritiert maunzen.

„Sag, mal für was hältst Du mich", fuhr nun sie Maya heftig an. Auch ihre Nerven hatten in jüngster Zeit gelitten. Du bist meine allerbeste Freundin!

Das weißt Du. Und doch traust Du mir zu, dass ich Dich verspotte, statt Dir zu helfen?"

Lexa atmete tief durch und rang sich ein Lächeln ab, bevor sie ruhiger weitersprach: „Maya, Du hast Dir so oft gewünscht, einen aufregenden Typen wie in Deinen blöden Büchern zu treffen. Sei vorsichtig mit dem Wünschen, hat meine Oma immer gesagt, denn es könnte in Erfüllung gehen. Hör mir doch wenigstens mal zu und tu, als hätte ich recht und es gäbe so was wie realisierungsferne Spezies – Paranormale, wie Du sie nennst...“

Schweigen senkte sich zentnerschwer über den Küchentisch.

„Aha“, sagte Maya schließlich betont neutral. „Und woher willst Du das wissen? Das von diesen Lunalupos oder wie Du sie genannt hast, und speziell das von Ron?“

Lexa zögerte. Sie war einfach nicht für Halbwahrheiten geschaffen. Das war schon mit Kommissar Kellerer granatenmäßig daneben gegangen und jetzt wiederholte sich das Debakel.

„Von Dave“, sagte sie dann matt.

„Aha“, blieb Maya ihrem Kurs treu. „Und was Ron mir nicht anvertraut, erzählt Dir Dein wir-sind-doch-nur-gute-Freunde-Freund Dave? Ich nehme an, er ist auch so ein Lunalupo?“

„Ja. Er ist ihr Coach. Nicht nur auf dem Eis, sondern auch in Bezug auf werwölfische Umgangsformen. Rons Mannschaft besteht aus zusammengewürfelten Waisen, die ihr Potential ohne die Erziehung von Werwölfen entwickelt haben und nun, nach ihrer Entdeckung von Dave im Auftrag des zuständigen Tribuns betreut werden.“ Das vermutete jedenfalls Lexa, die gerade die Fragmente zusammensetzte, die sie von Gesprächen mit Dave und Ron aufgeschnappt und mit dem *Vampire Beginners Guide* vervollständigt hatte.

„Lexa, das ist wirklich lieb von Dir, aber nix für ungut – da ist es doch deutlich wahrscheinlicher, dass Ron wirklich nur dringend mit seiner Mutter telefonieren wollte." Erneut füllten sich Mayas Augen mit Tränen. „Oder dass er mich einfach abstoßend findet..."

Seufzend griff Lexa nach Mayas Hand. „Ich weiß, dass es verrückt klingt. Aber nochmal: nur unterstellt, dass es wahr ist – könntest Du einen Werwolf lieben?"

Sie wechselten einen langen Blick.

Maya stand auf. „Ich muss mir dringend das Gesicht waschen."

Als sie nach ein paar Minuten wiederkam, schenkte sie sich nachdenklich frischen Kaffee ein und rührte geistesabwesend reichlich Zucker hinein.

„Das würde jedenfalls erklären, warum er im Badkasten Flohpulver, Zeckenzange und Krallenschere aufbewahrt, obwohl er keinen Hund hat", sagte sie dann. „Und ein paar andere Dinge auch."

„Unter anderem sein seltsames Verhalten in der Eishalle", sagte Lexa versöhnlich.

„Oh nein", widersprach Maya heftig und stellte mit einem Knall ihre Kaffeetasse ab. „Das verlagert die Unverschämtheit nur. Selbst wenn jenseits aller psychodelischen Drogen diese Geschichte wahr sein sollte! Findest Du nicht, dass ich das von Ron und nicht von Dir hätte hören sollen?"

„Ron wollte Dir das bestimmt sagen", widersprach Lexa geduldig. „Aber für diese Geschichte will man auf einen passenden Zeitpunkt warten."

„Den Dave bei Dir ja offenbar sehr schnell gefunden hat", schnaubte Maya. „Nein. Dieses Misstrauen finde ich eigentlich noch gemeiner als einfach so davonzurennen. Wir haben die letzten zwei Wochen praktisch jede freie Minute miteinander verbracht. Das war so intensiv. So ernst, so ehrlich..." Sie schluchzte wieder. „Und doch war alles gelogen. Er vertraut mir nicht. Als würde es irgendwas an ihm geben, das ich nicht akzeptieren, nicht lieben könnte..." Sie suchte traurig Lexas Blick. „Er vertraut mir weniger als Dir Dave. Das hat doch keine Zukunft."

Am liebsten wäre Lexa davongelaufen. So ging sie wenigstens an den Küchenkasten um neue Schokolade zu holen. Sie konnte jetzt auch ein Stück brauchen. „Ich bin die Kraft, die Gutes will und Chaos schafft", zitierte sie in Abwandlung. Es war dies wieder einer jener Tage, die beginnen feindselig und bleiben aus tiefstem Herzen gegen einen und wenn man sie endlich hinter sich weiß, dann fallen sie einem noch in den Rücken. Was sollte sie nur mit Maya machen?

„Was sagst Du?"

Lexa seufzte unter der Last zweier Welten. „Ich sagte, dass das mit Dave und mir etwas anderes ist. Da ging es weniger um Vertrauen als um Hilfe."

„Ah", sagte Maya. „Das heißt also, Du hast auch Geheimnisse, ja? Gehört Ihr drei zum Club der Verschwörer? Weihst wenigstens Du mich ein oder muss ich dafür auch erst wieder nackt und gedemütigt vor irgendwelchen Wachhunden fliehen?"

„Das musst Du nicht", grinste Lexa hilflos. „Aber mit dem Club liegst Du gar nicht so falsch. Glaub mir doch bitte und freu Dich, dass es einen Grund gibt, weshalb Ron sich *aus Liebe zu Dir* so verhalten hat."

„Ah, noch ein Werwolf?", überging Maya diesen, wie Lexa fand, hervorragenden Einwand. „Ich hab mich schon gewundert, seit wann Du an solchen Blödsinn glaubst. Was sagt Grizzly dazu?"

Der öffnete ein Auge und murrte.

„Nein. Mit Vampiren hat er weniger Probleme als mit Werwölfen."

„Vampir? Klar, wenn schon anders, dann mit Stil. Also Twilight, obwohl Du nicht müde wirst, mir vorzuwerfen, dass ich die Geschichten irgendwie romantisch finde?"

„Nein, ich bleibe Blade-Fan. Auch wenn ich aus gegebenem Anlass in den letzten Tagen die Zusammenfassung auf Wikipedia gelesen habe."

„Lexa, ich bin ja wirklich willens, eine ganze Menge Blödsinn zu glauben, aber selbst meine Naivität hat Grenzen. Du sitzt hier mit mir in der Küche bei Licht, futterst mir meine Kummerschokolade weg..."

„Nur aus Sorge um Deine Figur."

„... und behauptest ein Vampir zu sein. Einer von der altruistisch schokoladeverzehrenden Sorte."

„Das Blut steht im Kühlschrank."

Maya verzog das Gesicht, stand auf und ging an die Küchenzeile. „Ugh", rief sie, als sie die Flasche mit dem Blutrest sah, die Mary dagelassen hatte. „Ist das wirklich Blut?"

„AB, Rhesus negativ, freigezogen", erklärte Lexa. „Eine Rarität."

Mit einem Plopp schloss Maya die Kühlschranktür und setzte sich wieder.

Sie schwiegen lange.

„Wieso verträgst Du Sonnenlicht?"

„Ohne zu glitzern, meinst Du", fragte Lexa. „Vertragen ist zu viel gesagt. Meine aktuellen Kreislaufprobleme sind aber so zu erklären."

„Klar", nickte Maya und schob sich zittrig noch ein Stück Schokolade in den Mund. „Zeig mir deine Zähne", verlangte sie dann.

Lexa überstreckte gehorsam ihren Kiefer.

Mayas Augen wurden erst groß und dann schmal. „Seit wann und wie?"

„Ich vermute, dass Baghira mich mit seinem Biss vampirifiziert hat", begann Lexa dann ihre Geschichte. Es tat so gut, mit einer echten Freundin zu reden. Einer, die erst einmal zuhörte, aus keinem anderen Grund als dem, dass Freunde sowas eben tun. Das konnte ihr Mary nicht ersetzen. Und Dave auch nicht.

„Die Symptome waren nicht von K.O.-Tropfen, sondern von diesem Biss. Der Beginn meiner Wandlung. Ich habe das die längste Zeit nicht erkannt – wie auch? Damit rechnet ja keiner. Als wir aber an dem Abend darauf im Steakhaus mit Ron und Dave Essen waren, haben sie wohl Verdacht geschöpft. Werwölfe sind sehr feinsinnig in solchen Sachen. Dave hat erkannt, dass ich völlig ahnungslos bin und mir daraufhin anonym dieses Buch hier...", Lexa schob das vergessen auf der Bank liegende Handbuch zu Maya, „...zukommen lassen. Und auch danach ein bisschen eingewiesen. Es ist nicht leicht Vampir zu sein."

„Das glaub ich sogar", sagte Maya und begann in dem schwarzen Buch zu blättern. „Die Verwüstung im Labor warst Du, nehme ich an?"

Lexa nickte.

„Pfui", sagte Maya. „Du hättest Dich gleich an mich wenden sollen. Ich hab den Schlüssel zum Labor."

„Das nächste Mal."

„Heißt das, man kann dagegen nichts machen? Bist Du sicher?"

„Eigentlich schon. Keiner, mit dem ich darüber gesprochen habe, hat auch nur angedeutet, dass dieser Schritt rückgängig gemacht werden kann."

„Gut. Oder auch nicht. Jedenfalls Fakt", bemerkte Maya geschäftsmäßig. „Es gibt viele Virus-Infektionen, die unheilbar sind. Aber gleichwohl kann man versuchen, geeignete Gegenmittel zu entwickeln. Es gibt für alles ein Pülverchen."

„Sagt die Pharmazeutin", grinste Lexa.

„Wer auch sonst? Die Putzfrau wohl kaum." Maya stoppte mit dem Blättern und tippte mit dem Finger auf eine Seite. „Da! Haben wir es schon! Kapitel 4 *Merkmale des Vampirismus*."

„Das beschreibt die Symptome", sagte Lexa, „wenn Du das unbedingt als Krankheit sehen willst. Von einer Kur und Gegenwirkungen steht da nichts."

„Als was denn, sonst? Als Anomalie?"

„Es scheint ja durchaus Vampire und Werwölfe zu geben, die mit ihrer Situation sehr zufrieden sind. Ich glaube, die wenigsten würden tauschen", ergänzte Lexa in Gedanken an Karel. „Jedenfalls ist in Kapitel 9 *Disziplin bei Tage* ein Unterabschnitt dazu, wie man mit den Nebenwirkungen des Vampirseins fertig wird. Und im Anhang ist sogar ein Rezeptteil enthalten."

„Du brauchst auf alle Fälle Karotin und Vitaminpräparate", grübelte Maya. „Sonst wird der menschliche Teil von Dir unterversorgt. Andererseits muss ich erst verstehen, was genau Dich zum Vampir macht. Kann ich vielleicht eine Blutprobe von Dir haben...?"

Der Blick, den Maya ihr jetzt zuwarf, gefiel Lexa nicht wirklich. Sie kam sich plötzlich vor wie eine

Laborratte. Offenbar ging mit ihrer Freundin gerade die Wissenschaftlerin durch.

„Lesen wir doch erst mal nach, was meinst Du, Maya?", wich sie feige aus.

„Ah", rief Maya, die längst quer über die Zeilen geflogen war. „Jetzt verstehe ich auch, wieso Du plötzlich keinen Kaffee mehr trinkst."

Sie hob das Handbuch und begann vorzulesen:

„Auch wenn der vampirifizierte Organismus entgegen der landläufigen Meinung keineswegs auf den Konsum von Blut beschränkt ist, ist dessen regelmäßiger Verzehr gleichwohl unverzichtbar (vgl. auch Kapitel 1 – Einführung). Dennoch wird bei einigen Wirkstoffen weithin verbreiteter Lebensmittel zu Vorsicht geraten, da mit Unverträglichkeiten und teilweise unangenehmen Abwehrreaktionen zu rechnen ist. Die auch im Volksmund überlieferte Knoblauchunverträglichkeit ist bei weitem überspitzt dargestellt, doch sollten generell Lauchgewächse (Alliaceae) nur in Maßen genossen werden. Wichtigste Wirkstoffe der gesamten Pflanzenfamilie sind das antibiotische Allicin, Ajoen und Flavonoide. Das human-heilkundlich interessante Sulfit Allicin, Träger des charakteristischen Lauchgeruchs, wird bei Verletzung von Pflanzenteilen aus der schwefelhaltigen Aminosäure Alliin und dem Enzym Allinase gebildet. Allicin wirkt anregend auf Verdauungsdrüsen und Schleimhäute. Alle Lauchgewächse haben damit eine un-

terstützende Wirkung auf den Verdauungstrakt, die jedoch auf den vampirischen Organismus eine eher gegenteilige Wirkung entfalten und zu Übelkeit und schmerzhaften Krämpfen führen.

Eine Liste häufig unverträglicher Stoffe ist in Anhang 2 enthalten.

So individuell die Reaktionen auf diese Inhaltsstoffe auch ist, so ist generell vor dem Verzehr von Koffein zu warnen. Nach dem Genuss von Kaffee, Schwarztee oder koffeinhaltigen Softdrinks werden in nahezu allen Fällen schwere allergische Reaktionen beobachtet, Herz- und Kreislaufbeschwerden bis hin zu Ohnmacht und Infarkt.“

Lexa seufzte. „Na, super! Nicht genug damit, dass ich irgendwie eine Lösung brauche, wie ich an mein Blut komme...“

„Wenn Du mich nicht beißt, spende ich für Dich“, warf Maya allzeit großzügig und unerschütterlich ein.

„... muss ich jetzt auch noch aufpassen, dass ich keinen Kaffeetrinker erwische. Damit fällst Du übrigens schon einmal aus.“

Doch Maya schüttelte mit breitem Grinsen den Kopf. „Mitnichten!“ Sie hob demonstrativ das Buch und las weiter.

„Eine mittelbare Einnahme durch Bluttransfer von Kaffeekonsumenten ist zwar theoretisch möglich, aber wenig wahrscheinlich. Die hierfür erforderliche Konzentration kann rechnerisch nur mit der Einnahme hochdosierter Koffeintabletten erreicht werden.“

Dann klappte sie das Buch wieder zu. „Du siehst, das kriegen wir schon hin. Ich werde mich mal kundig machen, was außer Carotin und Melanin noch deine Lichtverträglichkeit verbessern könnte." Maya seufzte. „Aber eigentlich sind wir nicht wegen Deiner noch dazu durch Deinen liederlichen Lebenswandel selbst verschuldeten Probleme hier zusammengekommen, sondern wegen meiner. Was soll ich jetzt mit Ron machen?"

„Maximal Küssen", bemerkte Lexa trocken. „Nicht dass Du mit mir gleichziehst. Obwohl ich außerhalb der Umkleidekabine noch nie nackt durch eine Sporthalle geirrt bin."

„Ich muss dringend mit ihm reden. Wenn stimmt, was Du sagst, hat er mir viel zu erklären", klagte Maya ohne auf diesen Hinweis einzugehen. „Aber dazu müsste ich erst einmal wissen, wo er ist."

Lexa grinste. „So banale Dinge wie einen Telefonanruf ziehst Du warum gleich noch mal nicht in Erwägung?"

„Ich habe seine Nummer gelöscht!" Mayas Augen schwammen schon wieder in Tränen. „Ich war so sauer und wollte nie mehr mit ihm sprechen."

„Wie oft hab ich Dir schon geraten, mit solchen Gesten sparsamer umzugehen?", fragte Lexa seufzend. „Das wirkt zwar fraglos dramatisch, aber ist unter dem Strich doch recht häufig taktisch unklug."

Sie zog ihr eigenes Handy aus der Tasche und wählte Daves Nummer. Was blieb ihr auch sonst übrig? Irgendwoher mussten sie ja die verloren gegangene Telefonnummer bekommen.

Wummernde Bässe und Gelächter schlugen ihr so heftig entgegen, dass Lexa unweigerlich ihr Ohr in Sicherheit brachte.

„Hi Dave", brüllte sie. „Kannst Du mich hören?"

Das blieb Daves Geheimnis, denn sie jedenfalls konnte aus der Geräuschkulisse am anderen Ende der Leitung nichts herausfiltern. Notgedrungen legte sie auf und begann, eine SMS zu tippen. „Er ist in irgendeinem Klub", erklärte sie dabei Maya. „Man versteht kein Wort, aber wahrscheinlich ist Ron eh bei ihm. Jungsabend oder Wolfsrunde oder was auch immer."

„Meinst Du er antwortet auf die SMS?"

„Wahrscheinlich. Ans Telefon ist er ja auch gegangen. Oder er ruft zurück, sobald er kann."

„Aber wenn Ron bei ihm ist, kann ich ja trotzdem nicht mit ihm telefonieren, wenn es da so laut ist." Maya riss die Augen auf und erinnerte Lexa damit an eine unglückliche Bowlingkugel.

16 – KÖNIGIN DER NACHT

Entgegen Lexas Hoffnung hatte sich Dave nicht gemeldet.

Und so stiegen gut eine Stunde hitziger Debatten später Lexa und Maya in Mayas Auto, eines jener schicken Cabrios, die Münchner Singlefrauen, die etwas auf sich halten, eben fahren. Maya legte großen Wert darauf, die Klischees, die sie bediente, dann auch frontal zu nehmen.

Nachdem Maya unbedingt sofort mit Ron sprechen wollte, um ihm ihre Sicht zum Grenzverlauf zur Schattenwelt mitzuteilen, war sie auf die Schwachsinnsidee verfallen, nach ihm zu suchen. Lexa hatte heftig widersprochen. Erstens weil sie keine Ahnung hatte, wo er und Dave sein könnten und sie daher allenfalls eher zufällig treffen würden und zweitens, weil sie keine Ahnung hatte, wo Baghira sich herumtrieb und den wollte Lexa im Augenblick auch nicht zufällig treffen.

Maya hingegen war alles egal gewesen. „Du hast gesagt, ich soll Ron küssen und dazu muss ich ihn treffen."

„Richtig. Aber wenn wir kopflos durch die Nacht fahren, wirst Du ihn nicht treffen."

„Wir können es aber versuchen." Maya war ungekrönte Meisterin des gehobenen Quengelns. „Jetzt komm! Das Warten macht mich fertig."

„Du weißt schon, dass da draußen ein irrer Vampir herumzieht, Leute mordet und mich hasst?"

Doch das hatte Maya auch nicht beeindruckt. „Wenn wir Ron nicht finden, finden wir auch Baghira nicht, aber ich bin wenigstens beschäftigt."

Und so waren sie dann eben aufgebrochen. Zunächst nahmen sie Kurs auf die Innenstadt.

„Wo willst Du jetzt suchen?", fragte Lexa resigniert, während Maya sich sportlich durch den Verkehr schlängelte. „Hat Ron erzählt, wohin er mit seinem Team so geht?"

„Nur, dass sie sich in dem Steakhaus am Rindermarkt treffen", entgegnete Maya und hupte energisch ein Mofa beiseite, um an einem Taxi vorbeizuziehen.

„In diesem Handbuch stehen doch Tipps für die verschiedenen Städte drin. Vielleicht sollten wir dort anfangen?"

„Maya!", fuhr Lexa auf und reagierte damit auf den Vorschlag und das Fahrmanöver zugleich. „Da stehen für München acht Adressen drin, die willst Du doch jetzt nicht alle abklappern?"

„Natürlich nicht. Sobald ich Ron gefunden habe, hören wir auf. Ich bin gut gerüstet für eine lange Nacht." Sie klopfte demonstrativ auf ihre Handtasche, in der gewiss ein reichhaltiges Sortiment bunter Pillen verstaut war. Maya war Pharmazeutin aus Leidenschaft. „Also meckere nicht, sondern überlege in eigenem Interesse, wo wir am besten mit der Suche beginnen. Dann hast Du es schneller hinter Dir. Hat Dave Dir nicht gesagt, wo er sich herumtreibt, wenn Du nicht dabei bist?"

„Da hätte Dave viel zu tun, da ich meistens nicht dabei bin." Lexa fiel selbst auf, wie patzig ihr Ton geworden war, aber das geschah Maya gerade recht. „Der kann tun und lassen, was er will."

„Wie unpraktisch."

„Für Dich, ja!" Seufzend griff Lexa zum *Vampire Beginners Guide*, den Maya in ihre Handtasche gesteckt hatte, und schlug den Anhang mit dem Adressverzeichnis auf. „Wir sollten in den Läden beginnen, die in der Nähe von diesem Steakhaus sind und in denen sich üblicherweise Schattengänger treffen."

„Stay with the Pack, wie Ron zu sagen pflegt", kicherte Maya wieder besser gelaunt. Sie hatte in ihren Abenteuermodus zurückgefunden und Leid und Schmerz vorerst vergessen. „Das bekommt in Kombination mit Werwölfen eine völlig neue Betonung."

Es war jedenfalls eine weise Entscheidung wie Lexa befand, denn immerhin reduzierte sie die Auswahl auf drei in Betracht kommende Adressen. Da war zunächst eine Bar in einem der edlen Hotels, in dem sich dem Handbuch zufolge gerne Elfen unter das abends aus den Konzertsälen und Theatern strömende Menschenvolk mischten, um den Tag in intellektueller Atmosphäre bei einem gepflegten Glas Wein ausklingen zu lassen. Dann war da gar nicht weit vom Steakhaus entfernt ein schummriges Lokal, in dem sich das auf harten Alkohol und weichen Sex fixierte typische Münchner Nachtschwärmer-Klientel traf, und das deshalb als vorzügliches

Jagdrevier für Vampire galt. Und schließlich gab es unweit des Doms ein Irish Pub, in dem abends alle möglichen Sportarten bei einem gepflegten Bier und Burgern übertragen wurden. Für flüchtige Beobachter tummelten sich dort alle in München gestrandeten Engländer und Iren, doch dem Handbuch zufolge war es eigentlich fest in Werwolfhand – oder vielmehr Pranke. Insofern fiel die Wahl leicht.

„Da waren wir das letzte Mal nach dem Steakessen auch", bemerkte Maya dazu. „An dem Abend, an dem ich Dir Dave und Ron vorgestellt habe."

Lexa verzog unglücklich das Gesicht. Damals war sie noch jung und unschuldig gewesen. Oder vielmehr mittelalt und ahnungslos. Jedenfalls hatte sich seither in ihrem Leben so ziemlich alles geändert.

„Wehe, wenn sie da nicht sind", bemerkte sie nur und folgte Maya aus dem Parkhaus.

„Dann suchen wir eben weiter", drohte Maya, die mit dem Jagdtrieb auch ihre gute Laune wiedergefunden hatte, prompt. „Seit wann bist Du so standorttreu?"

„Seit dort draußen ein geisteskranker, massenmordender Vampir sein Unwesen treibt, der ganz speziell mich nicht leiden kann", murrte Lexa leise genug, um Maya zu erlauben, das zu überhören. Das ersparte ihnen beiden nur unangenehme Sticheleien zu einer Entscheidung, die Maya längst gefällt hatte.

Als sie kurz darauf in die Kellerbar traten, in der eine schurbelige Folk-Band zu rockigen Schlagzeugen und Bässen volkstümliche

Weisen spielte, zögerte Lexa.

Die Luft in dem überfüllten Raum war gesättigt von all den Gerüchen, die Kellerbars im Allgemeinen auszeichnen – Alkohol, Menschen, Bratenfett. Doch darunter mäanderte elegant und verführerisch der unverwechselbare Duft von Blut. An der Tür zur Küche verband eine Kellnerin gerade einem unvorsichtigen Barkeeper die Hand. Offenbar hatte der Kerl sich an einer zerbrochenen Flasche geschnitten.

Lexas Instinkte forderten sofortiges Einschreiten. Der Drang, über den Tresen zu springen, den Verband von der Wunde zu reißen, um das wunderbare Blut nicht sinnlos in den Mull sickern zu lassen, war übermächtig. Während ihr das Wasser im Mund zusammenlief, begannen Lexas Kiefer zu ziehen. Ihre Eckzähne kamen ihr plötzlich viel schärfer vor.

Nur ein winziger Schluck...

„Alles in Ordnung?" Mayas Hand auf ihrem Arm holte Lexa zurück ins Hier und Heute, in dem gewisse Verhaltensweisen absolut inakzeptabel waren. „Wenn Du Probleme hast, kann ich Dir vielleicht was geben. Ich hab mein Notfall-Set dabei."

Unwillkürlich schüttelte Lexa den Kopf. Mayas Vertrauen in chemische Substanzen war unerschütterlich und was sie als Notfall-Set bezeichnete ging unter anderen Umständen als Mischung aus Feldapotheke und Drogenlabor durch. „Nein, es geht schon wieder. Ich dachte, ich würde den Barkeeper kennen."

Darf ich Dich Snack nennen?

„Süßer Kerl, aber kein Vergleich zu Dave."

„Hör endlich mit Dave auf", knurrte Lexa gereizt. Blutrünstig wie sie gerade war, hatte ihr Ton endlich einmal die Heftigkeit, derer es bedurfte, um sogar Maya zu einem Themenwechsel zu veranlassen.

„Da hinten sind zwei Jungs aus Rons Mannschaft", rief sie und steuerte den Tisch unmittelbar vor der Band an.

Lexa folgte gemessenen Schrittes.

Die beiden Eishockeyspieler waren erst hocherfreut, Maya zu sehen, wobei unklar blieb, ob das an ihrem doch im Hinblick auf die erhoffte Versöhnung eher offenherzigen Ausschnitt lag oder daran, dass Maya einfach überall, wohin sie auch immer kam, sofort beliebt war. Nun, vielleicht lag es auch an beidem. Oder an Ron, als dessen Freundin sie trotz des aktuell eher ungeklärten Status' ja immer noch galt. Werwölfe respektierten dem Handbuch zufolge die Bindungen ihrer Freunde.

Als der eine jedoch Lexa sah, verengten sich seine Augen skeptisch. Er sog die miefige Luft tief durch die Nase ein und wirkte gleich noch übellauniger. Lexa wunderte das nicht. Es war wirklich stickig hier. Mehr erstaunte sie allerdings die Feindseligkeit, die ihr entgegenschlug. Sie war ordentlich zurechtgemacht, trug unter ihrem Edelparka eine enge Hose zu einem lässigen Oversize Shirt mit U-Boot-Ausschnitt und einem bunten Schal, den ihr Maya zum Geburtstag geschenkt hatte. Da sollte jeder Mann, der etwas auf sich hielt, sich gefälligst geschmeichelt fühlen, wenn sie an seinen Tisch kam. Nun, in den Schatten zählten offenbar andere Eigenschaften.

„Beast schlägt Beauty", seufzte Lexa und fühlte

sich plötzlich inmitten einer überfüllten Bar unfassbar einsam.

„Darf ich Dir Tom und Steve vorstellen", sagte
Maya, als hätte sie die Reaktion der beiden gar nicht
bemerkt. Und an die beiden gewandt: „Das ist Lexa.
Sie ist eine gute Freundin von Dave."

Tom zuckte und in seinen Blick mischte sich Erstaunen. Steve hingegen nickte, als sei damit alles
geklärt, und reichte ihr sogar die Hand. Unter den
gegebenen Umständen beschloss Lexa, ihrer Beziehung zu Dave ausnahmsweise nicht zu widersprechen.

„Wisst Ihr, wo Ron steckt", fragte Maya dann. „Ich
hab es leider nicht geschafft, zum Steak-Essen zu
kommen." So wie sie das sagte, klang es wie die lau-
tere Wahrheit.

Gerade nach ihren eigenen Erfahrungen mit
Kommissar Kellerer und Karel bewunderte Lexa
ihre Freundin glühend um diese Fähigkeit. Halbwahrheiten auf der richtigen Hälfte der Glaubwür-
digkeit zu halten.

„Dave war nicht so gut drauf", sagte Tom an Lexa
gewandt und in einem Ton, als sei das ihre Schuld.
„Er ist früh gegangen, weil ihn die Musik genervt hat,
und Ron hat ihn begleitet. Wenn Ihr unbedingt zu ihnen wollt, trefft Ihr die zwei vermutlich bei Ron."

„Oder sie sind noch für einen Absacker woanders
hin...", warf Steve ein.

„Hat Ron irgendwas gesagt?" Maya war sichtlich
unzufrieden. Nicht nur, dass sie Ron verpasst hatte,
offenbar war es auch nicht er gewesen, der durch
Liebeskummer aufgefallen war.

„Wenn er es Dir hätte sagen wollen, hätte er Dich
vermutlich angerufen." Tom schnappte sich seinen
Bierkrug und leerte ihn demonstrativ fast zu Hälfte.

Seine Begeisterung, Maya zu sehen, war offenbar von Lexa verscheucht worden.

Lexa schüttelte traurig den Kopf. Sie hatte angenommen, der kühle Umgang zwischen Karel und Dave sei eine persönliche Sache gewesen. Irgendwie hatte sie angenommen, dass Schattengänger keine Probleme miteinander hätten. Minderheiten sollten zusammenhalten. Gerade war sie sich nicht mehr so sicher.

Steve war das schlechte Benehmen seines Freundes sichtlich peinlich. „Vielleicht ist es gar nicht schlecht, wenn Ihr sie sucht. Ron würde sich vermutlich freuen. Sie könnten gut in einer der Kneipen hier in der Nähe sein."

Das hob Mayas Laune. „Ich muss mich nur schnell frisch machen", sagte sie zu Lexa und eilte davon. Lexa fühlte sich unter den Werwölfen nicht länger willkommen und folgte ihr durch die Tür zu den Toiletten. Im Gang lehnte sie sich an eine Wand und zog das Handbuch hervor.

„Verschieden wie ihre Lebensweise ist auch das Sozialverhalten der Schattenarten. So führen Vampire im Allgemeinen ein zurückgezogenes Leben in den Schatten und verfolgen ihre Interessen bevorzugt mit abstrakten Mitteln der Finanzwirtschaft und in zunehmenden Maß der Technik. Elfen hingegen, die eifersüchtig über das von ihnen beanspruchte Wissen wachen, pflegen zumeist allenfalls mit ihresgleichen regelmäßig Kontakt. Ganz anders Werwölfe, die zumeist auch interspezifisch gut vernetzt sind und wohl den direktesten Kontakt mit der Normwelt pflegen, in die sie spä-

testens seit der von ihnen maßgeblich mitgestalteten Social-Media-Bewegung wohl am besten von allen Schattenarten integriert sind. Allein das kann erklären, warum der interspezifische Rat seit vielen Jahren von einem Werwolf geleitet wird, auch wenn sonst Politik eher von Vampiren und Elfen betrieben wird. Ein weiterer Grund mag auch an der Skepsis liegen, die von den Elfen mehr noch als seitens der Vampire allen anderen Spezies entgegengebracht wird."

Lexa schlug seufzend das Handbuch wieder zu. Tom hatte das mit der werwölfischen Toleranz offenbar noch nicht verinnerlicht. Gerade als sie sich darüber ärgern wollte, dass Maya so trödelte, spürte sie die Gefahr.

Als echtes Stadtkind, das es höchstens mal zum Baden an den See und zum Skifahren in die Berge zog, war das ungewöhnlich. Nicht, weil es in der Stadt keine Gefahren gab, sondern weil sie anders waren – solche, denen man mehr mit Wissen und Erfahrung als mit Instinkten begegnen konnte, die angelegt worden waren, als es Städte noch gar nicht gab.

Während sie sich langsam zu den Toiletten umdrehte, verwandelte sie sich von dem Raubtier, das vor allem Tom in ihr gesehen hatte, und das gerade noch so gern über den Barkeeper hergefallen wäre, in ein Opfer. Und doch begann ihr Herz freudig zu klopfen. Dieses Vampirsekret war schon eine besonders fiese Droge.

Baghira trat in dem Moment aus der Herrentoilette, als endlich auch Maya zurückkam. Er wischte sich einige Blutstropfen vom Mund und grinste Lexa an. „Ah, Schönheit! Wenn ich gewusst hätte, dass Du doch Interesse an diesem Barkeeper hast, hätte ich Dir was aufgehoben. Doch ich fürchte, Du kommst zu spät."

„Du bist ein Ungeheuer", zwang sich Lexa zu sagen. „Du bist ein ganz und gar, durch und durch skrupelloses Ungeheuer."

Baghira lachte und zwinkerte Lexa selbstsicher zu. „Das ist für unsere Spezies ein Kompliment. Doch sei nicht beleidigt. Wenn Du willst, fangen wir Dir ein anderes Abendessen. Bei dem hast Du nicht viel verpasst. Sein Blut war so gewöhnlich und obendrein mit Alkohol gestreckt. Ich such Dir was Besseres. Und dann feiern wir zwei die Schönheit der Nacht."

„Wir feiern gar nichts", fuhr Lexa auf. „Und es gibt auch kein *wir zwei*. Wenn es nach mir ginge, gäbe es noch nicht einmal ein *Du allein*. Wie kommst Du nur darauf, dass ich nach allem, was Du mir und Herbert und nun diesem armen Jungen hinter der Bar angetan hast, auch nur noch mit Dir reden will?"

„Weil Du es doch gerade tust." Baghiras gute Laune wurde nur noch von seiner Selbstsicherheit übertroffen. Er wandte sich an Maya, die unsicher in der Tür zur Damentoilette stehen geblieben war und ihn nun aus großen Augen ansah. „Was meinst Du, du sodomitisches Werwolflittchen? Lexa ist doch zu Höherem berufen, als sich mit einem Tier zu paaren? Ich will sie zu meiner Geliebten nehmen. Ich kröne sie zur Königin der Nacht. Dieses Angebot kann sie nicht ausschlagen."

Maya musterte Baghira gründlich von Kopf bis Fuß und wieder zurück. „Verpiss Dich", sagte sie ihm dann geradewegs ins Gesicht. „Weißt Du, was

ein anständiger Wolf mit einem räudigen Straßen-
kater macht?"

Baghiras Augen verengten sich zu Schlitzen.

„Lexa, komm!", verlangte er, und trat langsam auf
die beiden zu.

„**Äh.**" Das war alles, was Lexa im Augenblick he-
rausbrachte. Solange er sie so ansah, konnte sie
nicht *nein*, *niemals* oder wenigstens wie Maya *verpiss Dich* sagen. Es war schon fast unmenschlich
schwer auch nur nicht *herzlich gern* oder *was immer Du wünscht* zu frohlocken.

Doch als Baghira dann vor ihr stand und nach ihrer Hand griff, suchte sie hilfesuchend Mayas Blick
und zog dann rasch ihre Hand zurück.

Damit hatte der Vampir offenbar nicht gerechnet, denn er blinzelte, fletschte zischend die Zähne
und packte dann Maya grob am Genick, wo er sie
wie eine Katze hielt. Sekret hin oder her – das Lächeln, mit dem er Lexa nun bedachte, hatte nichts
Anziehendes mehr. „Dann speise ich eben allein!"

Maya, die sich üblicherweise gut zu wehren
wusste, zerrte er ohne nennenswerte Probleme mit
sich durch die Tür auf die Herrentoilette.

Lexa wollte ihm folgen, doch stieß sie mit zwei
Girlies zusammen, die mit sicherem Gespür für den
schlechtmöglichsten Zeitpunkt kichernd aus der
Tür zu den Damen traten.

„He!" rief die eine und ließ ihre Handtasche fallen.

Lexa stolperte gegen den Zigarettenautomaten,
fluchte herzhaft und wollte an ihnen vorbei. Doch
die andere hielt sie am Ärmel fest.

„Das hebst Du sofort auf!" Zornig wies sie auf die
am Boden verstreuten Habseligkeiten ihrer Freundin.

„Gewiss nicht!" fauchte Lexa, riss sich los und stürzte Maya hinterher. „Das ist doch wie in einem schlechten Film!"

Der vordere Teil der Herrentoilette war leer bis auf einen betrunkenen Engländer, der seine Nationalhymne pfeifend vor dem Urinal in einem vom Bier diktierten Takt schunkelte. Lexa rannte an ihm vorbei nach hinten zu den Kabinen. Vier Stück und alle verschlossen.

„Maya!", brüllte sie und stieß die Türen auf. Von ihrer Freundin und Baghira keine Spur!

Wie konnte das sein?

„Maya, wo bist Du?" Hektisch sah sich Lexa um. „Das ist doch wie in einem sehr schlechten Film!"

Erst da fiel ihr auf, dass in der 3. Kabine ein Fenster offenstand, das zu einem Lichtschacht führte. Vorsichtig stieg sie auf die Toilette und spähte nach oben. Der Schacht war groß genug, um als Fluchtweg benutzt werden zu können und auch nicht zu hoch. Allerdings nicht mit einem wehrhaften Opfer im Arm, das zusammen mit Lexa immerhin erst letzten Sommer den Fortgeschrittenenkurs in *Verteidigung für Frauen* belegt hatte.

Da sie keinen anderen Fluchtweg sah, zog sie sich hoch in den Schacht und kletterte von dort in einen verlassenen Innenhof. Obwohl es dunkel war, konnte sie genug erkennen, um sich einen Weg am Gerümpel und wenig appetitlich riechenden Mülltonnen vorbei zu der einzigen Tür zu bahnen, die bezeichnenderweise offen stand. Froh um ihre Vampirsinne hetzte Lexa die dahinter liegende Seitengasse hinunter, dem Geräusch sich rasch entfernender Schritte hinterher.

Angst verleiht Flügel, stellte sie fest, denn tatsächlich gelang es ihr, aufzuholen. Auf der Grünanlage hinter dem Rathaus konnte sie Baghira sehen, der Maya wie eine Lumpenpuppe hinter sich herzerrte, um sogleich in einem engen Durchgang, der zum Alten Hof führte, zu verschwinden.

Als Lexa dort ankam, sah sie gerade noch, wie Baghira die Tür eines schwarzen Sportwagens mit französischem Kennzeichen öffnete, Maya relativ unbeeindruckt von ihrer Gegenwehr in den Wagen stieß und selbst einstieg.

Gerade als Lexa den Wagen erreichte, drückte Baghira aufs Gas und raste mit quietschenden Reifen die enge Straße ohne Rücksicht auf etwaigen Gegenverkehr davon. Wie zum Hohn drückte Baghira sogar noch kurz zum Abschied auf den Warnblinker. *Bye bye.*

„Das ist doch wie im schlechtesten Film aller Zeiten", heulte Lexa und sah tränenblind die Rücklichter hinter der nächsten Biegung verschwinden.

Ratlos eilte sie zurück zu dem Lokal, um ihre Jacke zu holen, in der auch ihr Handy steckte. Sollte sie Karel oder die Polizei anrufen? Während Karel vermutlich mehr Interesse daran hatte, Baghira zu finden, würde die Polizei dafür eher auf Maya achten. Lexa hegte keinerlei Illusionen darüber, dass Karel an Maya allenfalls kulinarisch interessiert sein dürfte. Andererseits standen die Chancen, dass er einen irren Vampir fand, nach Lexas Einschätzung eindeutig besser als bei der Polizei, die ihr die Wahrheit nicht glauben würde und Baghira als mutmaßlichen Entführer völlig falsch behandeln würde.

Irgendwo schlug eine Turmglocke und mahnte eindrucksvoll zur Eile. Selbst die Zeit lief gegen Lexa.

17 – DER PICKNICKER

Obwohl sie sich geschworen hatte, Dave nie wieder anzurufen, blieb er von allen potentiellen Helfern noch der erfolgversprechendste. Er kannte beide Welten und vor allem – er würde Maya schon Ron zuliebe schützen. *Stay with the Pack.*

„Maya, hast Du ein Glück, dass ich nicht so schnell mit dem Löschen von Handy-Nummern bin", keuchte Lexa, als sie kurz darauf Jacke und Tasche geholt hatte und die Treppe wieder nach oben hastete, während sie Daves Nummer wählte.

Das Freizeichen kam gleichzeitig mit Musik über ihr – dem Refrain irgendeines Steppenwolf-Songs, dessen Titel Lexa gerade entfallen war.

„Dave?"

„Nein, der telefoniert draußen", erklärte Ron, der gerade die Treppe hinunterkam. Er grinste breit. „Schön Dich zu sehen! Ist Maya auch da? Wir hatten Streit, weißt Du?"

„Nein", rief Lexa und stürmte an ihm vorbei nach oben. „Und Dave telefoniert nicht!" Rasch stopfte sie ihr Handy zurück in die Tasche.

„Dave!"

Der trat von der Gasse ins Treppenhaus und schüttelte den Kopf.

„Ja doch, ich bin da", spöttelte er, „warum legst du auf, hast du nicht eine Flatrate?"

Dann sah er ihr Gesicht und versteifte sich. „What happened?"

Lexa wusste gar nicht, was alles passiert war, wo sie beginnen sollte. Sie schluckte. „Baghira hat Maya", sagte sie dann schlicht.

Daves Augen verengten sich für einen Moment

zu ungläubigen Staunen, dann sah er nicht etwa zu Lexa, sondern zu Ron, der aus tiefster Kehle ein düsteres Knurren ausstieß.

Der vampirische Teil in Lexa hätte diese primitivtierische Reaktion belächelt, doch der Mensch setzte sich durch und schauderte. Dieser Ton verhieß seit dem Neandertal Ärger, appellierte an Fluchtreflexe und das dringende Bedürfnis ganz woanders zu sein. Der Mensch war mit dem Vampir nur darin einig, dass es gut war, nicht Ziel dieses Knurrens zu sein, das den Beginn einer gnadenlosen Jagd verhieß.

Ohne ein weiteres Wort stürmte Ron an Dave und Lexa vorbei und aus dem Lokal.

„Stay!" Daves Befehl knallte wie eine Peitsche über den nächtlich leeren Domplatz. „Don't be stupid! Wo willst Du sie suchen? Wie willst Du Maya helfen, ohne Plan, ohne Verstand?"

Ron reagierte nicht.

„Any idea, wohin Baghira gefahren sein könnte?", rief Dave Lexa über die Schulter zu, während er Ron gerade noch einholte und am Arm zurückhielt.

Lexa bemerkte wie ihre Sicht wieder verschwamm. „Nein", schluchzte sie kläglich. Als Dave herzhaft fluchte, nutzte Ron die Gelegenheit, um sich loszureißen.

„Und nun? Ich kann doch nicht tatenlos zusehen, wenn mein Mädchen von so einem Drecksvampir entführt wird", rief Ron aufgebracht. Aber immerhin blieb er stehen.

Lexa hätte gern was gegen den *Drecksvampir* gesagt, aber zuckte dann doch nur wie Dave auch ratlos die Schultern.

In dem Augenblick meldete ihr Handy piepend den Eingang einer SMS.

Mehr aus Reflex als aus echtem Interesse griff Lexa in ihre Jackentasche.

„Die SMS ist von Maya", rief sie aufgeregt. „Schaut her!"

Ring Oly M

„Ah", sagte Dave. „Und was heißt das?"

Lexa grinste. Ihr fiel gerade der halbe Alpensüdkamm vom Herzen. „Ich vermute, dass sie über den Mittleren Ring Richtung Olympiapark fahren", sagte sie dann. „Seht es ihr nach, wenn sie sich im Augenblick etwas kürzer fasst."

Ron grinste unwillkürlich. „Das einmal zu erleben, habe ich mir immer gewünscht."

„Sei vorsichtig mit dem, was Du Dir wünscht", zitierte Lexa eine Weisheit ihrer Oma. „Es könnte in Erfüllung gehen." Dann wurde sie wieder ernst. „Wir brauchen ein Auto."

„Mein Wagen steht bei den 5 Höfen", sagte Ron und setzte sich auch gleich in Bewegung. „Das ist praktischerweise schon die passende Richtung."

„Einmal müssen wir ja auch Glück haben."

Gemeinsam rannten sie los.

„Soll ich Karel Bescheid geben", fragte Lexa, als sie durch eine enge Passage stürmten und beinahe zwei Passanten gerammt hätten.

„Nicht, wenn Du Maya heil wiederhaben willst", widersprach Dave sofort. „Karel will den Thug vernichten, da kommt es ihm auf ein paar Kollateralschäden nicht an."

Lexa erinnerte sich gut daran, dass nach Karels Ansicht eine pragmatische Lösung gelegentlich Abstriche in anderen Bereichen erfordert. Kollateralschäden eben. Sie schielte scheu zu Dave. Irgendetwas in seiner Stimme war heute anders als sonst. Härter, wilder, feindseliger. Von einer zart aufkeimenden Vertrautheit war da keine Spur mehr. Im Augenblick einte sie nur die gemeinsame Sorge um Maya. *Stay with the Pack.* Und da gehörte Lexa keineswegs dazu.

Auch als sie kurz darauf in Rons altem 3er BMW die Ludwigstraße an der Universität vorbeirasten, fühlte sich Lexa allenfalls geduldet. Plötzlich fühlte sie sich sehr einsam und beneidete Maya um ihre Beziehung mit Ron. Sie konnte die Liebe, die irgendwie die beiden verband, regelrecht riechen. Wie Ron sich gefreut hatte, als er sie getroffen hatte, in der Hoffnung auch Maya zu sehen und wie er sich jetzt um sie sorgte und seine Ängste ihn einhüllten, wie eine hektisch wabernde Wolke. Aus den Lautsprechern verkündeten die Toten Hosen lautstark Alex' Ankunft und übertönten dabei sogar die quietschenden Reifen, mit denen Ron gerade an der Ampel wieder anfuhr. Lexa lächelte wehmütig. Es musste Liebe sein, denn anders war es nicht zu erklären, dass sich Maya, die stets durchgestylte Jazz- und House hörende Kulturbegeisterte plötzlich für Eishockey interessierte und sich von ihrem Liebsten in einem Auto abholen ließ, das sie nur aus Witzen kannte, da sie nicht die Parkplätze irgendwelcher Dorfdiskotheken besuchte.

Dave drehte sich nach ihr um. „Wir sind gleich da. Wo sollen wir deinen Baghira suchen?"

Lexa seufzte. „Er ist nicht *mein* Baghira! Mir gehört allenfalls ein exzentrischer Kater, was er aus Katzensicht gewiss leugnen würde. Aber niemals dieses Ungeheuer, mit dem mich nichts verbindet, als ein Berg Probleme, die ich ihm verdanke." Sie sagte das ganz sachlich. Der Ordnung halber. Auch wenn es keinen interessierte. Natürlich. Lexa spürte, wie ihre Nerven langsam aber sicher auffaserten

und verloren gingen. Angst und Verzweiflung beka-
men ihr nicht. Die Sorge um andere verstärkte den
Effekt noch. Sie dachte an Herbert und hätte weinen können.

Wieder piepte Lexas Handy.

„Das ist bestimmt Maya", rief Ron aufgeregt und
drehte sich ungeachtet seines sportlichen Fahrstils
auch noch zu ihr um.

„Du fährst!", rief Lexa rasch, als der Wagen den
parkenden Autos am Straßenrand gefährlich nahe
kam und zog ihr Handy hervor.

PHarfe, OBerg?

„Braves Mädchen", grinste sie. „Fahr da vorne
raus auf den großen Parkplatz. Von der Parkharfe
aus ist es nicht weit zum Olympiaberg."

„Olympiaberg?", fragte Dave misstrauisch. „What
the hell, will der Kerl auf einem Berg?"

Schweigend zeigte ihm Lexa ihr Display.

„Der Olympiaberg ist eher ein Hügel mitten in
dem Park, der sich an die alte Olympiaanlage an-
schließt", erklärte Ron ungeduldig, während er mit
quietschenden Reifen auf den Parkplatz fuhr und
den Wagen in er Feuerwehranfahrtszone direkt vor
dem Aufgang anhielt. Im Moment erinnerte er Lexa
an einen Jagdhund, der an seiner Leine zerrte.

„Keine Ahnung, was sie dort wollen. Aber wir
werden es herausfinden…"

Mit diesen Worten stürmte Ron immer zwei Stufen auf einmal nehmend hinauf zu den Sportstät-
ten, die wie zu Stein erstarrte, kauernde Riesen in
den Schatten lagen.

Kopfschüttelnd folgte Dave etwas langsamer seinem Freund. Lexa konnte ihn nicht einschätzen.
Irgendwie erinnerte Dave sie gerade unangenehm
stark an Baghira. Die geballte Kraft, der unter-

drückte Zorn… und ihr Interesse an ihm, je weniger er sie beachtete.

„Einmal mit Vollgas an die Wand reicht Dir nicht, eh?", beschimpfte sich Lexa in Ermangelung von Maya notgedrungen selbst. Etwas langsamer folgte sie den beiden. Immerhin wirkte Dave dort, wo Baghira überheblich schien, wachsam. Kontrolliert statt bezwingend.

Als sie um eine der Sporthallen bog, umrundete Ron gerade hastig den in einer Senke liegenden kleinen See, um in dem dahinterliegenden Park zu verschwinden. Dave folgte ihm mit etwas Abstand, zügig, zielstrebig. Wie ein Wolf, der einer Fährte folgte.

So schnell sie mit ihren für dieses Gelände denkbar ungeeigneten hochhackigen Stiefeln konnte, rutschte Lexa den glitschigen Weg nach unten zum See hinterher.

Sie fürchtete sich davor, Baghira zu treffen.

Doch noch mehr fürchtete sie um Maya.

Und sie fürchtete sich vor Ron und Dave. In dieser Nacht waren sie keine Freunde. In dieser Nacht waren sie Jäger und Beute. Heute ging es darum, einem Vampir zu zeigen, dass er sich besser nicht an einem Werwolf vergreifen sollte. *Don't mess with the Pack.*

„Und Du hast es irgendwie unvergleichlich geschickt geschafft, Dich exakt zwischen allen Stühlen zu platzieren", knirschte Lexa, während sie nun ebenerdig am Ufer des Sees entlang hastete und zumindest wieder zu Dave aufschloss.

Sie konnte seine Anspannung förmlich riechen und hielt sich daher sicherheitshalber etwas hinter ihm.

„Keine Angst", sagte Dave, der offenbar Gedanken lesen konnte. „Ich will Dir nichts tun."

„Fein", keuchte Lexa. Ihr wäre *Ich tu Dir nichts* gerade deutlich lieber gewesen als so eine lahme Absichtsbekundung.

Doch sie konnte ihn verstehen. Wenn sie im Pub beherzter gewesen wäre, disziplinierter – dann würden sie jetzt bei einem Bier die Versöhnung von Ron und Maya feiern, statt hier durch nächtliche Parks einen Irren zu jagen.

„Folge Ron", befahl Dave. „I'll take the other way round the lake, sicher ist sicher. Wir treffen uns oben."

Lexa nickte und rannte los. Als sie den Weg hinauf zur Kuppe des Olympiabergs hetzte, holte sie schließlich auch Ron wieder ein, der abrupt stehen geblieben war und mit in den Nacken gelegten Kopf die Nachtluft durch die Zähne einsog.

„Was...", zischte Lexa, doch sein Blick ließ sie schweigen. Zaghaft spähte sie durch die mit nächtlichem Reif bedeckten Büsche nach oben. Etwas unterhalb der Kuppe saß Maya mit gefesselten Händen auf einem weißen Tuch und starrte mit großen Augen auf Baghira, der entspannt neben ihr stand.

„Lexa", rief er. „Ich wusste, dass Du mir folgen würdest. Schau, ich habe Dich erwartet. Lass uns gemeinsam feiern. Dieses Picknick im Mondschein ist zwar etwas neben der Saison, aber wir legen ja beide nicht viel Wert auf Konventionen. Für Dein erstes Frischblut sollten wir uns Zeit lassen, meine Königin der Nacht."

So hatte Baghira sie auch schon genannt, als sie sich das erste Mal begegnet waren, in dieser Diskothek, in einem anderen Leben. Lexa schluckte. Es war schier unmöglich, nicht zu ihm zu gehen, als er nun die Hand nach ihr ausstreckte. Also trat sie aus ihrer Deckung heraus und ging langsam auf Baghira zu. Er lächelte und im fahlen Licht strahlten seine Augen wie Bernstein. Obwohl Lexas Herz bei dem Anblick freudig hüpfte, versagte sie sich mit letzter Kraft, dieses Lächeln zu erwidern.

„Wie stark Du bist", lobte sie Baghira und prompt grinste sie doch. „Willst Du zuerst trinken oder soll ich sie für uns anzapfen?"

Lexa würde nie erfahren, wie sie auf diese empörende Frage reagiert hätte, die ja immerhin ihre allerbeste Freundin betraf, denn in dem Augenblick sprang mit einem unmenschlichen Knurren Ron über einen Busch auf Baghira zu. Dabei zerriss seine Kleidung als sich sein Körper streckte und als er landete, kippte sein Rumpf nach vorn, um auf allen Vieren weiter zu stürmen. Sein Gesicht dehnte sich und während seine Nase verschwand, verformte sich Rons Kiefer, um den grässlichsten Zähnen Platz zu bieten, die Lexa je gesehen hatte. Als Werwolf war Ron riesig, kompakt und absolut tödlich. Mit gefletschten Zähnen und gestreckten Vorderläufen, die lange Krallen zierten, sprang er Baghira an.

„Nein", rief Lexa, doch das ging in Rons wütendem Schrei unter, als Baghira sich katzengleich im letzten Moment wegdrehte und so Ron mit seinem ganzen Schwung ins Leere laufen ließ.

Noch bevor der Werwolf anhalten und wenden konnte, saß ihm der Vampir wie ein Rodeoreiter im Nacken und griff mit beiden Händen nach seiner Kehle. Ron tobte und bockte, doch Baghira balancierte geschmeidig jeden Stoß aus und trat seinem Gegner bei jedem seiner Sprünge mit beiden Absätzen gegen Schultern und Rippen.

„Yeehaw", rief er dabei und lachte wie irr.

Dann bemerkte der Vampir Lexas entsetzten

Blick und ließ mit einer Hand Rons Hals los, um ihr eine Kusshand zuzuhauchen. „Ich muss mich für meinen Übermut entschuldigen", rief er ihr zu. „Seine Königin darf man nicht warten lassen."

Gerade als Ron sich auf die Hinterbeine stellte und erfolglos versuchte, mit seinen Vorderläufen nach hinten zu greifen, um Baghira zu packen, schmiegte der sich eng an den Rücken des Werwolfs, umfasste erneut mit beiden Händen dessen Kehle und drückte zu.

Das sah so leicht und mühelos aus, dass Lexa erst leicht verspätet bemerkte, wie aus dem Knurren ein gequältes Röcheln wurde. Und das blieb es auch, als Baghira Ron wieder losließ und elegant von seinem Rücken rutschte, gerade als dieser kraftlos zusammenbrach und sich schmerzerfüllt am Boden krümmte.

„Du solltest Dich weder mit solchem Gesindel abgeben, noch es auf eine Einladung mitbringen, Lexa", tadelte er sie mit heiterer Gelassenheit. „Das ziemt sich nicht. Zur Strafe werde ich den ersten Schluck nehmen."

Dabei war er zurück zu Maya getreten, die mit seltsam glasigem Blick immer noch zitternd zwischen dem auf der Decke verstreuten Inhalt ihrer Handtasche saß. Er bückte sich und riss sie am Arm hoch zu sich heran. Langsam beugte er sich über ihren Hals und öffnete den Mund.

Lexa wusste nicht, was sie tun sollte. „Halt", piepste sie kläglich. Doch das hörte natürlich keiner. „Nein!"

„Aber natürlich", flüsterte Baghira. Sein Blick hielt sie gefangen, als er langsam, so langsam seine Zähne in Mayas Hals vergrub. Blut quoll zwischen seinen Lippen hervor und erfüllte die Nacht mit seinem Duft. Lexa trat unwillkürlich einen Schritt näher. Lüstern sah sie zu, wie der Vampir das Gesicht in Mayas Halsbeuge vergraben, trank. Dann endlich siegte Freundschaft über alles, was sie mit diesem Ungeheuer verband und Lexa fand die Kraft, Baghira von Maya wegzuziehen.

„Köstlich!" Er grinste und wischte sich mit den Fingern über seinen verschmierten Mund. Dann fuhr er mit seiner blutfeuchten Hand zärtlich über Lexas Lippen.

„Zu viel Rot auf Deinen Lippen", hauchte er irgendwie anzüglich. „Jetzt bist Du dran. Beeil Dich, wach schmecken sie besser."

In dem Augenblick drückte er Maya, die schon fast das Bewusstsein verloren hatte, Lexa in die Arme. Das Blut an ihrem Hals roch so verführerisch und erinnerte Lexa daran, dass Blut an ihren Lippen klebte, darauf wartend, abgeleckt zu werden. Die Versuchung war ungeheuer. Doch Lexa weigerte sich auch nur durch den Mund einzuatmen. Behutsam legte sie Maya auf den Boden.

„Du willst mir doch nicht ernsthaft dadurch imponieren, dass Du meine beste Freundin beißt oder sie sogar mir als Mitternachtssnack anpreist?"

„Es liegt an Dir, sie zu einer der unseren zu machen", sagte Baghira trocken. „Ich brauche sie nicht, aber wenn Du Dir Gesellschaft wünscht, soll es an mir nicht liegen. Meine Königin darf sich gern eine Zofe halten."

Rons Keuchen klang schrecklich. Langsam wanderte Lexas Blick von der auf dem nun blutbesudelten Tuch liegenden Maya zu Ron, der sich mühevoll ein Stück in die Schatten der Büsche zurückgezogen hatte.

„So sind sie alle", erklärte Baghira ihr allzeit hilfsbereit. „Wenn du sie trittst, ziehen sie den Schwanz ein – oder auch beide. Und wenn Du sie sterben lässt, verkriechen sie sich in ein Loch." Er rümpfte verächtlich die Nase. „Wie erbärmlich."

Und damit trat er beiläufig Ron nochmals mit Kraft in die Rippen, was diesem ein schrill-ersticktes Jaulen entlockte. Dann keuchte er nicht mehr. Wo, zum Henker, blieb Dave?

Lexa spürte wie ihr Tränen in die Augen schossen und ohne groß nachzudenken, stürzte sie sich auf Baghira. Der hatte offenbar mit ihrem Angriff nicht gerechnet, denn er wich ihr zu spät aus. So prallte sie schwer auf ihn und riss ihn mit zu Boden.

„Nur kein Futterneid", zischte Baghira ihr zu, bevor er ihr eine kräftige Ohrfeige gab. „Werwölfe schmecken nicht. Wenn überhaupt, warte, bis sie sich in menschlicher Form manifestieren." Dann riss er sie an den Haaren zurück. „Und jetzt steh auf und kümmere Dich um Deine Mahlzeit!"

Lexa konnte diesem Befehl nichts mehr entgegensetzen. Alles, was sie an Mut und Willen gehabt hatte, hatte sie in diesen einen Angriff gelegt. Immerhin war der nicht spurlos an dem Vampir vorübergegangen, denn Schweiß stand auf Baghiras Stirn und er schüttelte immer wieder den Kopf, als müsse er seine Augen zum Arbeiten bewegen. Gerade als Lexa sich gehorsam zurückzog, rülpste Baghira laut. Dann krümmte er sich, als würden ihn Krämpfe schütteln. Schwankend kam er wieder auf die Beine.

„Trink!" brüllte er sie unbeherrscht an, während er sich an den Bauch fasste.

Lexa rutschte auf den Knien zu Maya. Das konnte sie so wenig tun wie lassen.

Unsicher, wie ein Volltrunkener, torkelte Baghira einen Schritt auf sie zu. „Lexa", begann er, doch wurde dabei von einem Knurren unterbrochen, das jeden Löwen beschämt hätte. Baghira stutzte und sah sich um. Lexa konnte zwischen den Büschen einen Schatten herbeistürmen sehen.

„Du musst trinken, Lexa", rief Baghira eindringlich und wandte sich zu Flucht. „Ich komme wieder, keine Frage!"

Mit diesen Worten stolperte er zwischen den Büschen davon und war verschwunden.

Lexa wandte sich sofort zu Ron, allerdings ohne große Hoffnung, ihm hier helfen zu können. Nur Sekunden später stand Dave neben ihr. In Jeans und Hemd wie immer.

Ron bot ihnen einen erbärmlichen Anblick. Rosa Schaum troff aus seinem Maul und er krampfte bei jedem Atemzug, den er durch seinen blau-schwarz angelaufenen Hals zwängen konnte.

Behutsam überstreckte Lexa seinen Hals, um ihm wenigstens etwas Erleichterung zu verschaffen. Dann strich sie tröstend über seinen riesigen Körper. Ihm fehlte Luft, nicht Liebe – aber wie sie ihm die geben konnte, wusste Lexa beim besten Willen nicht.

„Er erstickt", sagte sie über die Schulter zu Dave. „Wenn uns nicht ganz schnell was sehr Gutes einfällt, erstickt die arme Sau kläglich! Verstehst Du was von Luftröhrenschnitten?"

Lexa fiel selbst auf, wie schrill ihre Stimme klang.

„Er braucht einen Arzt", stellte Dave schwer widerlegbar fest. „Dringend."

„Und wer behandelt einen Werwolf?", rief Lexa. „Wenn wir ihn so in die Klinik bringen, kommt er direkt danach entweder in ein Kuriositätenkabinett oder ein Versuchslabor. Sie werden in ihm nur das

Tier, die Bestie sehen und niemals den Menschen."

„Schau im Handbuch nach", stöhnte Maya hinter ihnen. „Vielleicht sind im Adressverzeichnis auch Notdienste oder dergleichen."

„Das ist in meiner Handtasche und die ist im Auto."

Dave fluchte so zornig, dass Lexa erschrocken zusammenfuhr.

„Ich dachte nicht, dass ich mein Täschchen auf einer Verfolgungsjagd durch einen nächtlichen Park benötige. Sorry!"

„It's okay", seufzte Dave und wandte sich an Maya. „Kannst Du gehen?"

Maya grinste und kämpfte sich mühsam auf die Beine. „Muss ja, nicht wahr?"

Sie zitterte am ganzen Körper und in ihrem Blick lag etwas Gehetztes, das Lexa so noch nie gesehen hatte. „Mir ist speiübel", erklärte Maya und ließ ihren Worten Taten folgen. Ihr Blick suchte Lexas. „Wenn Du mich stützt, kann Dave vielleicht Ron tragen?"

Dave bückte sich und hob ächzend Ron auf, der in seiner gegenwärtigen Form grotesk schwer sein musste. „Bloody hell", entfuhr es Dave, als er sich schwankend Richtung Auto in Bewegung setzte. Lexa hätte ihm gern geholfen, doch Maya hing zentnerschwer an ihrem Arm und wurde immer wieder von Krämpfen geschüttelt. Kalter Schweiß überzog ihre Haut und überhaupt ging es ihr ganz anders als Lexa nach ihrem Biss.

„War das Baghira?", fragte sie, während sie am See entlang Dave folgten.

„Indirekt", hustete Maya und schüttelte den Kopf. „Ohrensausen hab ich jetzt auch noch!"

„Du solltest auch zum Arzt."

„Ich muss trinken und warten. Das wird schon wieder", sagte Maya und fühlte mit ihrer freien Hand ihren Puls am Hals. „Viel zu schnell, aber noch in den Toleranzen. Wir brauchen Hilfe für Ron! Solange er wenigstens noch ein bisschen Luft bekommt, will ich seinen Hals nicht aufschneiden. Ich fürchte hier die Infektionsgefahr, zumal wir kein Werkzeug haben."

In ihrer Stimme lag ungeachtet der professionellen Worte soviel Sorge, dass Lexa wider Willen gerührt war. „Ich könnte Mary anrufen", gab sie einem Einfall nach. „Meine Vampirfreundin. Die kennt die Szene."

Mary reagierte wunderbar professionell auf Lexas Anliegen. „Ihr habt Glück", verkündete sie am Telefon, während im Hintergrund Bässe wummerten. „Gar nicht weit von Euch kenne ich einen alten Tierarzt, der aufgeklärt genug ist, um auch – oder vielmehr vor allem – lupide Gestaltwandler zu behandeln. Hunde, die allein zum Doktor gehen, sind für Veterinäre durchaus reizvoll. Ich kenne ihn aus der Bar und rufe gleich an, dass ein Notfall kommt. Und jetzt beschreib mir nochmals genau, was Eurem Wölfchen fehlt..."

Inzwischen hatten sie die im Dunkel der Bäume und Gebäude liegende Treppe, die hinunter zum Parkplatz führte, erreicht. Dave war sichtlich am Ende seiner Kräfte und schwankte bedrohlich unter seiner Last. Deren gequältes, unregelmäßiges Ächzen trieb nicht nur Maya Tränen in die Augen.

Gerade als Dave vorsichtig die erste Stufe betreten wollte, griff Baghira unvermittelt nochmals an.

Mit einem giftigen Fauchen sprang er aus den Schatten und stürzte sich mit wie Krallen ausgefahrenen Fingern direkt auf den völlig überraschten

Dave. Krachend gingen die drei Männer zu Boden und stürzten den ersten Absatz, der von Laub und nächtlichem Reif auch noch glitschigen Treppe hinunter.

Maya schrie neben Lexa auf, als Ron mit einem Scheppern am Stahlgeländer hängen blieb und Blut spuckte.

Dave hatte sich wieder halb aufgerichtet, und schien unter seiner Kleidung zu wachsen, bis diese prall gefüllt, zu Platzen drohte. Da traf ihn Baghiras Stiefel direkt an der Schläfe und schleuderte ihn gegen einen Wegweiser, an dem er benommen zusammensackte.

Das war zu viel für Lexa.

Mit einem Schrei, in dem all der Zorn und die Verzweiflung der letzten Tage lagen, stürzte sie sich auf Baghira, dessen überhebliches Lächeln erlosch, als er sah, dass er das Ziel ihres Angriffs war. Ihr Schlag traf ihn direkt in der Magengrube und der darauffolgende Aufwärtshaken riss ihn zurück. Der Nahkampfkurs war sein Geld wert gewesen, denn er lenkte ihre Karate-Kenntnisse in weniger sportliche Bahnen. Baghira atmete pfeifend aus und klappte zusammen. Unbeholfen torkelte er zwei Schritte zurück und wäre fast über Daves Beine gestolpert. Dann fing er sich wieder und griff seinerseits Lexa an. Er war unfassbar schnell und unglaublich stark. Grob packte er sie am Arm, noch bevor sie eine Abwehrhaltung einnehmen konnte und riss sie wie eine Lumpenpuppe herum, bis sie mit dem Rücken gegen das Treppengeländer gepresst, hilflos in seinem Griff hing.

„Was erlaubst Du Dir?", fauchte Baghira zornig über ihr und schlug ihr zwei-, drei-, ein viertes Mal mit aller Kraft ins Gesicht. Lexa spürte wie ihre

Lippe platzte, während ihre Ohren Feueralarm für ihre brennenden Wangen gaben. Sie wand sich in seinem Griff und drückte so gut es ging ihr Rückgrat nach hinten durch, um etwas Platz zu gewinnen. Dann stieß sie mit dem Kopf vor und rammte ihn gegen Baghiras Kinn. Im selben Augenblick riss sie mit aller Kraft, die sie noch hatte, ihr Knie nach oben. Sie hatte nie geglaubt, dass sie solche Kräfte entwickeln konnte. Ein normaler Räuber hätte keine Chance gegen sie gehabt.

Selbst Baghira stöhnte und sackte zusammen. Seine Hände lockerten sich und Lexa riss sich los. Doch der Vampir war schneller und zerrte sie mit einem schmerzhaften Griff in ihr Haar zurück in seine Umarmung. Hilflos ertrank Lexa in seinem bernsteinfarbenen Blick und hasste sich dafür. Sie war wie gelähmt. All ihr Kampfgeist schmolz unter diesen Blick und sie konnte *nichts* dagegen machen!

„Das tut man nicht mit seinem Meister", hauchte Baghira ihr ins Ohr und Lexa konnte dabei Mayas Blut in seinem Atem riechen – und noch etwas. Einen Geruch den sie kannte, gut und lange, aber dennoch nicht einordnen konnte. Mit einem Finger strich er zärtlich über ihre brennende Wange und drückte langsam ihr Gesicht dicht an seins.

Baghiras Haut war verschwitzt, kalt und so blass, dass Anstrengungsflecken sein Gesicht verunstalteten. Er zitterte und sie konnte sehen, wie die Adern unter seiner Haut pulsierten.

„Das tut man einfach nicht", ächzte er und lehnte sich so plötzlich zentnerschwer gegen sie, dass Lexa wegknickte und schmerzhaft mit den Beinen auf den Stufen aufschlug.

Baghira stützte sich an ihrer Schulter ab und riss ihr dabei mit seinen Nägeln, die fast verheilte

Bisswunde an ihrem Hals auf. Er schüttelte sich fluchend. Dann knickte er selbst beinahe um. Lexa sah Maya mit einem morschen Ast in der Hand auf sie zukommen. Auch sie schwankte bedrohlich, dabei hatte sie schlauer als Lexa ihre Schuhe ausgezogen. „Lass uns nochmals über den Verbleib meines Blutes reden, Schwanzlurch!", zischte Maya **böse**.

Dieser Anblick hatte Lexa so abgelenkt, dass sie erst Baghiras Schlag bemerkte, als sie mit dem Kopf gegen die Treppenkante knallte.

18 - PFLASTER

Lexa erwachte von einem unangenehmen Druck auf ihrer Brust.

Reflexartig und ohne die Augen zu öffnen, wollte sie die Störung beseitigen. Sie griff in seidigen Pelz und erntete ein protestierendes Murren.

„Grizzly", ächzte Lexa, während sie versuchte, sich unter ihrem Kater hervor zu wälzen. Dabei bemerkte sie immerhin, dass sie nicht mehr auf einem Parkplatz, sondern vielmehr in einem Bett lag. Grizzlys Anwesenheit zufolge, mutmaßlich in ihrem eigenem.

Das bedeutete, dass sie einen Filmriss hatte. Schon wieder! Und zwar dieses Mal einen sehr bedeutsamen. Schlagartig wach geworden setzte sie sich auf und ignorierte dabei das Maulen einer angesichts des damit ausgelösten Bettdeckenbebens zur Seite purzelnden Katze.

„Halt Dich ruhig", befahl Maya neben ihr. „Ich hab die Schürfwunde an Deinen Knien verarztet, aber deinen Schädel soll sich besser Mick ansehen. Er ist gleich da."

„Spinnst Du?" Panisch wollte Lexa ganz aus dem Bett springen, doch angesichts der Schwärze, die plötzlich von unten in ihr aufstieg, überlegte sie es sich noch einmal anders. Mit der Hand fuhr sie an ihre schmerzende Schläfe und entdeckte dabei einen kunstvoll angebrachten Verband. Stöhnend sank sie ins Bett zurück.

„Ich sag doch, dass Du Dich ruhig halten sollst", bemerkte Maya mit spöttischer Ruhe.

„Was ist passiert?", fragte Lexa, doch konnte sie dann die Antwort nicht abwarten. „Und warum hast Du Mick gerufen? Der weiß nichts von der Schattenwelt und will das ganz bestimmt auch nicht wissen. Der flippt doch schon aus, wenn jemand nur seine Atemluft verpestet, was meinst Du, wie der zu Vampiren steht, die ihn anzapfen wollen? Oder zu Werwölfen? Was ist eigentlich mit Ron? Und Dave? Und wo ist Baghira hin verschwunden? Ich meine, wie sind wir hierher gekommen...?"

„Deine erste Frage war die beste." Maya blieb unerschütterlich, auch wenn sie selbst schon besser ausgesehen hatte. Sie blinzelte angestrengt wie eine Eule bei Tageslicht und genehmigte sich erst einmal einen großen Schluck Wasser aus einem Glas neben dem Bett.

„Denn auf *was ist passiert*, erfährt man unweigerlich auch alle möglichen Folgefragen."

Lexa beschränkte sich darauf, Maya einen bösen Blick zuzuwerfen.

„Nun", erbarmte die sich dann mit einem schiefen Grinsen. „Mick habe ich angerufen, weil er von allen Ärzten derjenige ist, der noch am Ehesten die Klappe hält, weil er ein wirklich guter Freund ist. Er hat mir schon einmal in einer prekären Situation geholfen." Mayas Blick hatte plötzlich eine Bitterkeit, der Lexa zu gegebener Zeit unbedingt nachspüren musste. Was war da vor ihr verborgen geblieben?

„Er wird tun, was immer für Dich das Beste ist. Glaub mir."

„Das beantwortet, was passieren wird." Lexa war sehr stolz auf sich, dass sie das so sachlich sagen konnte, ohne ihre alles verbrennende Ungeduld zu verraten. „Aber nicht, was war..."

„Jetzt quengle nicht, dazu komme ich gleich", versprach Maya prompt.

„Nachdem ich in den Kampf eingreifen wollte,

hat Baghira Dich zu Boden getreten und ist davon. Spurlos verschwunden. Ihm ist meine Behandlung wohl gar nicht bekommen."

„Welche Behandlung? Du wolltest doch gerade erst eingreifen... Und ganz ehrlich, gegen Baghira hättest Du keine Chance. Du hast ja gesehen, was er mit einem ausgewachsenen Werwolf macht."

„Brain statt Muscle, meine Liebe", grinste Maya herablassend. „Ich hatte Baghira schon geschlagen, lange bevor ihr drei Süßen mir zuliebe die Fäuste geballt habt."

„Ach", sagte Lexa, weil ihr gerade nichts Klügeres einfiel. „Darf man erfahren, wie?"

„Koffein." So wie Maya das sagte, klang es wie eine mittelalterliche Beschwörungsformel. „Sobald ich im Auto saß und Baghira mir erzählte, was für ein wunderbares Plätzchen für eure Vereinigung er sich ausgesucht hat, bei der ich den Hauptgang spielen sollte, habe ich begonnen, mir sämtliche Koffeintabletten reinzustopfen, die ich in meinem Täschchen so dabei hatte. Und Du weißt, wenn es um Wachmacher geht, habe ich lege ich Wert auf gute Sachen."

Maya trank wieder einen großen Schluck. „So ein Koffeinschock ist echt übel. Aber kein Vergleich zu dem, was dein eitler Vampir dabei erlebt hat." Sie grinste. „Lesen bildet. Wir hatten doch in Deinem phänomenalen Handbuch erfahren, dass Vampire kein Koffein vertragen. Viel mehr als beim Biss in meinem Blut war, kriegt man nicht mehr rein, ohne dass es klumpt."

„Dann hatte Baghira mit einer Vergiftung zu kämpfen", erklärte sich nun auch Lexa sein seltsames Verhalten beim Kampf. „Deshalb verließen ihn so plötzlich seine Kräfte."

„Ja, ihr hättet Euch gar nicht so vermöbeln lassen müssen."

„Aber wenn ich Dich so wie es Baghira wollte, gebissen hätte, hättest Du nichts davon gehabt, außer Rache post mortem."

Maya zuckte die Schultern und leerte ihr Glas. „Wenn man sich auf seine beste Freundin nicht mehr verlassen kann, will ich gar nicht leben."

Lexa, die sich in dieser speziellen Situation weit weniger vertraute, lächelte gerührt.

„Danke", sagte sie schlicht. „Und was ist mit Ron?"

„Den habe ich mit Dave zusammen zu diesem Arzt gebracht, den Deine Mary – von der musst Du mir mal mehr erzählen – tatsächlich schon alarmiert hatte. Dort ist Ron noch für ein paar Tage. Felix, der Arzt, meint, dass er wieder wird. In ihrer Werwolfgestalt sind sie schwer zu töten. Aber es war trotzdem eine verflixt knappe Sache."

Lexa seufzte erleichtert.

„Und so ein Werwolf schaut schon biestig aus. Wie eine Riesenhyäne mit viel zu kurzem Fell. Brrr." Maya schüttelte sich. „Nachher will ich ihn besuchen. Wenn Mick es erlaubt, kannst Du ja mitkommen. Felix würde Dich gern kennenlernen. Er sagt, er sei ein Zombie, der sein Leben wieder gefunden hat und jetzt eben auf links gedreht lebt. Ich habe nur die Hälfte verstanden, aber es klang sehr interessant. Diese Zombies scheinen recht verbreitet zu sein."

„Die meisten beginnen als Workaholics", sagte Lexa. „Die sind längst tot, aber laufen posthum noch weiter in ihrem Hamsterrad und merken gar nicht, dass sie gar kein Leben mehr führen."

Maya nickte. „Klingt plausibel. Nicht schön, aber plausibel."

Es klingelte und Maya ließ Mick herein.

„Also wen von Euch muss ich einweisen lassen", schimpfte er. „Schlägereien sind ja schon verabscheuungswürdig genug, auch ohne diese wirre Geschichte von Vampiren und Werwölfen. Würde ich Euch nicht so gut kennen, wäre ich gar nicht gekommen, sondern hätte gleich die Jungs mit den speziellen Jacken geschickt..."

„Jetzt halt aber die Luft an", fuhr Maya ihren Freund zornig an. „Du weißt ganz genau, dass ich ab einem gewissen Punkt, den wir in diesem Fall längst überschritten haben, keine Scherze mache. Und wenn ich Dir sage, dass Lexa sich vampirifiziert hat und deshalb zu keinem normalen Arzt gehen kann, dann ist das so und Du nimmst das gefälligst hin. Erklärungen können warten. Erste Hilfe nicht!"

Mick öffnete den Mund zu einer heftigen Erwiderung, doch inzwischen hatten sie das Schlafzimmer erreicht und sein Blick fiel auf Lexa, die schweigend die heftige Begrüßung verfolgt hatte. Langsam öffnete sie ihren Mund so weit sie konnte. Als schließlich die Vampirzähne wie Katzenkrallen ausfuhren, zuckte Mick sichtlich zusammen und überlegte es sich anders. Er warf Maya einen verzweifelten Blick zu, doch die nickte ihm nur ermutigend zu und wies auf Lexas Vampirgebiss. Mick schüttelte sich und trat vorsichtig an Lexas Bett. Zaghaft berührte er ihre Zähne und drückte sie in verschiedene Richtungen.

„Die 'ind echt und halten", nuschelte Lexa. „Glau' mir." Ein klägliches Husten unterbrach ihre Erklärungsversuche.

„Du machst ja Sachen", rügte Mick sie schließlich und öffnete dann ohne weiteres Zögern seine Arzttasche. Lexa spürte unter ihrem Kopfverband, dass die Wunde an ihrer Schläfe bei der Kiefergymnastik gerade eben wieder heftig zu bluten begonnen hatte.

„Warum hast Du mir denn nicht die Wahrheit gesagt? K.O.-Tropfen, also wirklich! Wenn Du mich gleich ins Vertrauen gezogen hättest, hätte ich Dir vielleicht besser helfen können. Vielleicht wäre die Metamorphose da noch aufzuhalten gewesen..."

„Da wusste ich es noch nicht", seufzte Lexa kläglich. Ihr wurde schlecht. „Es tut mir leid."

Während Mick sie untersuchte, erzählte sie zusammen mit Maya von ihren Abenteuern in der Schattenwelt.

Mick brauchte nicht lange für seine Diagnose. „Humanmedizinisch hast Du eine Gehirnerschütterung, ein paar schmerzhafte Prellungen im Kieferbereich und an den Beinen und eben diese Platzwunde, die ich versorgt habe. Nichts Schlimmes. Vampirtechnisch...", Mick zögerte und verzog unglücklich das Gesicht, „... deute ich Deine Werte so, dass Du ziemlich entkräftet bist. Wir werden da eine ganze Reihe von Untersuchungen durchführen und da dulde ich keine wie auch immer geartete Widerrede, *habenwirunsverstanden*?! Kurzfristig kann ich Dir einen Presssack kaufen und ansonsten sehen, dass ich irgendwie unauffällig an Blutkonserven komme."

„Im Kühlschrank ist noch ein Rest", warf Lexa verlegen ein. Maya nickte und ging.

Als sie wieder kam und ihr ein Glas mit duftender roter Flüssigkeit und – allzeit stilbewusst – einer nicht mehr ganz frischen Selleriestange zum Umrühren in die Hand drückte, stellte Lexa schließlich die eine Frage, die bis jetzt noch nicht beantwortet worden war.

„Was ist mit Dave?"

Maya lächelte mitleidig. „Dave hat, wie gesagt, mit mir zusammen Ron zu Felix gebracht."

Seufzend sah Maya aus dem Fenster. „Seither habe ich nichts mehr von ihm gehört." Sie wandte sich wieder an Lexa. „Es tut mir Leid."

Bemüht, sich ihre Enttäuschung nicht anmerken zu lassen, nickte Lexa. „Da muss Dir nichts leid tun", erklärte sie tapfer. „Hat er noch irgendwas gesagt? Ich meine wegen Baghira..."

Nun verriet sie ihre Stimme doch mit einem etwas schrillen Unterton.

„Nein", sagte Maya leise. „Er hat mit mir und Felix nur das Nötigste gesprochen. Der wollte ihn natürlich auch untersuchen, zumal er ziemlich stark blutete, aber das lehnte Dave ab. Ron sei viel dringlicher, was natürlich richtig war. Wirklich gut ging es ihm auch nicht und während wir im Behandlungszimmer waren, ist er gefahren..."

„Warum warst Du im Behandlungszimmer?", fragte Mick.

„Weil ich als leitende Pharmazeutin einer großen Universitätsklinik und einem fast abgeschlossenem Medizinstudium die größtmögliche verfügbare Annäherung an eine OP-Schwester war", schnappte Maya gereizt. Allmählich zeigten die Aufregungen der Nacht auch an ihrem Nervenkostüm erste Spuren. „Zumal der zu behandelnde Patient ohnehin etwas zu speziell für eine Standard-Assistentin war."

Mick hob besänftigend die Hand und musterte stattdessen Lexa, der es nach ihrer *Very Bloody Mary* schon deutlich besser ging und vorsichtig an der Selleriestange knabberte. „Du machst Dir Sorgen um ihn, nicht wahr?"

„Das ist ein ausgewachsener Werwolf", knurrte Lexa. „Der kann auf sich selbst aufpassen." Dann bemerkte sie die Blicke ihrer Freunde und nickte kleinlaut. „Schon ein bisschen."

„Wenn Du willst rufe ich diesen Karel an", schlug Maya vor.

„Besser nicht", widersprach Mick sofort. „Aber gehen wir doch zu den Werwolves. Wenn, dann wissen die was über Daves Verbleib. Dieser Dr. von Wattenberg scheint ja nicht unbedingt der allerbeste Freund Deines Daves zu sein."

„Er ist nicht mein Dave", widersprach Lexa, lächelte dann aber schief. „Leider."

„Ich werde sehen, was ich tun kann", versprach Mick und packte seine Tasche. „Du schläfst jetzt und dann sehen wir heute Abend weiter. Da sollte es Dir besser gehen."

„Ich hol Dich ab und dann fahren wir zu Felix." Maya bemerkte Micks gekränkten Blick. „Nicht wegen einer Zweitdiagnose, sondern wegen Ron natürlich. Und ich verspreche Dir, dass ich Dir sobald es geht, in gebotener Ausführlichkeit die ganze Geschichte erzählen werde. Und dann stelle ich mich Dir auch als Laborratte zur Verfügung."

Mick grinste. „Wohl eher Labormaus... Laborfledermaus." Kopfschüttelnd schulterte er seine Tasche. „Mit Euch erlebt man schon die verrücktesten Geschichten, da dachte ich echt, die Sache mit dem Kran ließe sich nicht mehr toppen – und nun das! Vampire, also wirklich?!"

Als sie am Abend mit Mayas Wagen nach Milbertshofen, einen nördlich des Olmpiaparks gelegenen Stadtteil fuhren, um dort Ron zu besuchen, ging es Lexa zwar noch nicht wieder gut, aber immerhin deutlich besser. Die blauen Flecken bildeten sich bereits zurück und auch ihre Kopfschmerzen waren auf ein mit Aspirin und einigen wirksameren Mittelchen aus Mayas Tasche bezähmbares Maß geschrumpft.

„Vampire sind sprichwörtlich zäh und auch wenn es volkstümlicher Aberglaube ist, dass sie nur mit abstrusesten Mitteln getötet werden können, so lässt sich festhalten, dass es jedenfalls eines gehobenen Maßes an Entschlossenheit bedarf, um selbiges umzusetzen. Vampire altern langsam, obwohl sie eine stark erhöhte Zellteilung besitzen und damit erstaunlich schnell heilen. Ihr Immunsystem ist hervorragend und so können – abgesehen von den erwähnten Unverträglichkeiten – Vampire im Wesentlichen nur durch massive Zerstörungen ihres Körpers oder äußerst aggressive Viren vernichtet werden.

Diese Eigenschaft wurde von altruistisch geprägten Exemplaren dieser Spezies in der Geschichte bereits mehrfach zum Dienste an Mitmenschen in Seuchensituationen oder anderen Krisen eingesetzt, wenngleich freilich mit sehr unterschiedlichem persönlichen Erfolg.“

Lexa schlug das Handbuch wieder zu, bevor ihr während der Fahrt noch übel wurde. Gegen ein paar Dinge halfen auch Vampirkräfte nicht. Lesen in Bewegung gehörte offenbar dazu. So beruhigend es war, dass sie sich künftig deutlich weniger Sorgen um ihre Gesundheit machen musste, hätte Lexa im Augenblick lieber mehr über Werwölfe gelesen. Mick hatte zwar ein paar Teamkollegen von Ron erreicht, aber auch die hatten nichts von Dave gehört, außer dass er sich ein paar Tage frei genommen hätte. Auf Micks Andeutung, dass er mehr wusste, als man von einem Fremden erwarten durfte, hatten sie zumindest versprochen, nach Dave zu suchen.

Die Praxis lag im Keller eines unauffälligen Reiheneckhauses, den man über eine seitlich am Haus befindliche Treppe erreichte.

In der Tür erwartete sie ein freundlich wedelnder Berner Sennenhund mit einer Halskrause und einer verbundenen Pfote neben einem Mann, der ungeachtet seiner gewiss 60 Jahre sehr sportlich und fast jugendlich wirkte. Er gehörte zu jenen Menschen, die Lexa schon immer darum beneidete, dass sie offenbar ihren Platz im Leben und ihren Frieden darin gefunden hatten.

„Hallo Felix", rief Maya hinter ihr. „Das da ist Lexa. Lexa, das ist Dr. Felix Hasenöhrl. Kein Spaß, er heißt wirklich so. Wo ist Ron?"

„Hier", sagte Lexa, nickte Felix freundlich zu und kraulte Ron behutsam die Schlappohren.

Ron blinzelte Lexa hechelnd zu, wandte sich dann aber mit einem hingebungsvollen Blick voll Hundeliebe an Maya.

„Ron?" Zögernd ging Maya in die Hocke. „Warum...?"

„Ganz einfach", sagte nun Felix. „Weil ich ein Tierarzt bin, bei dem sich niemand wundert, wenn er einen Patienten ein paar Tage in seiner Praxis aufnimmt, den vermutlich ein Auto erwischt hat. Was hingegen meine ignoranten Nachbarn sagen würden, wenn ich einen athletischen jungen Unbekannten bei mir beherberge, will ich gar nicht wissen. Deshalb habe ich Ron gebeten, seine lupide Tagesform anzunehmen. Das ist für einen jungen Werwolf auch eine sehr gute und wichtige Übung."

Lexa nickte verstehend und folgte den anderen ins Haus.

Ron blaffte kurz und verschwand dann durch eine Tür, während Felix seine Gäste in ein Arztzimmer führte. „Er kommt gleich in angemessenerer Form", erklärte er auf Mayas irritierten Blick. „Ich hoffe, Du kommst mit Rons Fähigkeiten zurecht. Dem Jungen liegt so unglaublich viel an Dir."

Maya zuckte die Schultern. „Ich steh auf schräge Typen", verkündete sie, wozu Lexa nur spontan nicken konnte. „Und ich hab mich in Ron trotz seiner Harley Davidson-T-Shirts, seines tiefergelegten Autos mit den geschmacklosen Protenfelgen und seinem bemerkenswert schlechten Musikgeschmack verliebt. Da kann mich ein knuffiger Bärchen-Hund doch nicht schocken."

Sie grinste. „Im Gegenteil. Da bekommt der Begriff Schoßhund gleich eine ganz andere Bedeutung. Und auch im Urlaub kann man da durchaus Geld sparen, wenn ich es mir recht überlege."

„Maya!", rügte Lexa empört ihre Freundin, doch Felix lachte nur. „Das macht mal schön selbst miteinander aus. Ron muss noch üben, aber er wird seine lupide Form mit seinem Leben aussöhnen können, gerade wenn er eine Partnerin hat, die ihn in all seinen Facetten akzeptiert. Dave Finn ist ein sehr guter Lehrer. Einer der besten, würde ich sagen."

„Wie kommt es, dass Ron erst lernen muss, ein Werwolf zu sein", fragte Lexa neugierig, gerade in dem Augenblick, als Ron ins Zimmer kam. Diesmal in Menschenform mit Jeans, weit ausgeschnittenem

Pulli und einem prächtigen Verband um den Hals.

„Meist zeigt sich diese Eigenschaft mit der Pubertät", erklärte Felix ruhig. „Doch manchmal tritt sie auch viel später auf. Rons Rudel, die Mannschaft der Werwolves besteht größtenteils aus Kriegswaisen aus Osteuropa und einigen Findelkindern, bei denen die Mutation spontan aufgetreten ist. Rons Linie zum Beispiel galt als ausgestorben. Er ist der erste Werwolf seit fünf Generationen."

„Gut, dass meine Mutter das nicht mehr erlebt hat", sagte Ron und umarmte zärtlich Maya. „Die hätte das nicht so locker weggesteckt wie Du. Ich hab ja selbst ziemlich blöd geschaut, als ich mich das erste Mal bei Vollmond verwandelt habe. Danach bin ich erst einmal drei Wochen nicht mehr aus dem Haus gegangen."

„Und wie bist Du dann zu den anderen gestoßen?" Lexa hätte keine Ahnung gehabt, was sie ohne ihr Handbuch getan hätte.

„Ich hab im Internet recherchiert. Tagelang und ohne Ergebnis. Der Großteil bezieht sich auf irgendwelche Hollywood-Filmchen oder blöde Bücher, bei denen immer die Vampire supergut wegkommen und die Werwölfe die Bösen – oder schlimmer noch, die Blöden sind."

„Hm", schnaubte Lexa, der nichts Gescheites dazu einfiel. „Klischees sind halt so." Auch wenn sie hochmütig dachte, dass dann auch ein Funken Wahrheit dabei sein dürfte, denn immerhin wird man ja nicht als Klischee geboren, sondern muss sich diesen Titel hart erarbeiten.

„Jedenfalls erhielt ich dann eine Mail von einem Kerl, der sagte, ich würde auffallend viel über Werwölfe recherchieren und ob ich da ein persönliches Interesse daran hätte."

„Ich sagte, dass ich ein Buch schreiben wollte

und er schlug ein Treffen vor. Da hat er mir dann auf den Kopf zugesagt, was mit mir los ist und mich für die Werewolves engagiert. Das war praktisch, weil Eishockey spiele ich ja schon, seit ich 8 bin."

Felix nickte zustimmend. „Über die großen Suchmaschinen und Social Media-Plattformen, die überwiegend in Werwolf-Einfluss stehen, fallen solche Profile auf. Es gibt verschiedene Einrichtungen, die sich hier um Aufklärung und Ausbildung bemühen, um Grenzgänger sauber in beiden Gesellschaften zu integrieren."

„Wie halten das Vampire?", fragte Lexa interessiert.

„Darwinistischer", bemerkte Felix knapp. „Dort muss man sich erst einmal beweisen, bevor man für würdig befunden wird. Es gibt wenig bis kein Gruppenleben. Doch das wird von den meisten auch gar nicht vermisst."

„Lebt man dann als Vampir eher mit anderen Schattengängern als mit Vampiren zusammen, oder wie?"

Felix Blick wirkte bekümmert. „Die meisten Vampire leben gern allein oder mit flüchtigen Bekanntschaften. Der Begriff des *Vamps* mag durchaus in diesem Verhalten seine Wurzeln haben. Manchmal trifft man Vampire und Elfen zusammen an. Mit Werwölfen gibt es über geschäftliche Beziehungen, die vielfältig sind und sich durch alle Gesellschaftsschichten ziehen, nur Ärger. Das wird nichts."

„Dave sieht das nicht so eng", stammelte Lexa, die diese gradlinige Warnung gerade völlig überrumpelt hatte.

„Tut er das?", fragte Felix. „Darum hat er sich ja dann auch sofort bei Dir gemeldet..."

19 – CODO

Drei Tage später ging es Lexa auch noch nicht besser. Im Gegenteil.

Dabei war ihr Kopf längst verheilt und allmählich arrangierte sie sich auch mit ihrem neuen Biorhythmus und der Lichtempfindlichkeit. An all das konnte man sich gewöhnen.

Doch leicht war es nicht, speziell, wenn man sich nicht auch an die Vampirkräfte gewöhnen wollte.

Mit Mick hatte sie viel Zeit im Labor verbracht und wartete nun auf seine Forschungsergebnisse, die sie viel weniger interessierten als ihren fast schon krankhaften Kumpel.

Maya hatte ihr erzählt, dass Dave nach ein paar Tagen ziemlich zerschunden zu seinem Trainerjob zurückgekehrt war, als sei nichts gewesen. Allmählich verstand Lexa auch, warum ihr Club ausgerechnet Werewolves hieß. Die vereinzelten Werwolf-Gerüchte, die sich um die Spieler rankten. Ihr Fehlen auf Veranstaltungen, die mit dem Vollmond zusammenfielen, knurrige Bemerkungen und große Hunde, die bei ihren Familien gesehen wurden – all das klang in den Ohren derer, die es nicht besser wussten, wie ein einziger riesiger Marketing-Gag. Wirklich sehr geschickt.

Dave arbeitete hart mit seinen Jungs. Auf und neben dem Eis. Sie waren sensationelle Zweite in der Liga und gern gesehene Gäste in den angesagtesten Clubs der Stadt. Maya schwärmte mittäglich von den tollen Nächten und beschwor Lexa, doch mal wieder mitzugehen.

Doch sie wollte nicht unter Menschen. Sie fürchtete sich davor, Baghira wieder zu sehen und auch wenn seit Tagen keine Überfälle mehr vermeldet worden waren, glaubte Lexa anders als Mary und Ron nicht, dass Baghira wirklich das Revier gewechselt hatte. Er würde seine Königin der Nacht nicht einfach gehen lassen. Das duldete sein krankes Ego nicht.

Also saß sie trübsinnig zu Hause in ihrem Sessel und hörte die CDs mit Herberts Klarinettenkonzerten, die sie sich in Erinnerung an ihren Freund gekauft hatte. Klassik und Jazz, Mozart vor allem, der war auch so früh gestorben. Doch für sie war das noch nicht ausgestanden, das spürte sie genau. Es ging nicht um ihre Vampirifizierung, die nach einer gewissen Umstellung tatsächlich mindestens so viele Vor- wie Nachteile barg.

Es ging um Baghira.

Königin der Nacht, hatte er sie genannt und sie hatte ihn geschlagen. Tatsächlich und im übertragenen Sinne. Ihren Meister, wie er klar gestellt hatte. Dafür würde er sich rächen. Da war sie ganz sicher. Dabei ahnte er nicht, dass er sie bereits an ihrer verwundbarsten Stelle getroffen hatte.

Denn Dave hatte sich seit dem Kampf nicht mehr bei ihr gemeldet. Sie war sogar über ihren Schatten gesprungen und hatte ihn einmal angerufen.

Und das entgegen ihrer ehernsten Prinzipien! *Ruf niemals einen Kerl zuerst an.* Und doch hatte sie es für ihn getan.

Doch der Mistkerl hatte sie weggedrückt. Das war wirklich kaum zu fassen.

Seither herrschte Schweigen und zerrte zentnerschwer an Lexas Laune, die auf immer düstere Tiefpunkte sank.

Mary hatte offenbar Karel von dem Zwischenfall im Olympiapark erzählt, denn am nächsten Tag war in einer teuer wirkenden Box drei Flaschen eines französischen Cuvées erlesener Blutsorten geschickt worden, zusammen mit einer Karte. „Ich gratuliere. Allein gegen den Thug – das glückt nicht vielen. Solcher Widerstand zeichnet die Großen unserer Spezies aus."

Lexa hatte die Karte zerknüllt und die Flaschen behalten. „Noch so ein Kompliment und ich bin beleidigt", hatte sie ihrem Spiegelbild erklärt und war in Tränen ausgebrochen. Sie war nicht allein gewesen. Zwei Werwölfe und ein Superhirn hatten ihr geholfen und eigentlich hatte sie herzlich wenig zu diesem Sieg beigetragen, der sich noch nicht einmal wie ein Sieg anfühlte.

Einmal hatte sie aus der Ferne auf dem Nachhauseweg einen großen Husky gesehen und gehofft, dass es Dave sein könnte. Doch dann war er zu einer sportlichen Blondine gelaufen, die ihm lachend das Fell zerzauste, und Lexa hatte inständig gebetet, dass es nicht Dave, sondern nur ein blöder Hund war.

Grizzly sah sie von seinem Fensterplatz aus streng an und rümpfte missbilligend die Nase. Er konnte es nicht leiden, wenn sie schlecht gelaunt war. Schlechte Laune hielt ihr Kater für ein exklusiv ihm vorbehaltenes Recht, über das er eifersüchtig wachte.

Bedeutungsschwer sah er zu dem Handy, das auf dem Küchenkasten an seinem Ladekabel hing. Dann blinzelte er Lexa an.

„Meinst Du", fragte sie und wusste doch, dass das gewiss nur Zufall war. Woher sollte eine Katze auch das Konzept von Mobiltelefonen kennen. Andererseits… „Meinst Du wirklich?"

Grizzly gähnte und Lexa beschloss, das als *Ja* zu werten. Für ein *Nein* riss man das Maul eher zur

Seite als nach oben auf, nicht wahr?.

Als sie das Handy in der Hand hielt, hatte sie ihr Mut schon wieder verlassen. Wie konnte man so einem Mann, Wolf, Hund – Typen hinterherhängen, den man noch nicht einmal geküsst hatte? Und doch, so war es eben.

Sie rief seinen Kontakt auf und entschied sich dann für eine SMS.

Alles ok bei Dir? Meld Dich doch mal. Vielleicht auf einen Kaffee?

Kritisch beäugte Lexa das Display. Seufzend löschte sie die Nachricht.

Bitte melde Dich. Ich vermisse Dich.

Auch die Nachricht löschte Lexa. Es war gar nicht so leicht zwischen Würde und Liebe zu balancieren. Sie hatte Dave nicht kränken, sondern retten wollen. Sie hatte Angst um ihn gehabt. Das war doch offensichtlich!

Ron hatte Maya erzählt, dass Dave seit dem Kampf nicht mehr von Lexa gesprochen hatte. Maya hatte leider nicht in Erfahrung bringen können, was er wenigstens zuvor erzählt hatte. *Stay with the Pack*, hatte Ron erklärt. Natürlich.

Entschlossen tippte Lexa los.

Bitte sprich mit mir. Lexa

Sie spürte, wie ihre Augen schon wieder feucht wurden und drückte kurzentschlossen auf Senden. Und dann ging sie ins Schlafzimmer, zog sich um und ging zum Laufen.

Ohne Handy.

Sonst würde sie wahnsinnig. Sie hatte schon nach dem missglückten Telefonversuch eine halbe Nacht vor dem dämlichen Gerät gesessen und es bis zur pathologischen Blickstarre hypnotisiert, um es zum Läuten zu bewegen. Erfolglos. Der Kerl hatte sie weggedrückt. Falls das noch nicht erwähnt worden war.

Sie trabte durch den Friedhof und ignorierte die empörten Blicke der Friedhofskrähen. Der mit Federn ebenso wie der von der anderen Sorte, die sich schwarz gekleidet hier ihre Nachmittage vertrieben.

Ihr war nach Rebellion zumute und da erschien ihr das als guter Kompromiss.

Trotzig trabte sie den Hang hinter der Brauerei hinunter und durch ein paar Seitengassen bis zu den Isarauen. Die Übelkeit, die Laufen in der Sonne hervorrief war ihr geradezu willkommen.

„Vampire sind Einzelgänger", schnaufte sie und stöpselte sich Herberts Klarinettenkonzert ins Ohr. „Vampire sind Einzelgänger. Du brauchst niemanden. Gar niemanden."

Das Problem war nur, dass sie jemanden wollte. Sie wollte nicht allein sein und das spürte sie besonders deutlich, jetzt wo Maya fast noch glücklicher in ihrer Beziehung war als Mick in seiner, die seit Schultagen hielt. Und vielleicht deshalb wollte sie Dave. Sie dachte an Christian, ihren Polizisten, oder an Tarek, einen von Marys vampirischen Kollegen in der Bar, dem sie gut gefiel und mit gewissem Unbehagen auch an Baghira. Der reizte sie noch am Meisten. Allein beim Gedanken an ihn reagierte ihr verräterischer Körper mit Hitzewallungen, Bauchkribbeln und Herzpochen. Lexa schnaubte und beschleunigte ihre Schritte. Da konnte ihr Körper wollen was er wollte – der Rest von Lexa war sich einig, dass Baghira der allerletzte Mann auf diesem Planeten war, dem sie zu begegnen wünschte. Unwillkürlich war sie flussabwärts am Deutschen Museum entlang gelaufen, hinter dem Ron wohnte.

Doch sie traf weder einen blonden Kanadier noch einen großen Husky.

Zwei Stunden später kam Lexa erschöpft nach Hause. Als sie die Haustür öffnete, schoss Grizzly zwischen ihren Beinen hindurch ins Treppenhaus. Das war ungewöhnlich. Ihr Kater benutzte üblicherweise nur seinen eigenen Eingang über die Planken in den Hof.

Irritiert stolperte Lexa in den Flur und ging von dort weiter in die Küche, wo ihr Handy immer noch an der Ladestation hing.

Als sie Baghira auf der Bank sitzen sah, erstarrte sie.

Lexa spürte, wie sich ihre Brust unter ihrem immer noch raschen Atem hob und senkte und Schweiß von ihrer Stirn auf den Boden tropfte.

„Willst Du mich nicht willkommen heißen?", fragte Baghira heiter.

„Dazu müsstest Du willkommen sein." Lexa bemühte sich um einen neutralen Ton. Es war gut, dass sie sich so ausgepowert hatte, dass da gar keine Kraft mehr für verräterische Aktionen ihrer Hormone übrig war.

„Ich bin dein Meister", erklärte Baghira. „Du gehörst mir, denn ich habe das, was Du heute bist, geschaffen. Das verbindet uns über die Zeiten bis in den Tod und darüber hinaus."

„Vielleicht", räumte Lexa ein. „Aber dieses Band empfinde ich als Fessel und nicht als Stütze." Sie sah dem Vampir geradewegs ins Gesicht. „Ich mag Dich nicht."

Baghiras Mund zuckte. Er ballte kurz die Faust, doch dann fasste er sich mit einem Lächeln. „Lexa, du weißt, dass das nicht stimmt. Du bist meine Königin der Nacht. Ich habe Dich erwählt, mit Dir will ich die Dunkelheit beherrschen. Ein neues Geschlecht moderner Vampire soll die Welt regieren. Meines. Unseres."

Er erhob sich. „Es gefällt mir, wie Du kämpfst. Du bist stolz und ich habe Dich unterschätzt. Das wird nicht wieder geschehen." Langsam kam er auf Lexa zu, die gern zurückgewichen wäre, wenn sie gewusst hätte, wohin. „Du kannst nicht anders, als mich zu begehren. Das ist unvermeidliche Folge meines Geschenks. Ich bin mehr als Dein Meister. Ich bin Dein Schöpfer."

Er stand nun dicht vor ihr und fuhr sacht mit einem Finger über Lexas feuchtes Gesicht. Dann leckte er bedeutungsvoll ihren Schweiß von seiner Haut. „Du bist in jeder Hinsicht köstlich."

Fordernd legte sich seine andere Hand auf ihre Brust und wanderte nach unten, zu ihren Schenkeln. Lexa spürte, wie sie nun doch auf ihn reagierte. Sie zwang sich, diese Reaktion zu ignorieren. *Chemie*, dachte sie sich. *Reine Chemie. Er hat mich mit diesem Sekret vampirifiziert und von irgendwie von sich abhängig gemacht. Das hat nichts mit Gefühlen zu tun! Das bin ich nicht. Du bist so hässlich, so grässlich hässlich, Du bist der Hass!*

Sie spürte seinen Atem auf ihrem Gesicht. Wie nah er ihr gekommen war. Seine Hand umfasste nun ihre Taille und zog sie mit sanftem Druck noch dichter zu sich heran.

„Ich will Dich", schnurrte er ihr ins Ohr. „Jetzt." Doch wie bei einem Panther auch, waren sie sich beide absolut bewusst, dass dieses Schnurren nur eine von mehreren Optionen war. Aufreizend behutsam zog er mit der anderen Hand den Reißverschluss ihrer Jacke auf und fuhr unter ihrem T-Shirt ihren feuchten Rücken entlang. Er küsste sie in den

Nacken und arbeitete sich dann langsam mit seinen Lippen über ihre Schulter zu ihrem Dekolleté vor. Lexa versteifte sich, als er sie plötzlich über ihrem Schlüsselbein biss. „Du bist ganz und gar köstlich", hauchte er, während er sie hochhob und ins Schlafzimmer trug.

Natürlich wusste er, dass Lexa sich nicht wehren konnte. Ob er auch wusste, wie entsetzlich es für Lexa war, dass sie sich ihm nicht entziehen konnte? So grauenhaft eine Vergewaltigung war, bei der man körperlich unterlag, war dies doch noch eine Stufe schrecklicher, beschloss Lexa. Denn so blieb offen, was passieren würde, wenn sie sich wehren könnte und deshalb hing ein riesiges *Selbst schuld* höhnisch über ihrem Bett, auf das sie Baghira jetzt mit siegessicherem Lächeln legte. Sie war wie gefangen in einem Körper, der ihr nicht gehorchte. Solange sie seinen Blick auf sich spürte, konnte sie einfach nichts gegen Baghira unternehmen.

Sie spürte kaum, wie er die Sportkleidung von ihrem Körper zog und sie dann lüstern in ihrer Unterwäsche betrachtete. Dass er selbst vollständig bekleidet blieb, steigerte Lexas Demütigung.

„Deine Freundin hat mich überrascht", erzählte Baghira, während er sanft ihre Brüste streichelte. „Ich war drei Tage lang richtig krank. Ein verstörendes Gefühl." Er beugte sich vor und küsste sie federleicht auf den Bauch, auf ihre Leiste und auf ihre Schenkel. Wider Willen schauderte Lexa. Sie stöhnte vor Ekel und schloss die Augen.

„An dir werde ich genesen. Langsam zwang Baghira ihre Beine auseinander und legte sich auf sie. Plötzlich war sie froh, dass er seine Hose noch trug. Er küsste sie stürmisch und vergrub dann sein Gesicht zwischen ihrem Hals und ihrer Schulter. Sie spürte seine Zähne auf ihrer Haut, spürte, wie die Vampirzähne ausfuhren, und wich unwillkürlich zurück.

„Ruhig", hauchte Baghira in ihr Haar. „Nur ein paar Schluck, damit ich wieder zu Kräften komme. Dann hast auch Du mehr davon."

„Es ist schädlich, von seiner Schöpfung zu trinken", flüsterte Lexa, unfähig, sich zu bewegen, solange er ihr in die Augen sah.

„Für wen?", höhnte Baghira. „Für Karel und die Duckmäuser? Sie fürchten die potenzierte Kraft, die wir daraus schöpfen könnten und belegen es mit Schauermärchen von Wahnsinn und Verdammnis..."

Lexa stöhnte, als er seine Lippen auf die ihren presste und sie dann, als sie den Kuss nicht erwiderte, schmerzhaft in die Lippe biss.

Wahnsinn brauchte Baghira jedenfalls nicht zu fürchten. Dieses Feld hatte er hinter sich gelassen und beschleunigte immer noch weiter.

Mit kraftvollen Bewegungen strich er ihre Seite entlang nach unten, über ihr Becken und ihren Po, fuhr von hinten unter ihre Schenkel und öffnete sie so weit, dass er zwischen ihre Beine rutschte. Träge rieb er sich an ihr, wetzte mit seiner Leinenhose über ihren dünnen Slip. „Vergessen wir, was gewesen ist. Diese Nacht wird unser Neubeginn", versprach er. „Ich will von Dir nichts geschenkt, lass Dir mich die Welt und ihre Geheimnisse zeigen. Ewige Leidenschaft..."

„Leidenschaft?", flüsterte sie und erstickte fast an ihren Worten. „Ist es das, was Du mir zeigen willst? Wie man Leiden schafft?"

Sie spürte sein Gewicht auf sich, die enorme Kraft, die in seinem Körper wohnte, seine Hände, die sehr genau wussten, was sie zu tun hatten. Lexa regte sich und bot ihm schließlich ihren Hals. Vielleicht tötete er sie ja. Eigentlich war es ihr egal.

Sie spürte kaum wie Baghira sie biss, nur der Geruch von frischem Blut verriet, was er wirklich von ihr wollte.

In dem Augenblick fiel in der Küche scheppernd etwas zu Boden. Baghira erstarrte.

„Der Kater wird einen Blumentopf umgestoßen haben", flüsterte Lexa und hoffte, dass sie sich irrte. Mit ihren Schenkeln umschlang sie Baghiras Hüfte und zog ihn wieder an sich heran. Grizzly hatte noch nie die Töpfe auf dem Fensterbrett umgeworfen. Selbst ein Einbrecher wäre ihr im Moment willkommen.

„Nimm mich", flüsterte sie. „Jetzt, wo Du wieder bei Kräften bist."

Der Vampir vergrub sein Gesicht in ihre Nackenbeuge und nestelte an seiner Hose.

Ein tiefes Grollen erklang über ihr. Dann wurde Baghira brutal aus ihrer Umarmung gerissen und krachte scheppernd gegen Lexas Kleiderschrank. Mit einem unterdrückten Schrei fuhr Lexa hoch und starrte mit weit aufgerissenen Augen auf den riesigen Werwolf vor ihr, der sich nun in seiner Wolfsgestalt mit gefletschten Zähnen auf den Vampir stürzte. Baghira hatte sich zwar schnell gefangen, aber war zu schwach, um die Bestie mit den eisblauen Augen abwehren zu können. Erneut wurde er gegen den Schrank geschleudert. Ein Kleiderbügel fiel vom Haken und schepperte Lexa ins Gesicht. Sie zog sich noch weiter zurück. Das war gut, denn irgendwie war es Baghira gelungen, den Werwolf von sich zu stoßen. Der taumelte zurück und stürzte schwer auf ihr Bett. Baghira setzte nach und stürzte sich schreiend auf ihn. Mit gespreizten Fingern versuchte er, dem auf dem Rücken liegenden Werwolf die Augen auszustechen, doch der packte ihn an der Schulter und stemmte sich gegen sein Gewicht. Aufgrund der größeren Reichweite des Werwolfs konnte Baghira ihn nicht mehr erreichen. Frustriert stieß der Vampir dem Werwolf sein Knie mit brachialer Gewalt in die Rippen. Krachend gab das Bett unter ihnen nach. Lexa rettete sich panisch in eine Ecke. Baghira, der immer noch halb auf dem Werwolf lag, versuchte seine Hände an die Kehle seines Gegners zu bringen, doch der konnte ausweichen und schlug sein mächtiges Gebiss in Baghiras Schulter. Der Vampir schrie voll Schmerz und Zorn auf und schlug heftig mit einem Kleiderbügel auf den Kopf des Werwolfs ein. Blut spritzte aus einer Platzwunde.

Wie besessen hieb Baghira immer weiter auf den Schädel seines Gegners ein, der sich unbeholfen wegdrehte. Dabei begegnete sein Blick Lexas und für einen Moment lächelte er, trotz des Schmerzes, der in seinen Augen stand.

„Dave", schrie Lexa, als sie endlich begriff, was gerade geschah.

Baghira stutzte und starrte erst Lexa und dann den Werwolf mit den blauen Augen an. Dann heulte er triumphierend auf und schlug nun seinerseits seine Fänge in den von einer langen hellgrauen Mähne verdeckten Nacken des Werwolfs. Dessen Blick wurde starr.

Und dann endlich brach der Bann. Mit einem wütenden Schrei stürzte Lexa nach vorn und riss Baghira von Dave fort. „Er gehört mir", fauchte sie und nahm billigend in Kauf, dass Baghira das völlig falsch verstehen würde.

„Er gehört mir", betonte sie nochmals. Hoffentlich fing sich Dave schnell genug.

Baghira hielt keuchend inne und grinste dann mit blutverschmierten Mund. „Du wirst enttäuscht sein", sagte er und hauchte ihr einen blutverschmierten Kuss zu. „ Sie schmecken grässlich. Aber bitte, bedien dich."

Lexa kroch über ihr schiefes Bett zu Dave, den Baghira immer noch mit dem gegen seine Brust gedrückten Knie niederhielt. Sie schmiegte sich eng an Baghira und küsste ihn auf die Wange.

„Danke", hauchte sie. Der Vampir konnte nicht sehen, dass sie Daves Hand ergriffen hatte und zweimal kurz drückte. Hoffentlich kapierte der Trottel ihr Zeichen.

„Es ist nur fair, wenn ich Dir etwas zurückgebe." Baghira gab sich generös und rückte über Dave gekauert, sogar ein bisschen zur Seite, damit Lexa Daves blutverschmierten Hals besser erreichen konnte – und bot ihr damit auch seinen eigenen Nacken.

Lexa atmete tief durch, fuhr mit der Zunge prüfend über ihre Zähne, erschrak vor deren Schärfe und vergrub sich dann mit aller Kraft tief in das Fleisch ihres Opfers, gewillt, ihm seine Kraft zu nehmen, egal was das für sie bedeuten mochte.

Baghira schrie entrüstet auf und ließ Dave los, um sich aus Lexas Umklammerung zu befreien. Sein Blut raubte ihr fast die Sinne. Salzig, heiß und wunderbar warm. Die Essenz des Lebens. Sie spürte natürlich, wie der Vampir nach hinten griff und ihren Rücken zerkratzte, an ihren Haaren zerrte und immer noch aus voller Lunge schrie. Dave wich zurück und schüttelte sich, benommen. Er schwankte bedrohlich. Lexa sank das Herz. Allein würde sie auch im Vampirgriff Baghira nicht besiegen können. Verzweifelt grub sie ihre Zähne noch tiefer in das Fleisch des Vampirs und sog mit aller Kraft, fühlte wie ihr Mund sich füllte und schluckte. Mit jedem Schluck fühlte sie sich besser, stärker, überlegener.

Scharfer Schmerz färbte plötzlich ihr Sichtfeld rot. Baghira war ihr mit aller Kraft und festen Winterstiefeln auf ihren bloßen Fuß gestampft. Der Mistkerl hätte sie tatsächlich auf ihrem Bett vernascht, ohne auch nur wenigstens die Stiefel auszuziehen!

Sie schnappte gequält nach Luft und dieser Moment genügte Baghira, um sich zu befreien. Lexa schwankte, denn sie konnte ihren misshandelten Fuß nicht belasten. Baghira trat ihr gegen das Schienbein und versetzte ihr noch in der Drehung einen brutalen Magenschwinger. Als sie ihm entgegen nach vorne kippte, fing er sie auf und bog brutal ihren Kopf zurück. „Wer ist jetzt wessen Meister", fragte Lexa und leckte sich betont über die Lippen.

„Dafür töte ich Dich!", fauchte Baghira und griff nach ihrem Hals.

Lexa wusste, dass sie jetzt am Ende war und wartete darauf, wie gleich ihre Luftröhre zerquetscht werden würde.

Doch er konnte nicht mehr zudrücken, denn Dave packte ihn an Stirn und Schulter und drehte mit einem Ruck Baghiras Kopf herum. Mit einem grässlichen Knacken erschlaffte der Körper des Vampirs und er sank zu Boden. Sein Blick wurde starr und verlor sich in Welten, die weder Lexa noch Dave erreichen konnten.

„Er ist tot", kreischte Lexa. „Verdammt, verdammt, verdammt..."

„I hope so", stöhnte Dave und streckte sich. Seine Gestalt schien zu schmelzen und verschob sich in einer Weise, bei der das Großhirn des Betrachters unwillkürlich versucht war, beim Auge nochmals kritisch nachzufragen, ob die Meldung richtig war. Doch der beunruhigende Moment ging vorüber und dann stand Dave vor ihr. Nackt.

Was unter anderen Umständen ein durchaus erfreulicher Anblick gewesen wäre.

„Dave", sagte sie dann und bemühte sich um die Reste ihrer Würde. „ich habe hier in den Trümmern meines Schlafzimmers einen toten Vampir liegen. Das ist nicht gut."

„I see", sagte Dave und starrte angewidert auf Baghira, dem nun ein bisschen Blut aus dem Mundwinkel lief.

„Ich könnte Karel anrufen", grübelte Lexa. „Der hat bestimmt ein Räumkommando oder etwas dergleichen."

„Was hindert dich?" Dave hatte für einen Fremdsprachler ein auffallend gutes Gespür für Zwischentöne.

„Ich will nicht in seiner Schuld stehen. Das fände ich schrecklich, denn Karel würde das eines Tages ausnutzen."

„Das ist schlecht." Das Grinsen mit dem Dave das sagte, verhieß nichts Gutes.

„Wieso", fragte Lexa deshalb misstrauisch.

„Weil ich Dir auch helfen könnte. Aber dann stehst Du in meiner Schuld…"

„Und würdest Du das ausnutzen?" Den Gedanken fand Lexa deutlich weniger schlimm.

„Sofort und unbedingt."

„Und dass Du Baghira getötet hast, ändert nichts daran?"

„Es ist Dein Schlafzimmer, Lexa. Ich kann gehen."

„Bitte hilf mir. Ich hab Dir immerhin auch geholfen."

„Das ist schlecht. Ich hatte gehofft, dass Du das vergisst. Das schwächt meine Position."

Dave packte Baghira und schleppte ihn in die Küche, wo tatsächlich etwas Erde auf dem Boden verriet, dass irgendein Blumentopf umgestürzt war.

„Hast Du den gleich wieder aufgeräumt?"

„Keep your country tidy", sagte Dave pikiert.

„Und warum bist Du überhaupt hereingekommen? Durchs Küchenfenster?"

„Ich wollte läuten, doch die Haustür war offen. Da kam dein Kater aus dem Haus geschossen, like a bat out of hell. Er roch nach Angst, mehr als bei unserem ersten Treffen. Das machte mich vorsichtig, klopfte an der Appartementtür, doch no reaction. Du sagtest aber, Du wolltest sprechen. Da nahm der Hund den Katzenweg." Dave grinste.

„Und dann", fragte Lexa fassungslos.

„Ich ging bis zum Bedroom, habe gelauscht und wollte schon wieder gehen."

Bei dem Gedanken wurde Lexa ganz anders.

„Dann bin ich froh, dass Du geblieben bist", sagte sie doppeldeutig und dennoch in jeder Position zutreffend.

„Wir brauchen Müllsäcke", erklärte Dave. Sein Gespür versagte offenbar bei *romantischen* Zwischentönen. „Dann nehmen wir das Baghira-Päckchen und vergraben es im Cemetery, wo es hingehört. Quite simple."

„Ah", sagte Lexa, die sich schon wieder vorkam, als sei sie im falschen Film gelandet. „Quite simple. Schön, wenn Du das so siehst."

Apathisch sah sie von der Küchenbank aus zu,

wie Dave begann, ihren Tisch beiseite zu räumen, um Baghira in die Mitte des Raumes legen zu können.

„Hast Du ein Axe?"

Irritiert sah Lexa zu Dave. „Ein Deo?"

„Ein Beil", korrigierte der ungeduldig. „Wir müssen den Kerl zerkleinern, damit wir ihn aus dem Appartement tragen können..."

„Nein!" Lexa schüttelte sich. „Das geht zu weit. Ich kann hier nie wieder auch nur ein Auge zutun. In Räumen, in denen Massenmörder zerhackt wurden, schlafe ich nicht."

„Don't be silly", schnappte Dave, besann sich aber mit einem Blick auf Lexa eines Besseren. „Any other idea?"

Natürlich nicht. Das Leben eines physiotherapierenden Partygirls bereitet einen nicht auf Situationen vor, in denen man Leichen verschwinden lassen muss.

„Herr Kellerer wird dumme Fragen stellen", bemerkte sie dann unglücklich. „Der Kommissar, der in dieser Mordserie ermittelt. Er verdächtigt mich. Nicht unbedingt der Morde, aber irgendwie eben. Das habe ich in seinem Blick gesehen, als ich mit Karels Anwalt auf dem Revier war."

Dies entlockte Dave einige temperamentvolle Flüche in einer Sprache, die Lexa nicht kannte.

„Gerade dann ist da keine andere Lösung. Die Polizei wird gewiss Fragen stellen, die kein Vampir beantworten will. What about die Bisse an Baghiras Hals, die exakt zu deinen Zähnen passen?"

„Notwehr?", piepste Lexa und fuhr sich dabei unwillkürlich mit der Zunge über ihr Gebiss.

„Ohne Zweifel", Dave legte spöttisch den Kopf schief. „But this style? Du wirst dich fragen lassen müssen, warum du ausgerechnet gebissen hast und warum das diesen Effekt hatte und wieso your Canine Teeth sind wie sie sind."

Lexa spürte, wie ihr die Sicht verschwamm und sank in sich zusammen. Angewidert, drehte sie sich von Baghiras Anblick fort. Irgendwann war zu viel, wirklich zu viel. Jetzt schien der Augenblick gekommen. Dave ging neben ihr in die Hocke und nahm sie in den Arm. Nicht liebevoll und beschützend, so wie ein Ritter seine Prinzessin, bevor er sein Ross sattelt, um gegen den bösen Drachen zu ziehen, sondern wie ein Kumpel einen anderen. Lexa schniefte und war sich plötzlich sehr peinlich des Umstands bewusst, dass sie beide mehr oder minder nackt waren.

„Lass Dich nicht hängen", murmelte Dave in ihr Haar und drückte sie etwas fester und nicht mehr ganz so eindeutig kumpelhaft. „Ich tu's ja auch nicht."

„Du kannst ja auch einfach hier rausspazieren als wäre nichts gewesen und Dich dann wieder frei bewegen, wohin auch immer Du willst. Zwischen München und Toronto, zwischen Normwelt und Schatten, als Mann oder Wolf..." Lexa erschrak selbst vor der Bitterkeit, die ihre Worte färbte, während ihr Tränen reinster Verzweiflung über die Wangen kullerten. Früher hatte sie nicht ständig geheult. Nachdem Baghira tot war, würde auch das Interesse der anderen Vampire schnell erlahmen und dann war sie endgültig ganz allein, allein, allein..."

Sie spürte Daves Hand an ihrem Kinn und folgte notgedrungen dem Druck seiner Finger, bis sie ihm in diese unfassbar blauen Terence Hill Augen sah. Sie blinzelte verlegen und wollte sich schon entschuldigen, doch Dave drückte ihr einfach den Daumen auf die Lippen.

„Könnte ich", erklärte er sanft. „Would be quite simple. Doch ich will mein Mädchen nicht hängen lassen. Wir lösen das gemeinsam, irgendwie."

In diesem Moment hätte Dave Lexa küssen müssen, das war ein ehernes Gesetz des Universums. So verlangten es alle dramaturgischen Regeln, forderte es die Tradition und vor allem Lexas Hormone, die ihr Herz rasen, ihren Magen flattern und ihre Haut, dort wo Dave sie berührte, prickeln ließen. Doch er erstarrte und sah zur Seite.

Lexa folgte langsam seinem Blick und wurde von Baghiras bernsteinfarbenem Augen eingefangen. Blanker Hass sprühte aus ihnen, während er auf dem Küchenboden liegend langsam den Kopf drehte und ihr rosaschlierigen Speichel vor die Füße spuckte.

Lexa schrie entsetzt und sprang auf, stolperte und wäre fast gegen das Fensterbrett geknallt.

„Perverses Miststück", zischte Baghira, regungslos, aber mit allem Zorn, den diese Welt fassen konnte, in den Augen. „Billiges perverses Miststück. Ich bot Dir die Nacht und Du treibst es lieber mit diesem Tier! Sei froh, dass ich mich nicht bewegen kann."

Dave war aufgesprungen und wollte auf Baghira los, offenbar wild entschlossen, ihm dieses Mal nicht nur das Genick zu brechen, sondern ihn ganz zu töten. Sie konnte sehen, wie sein Körper sich streckte.

„Nein!" schrie sie so laut sie konnte. „Lass ihn. Dave, bitte lass ihn.

Und tatsächlich hielt Dave inne und trat etwas steifbeinig beiseite. Auch in Menschengestalt konnte man sehen, wie sich ihm das Fell sträubte. Stattdessen griff er nach Jeans, Hemd und T-Shirt, die unordentlich auf dem Herd gelegen waren und zog sich an.

Baghiras Augen dämpften immer noch den Zorn in ihr, doch seit sie ihn gebissen hatte, schien der Bann gebrochen. Im schlimmsten Fall hätte Lexa dann den einen Wahnsinn gegen einen anderen vertauscht, doch insgeheim hoffte sie, dass die inzestuöse Wirkung, wenn die Schöpfung ihren Meister biss, weniger verheerend ausfiel.

„Eigentlich sollte ich Dich so wie Du bist, Karel übergeben. Mit hohem Querschnitt gelähmt hättet Ihr gewiss viel Spaß miteinander."

Baghiras Lid zuckte und der Hass in seinen Augen machte Panik Platz. „Dein Biest ist sogar zu dämlich, um sauber zu töten", zischte er. „Wie erbärmlich. Wie peinlich. Karel wird ihn auslachen."

„Gewähre ihm einen sauberen Tod", sagte Dave, der sich nicht provozieren lassen wollte. „Karel wird selbst nichts machen. Für das hat er Thomas und seine Jungs. Das muss nicht sein."

Lexa griff ohne die Männer aus den Augen zu lassen, nach ihrem Handy. Eine neue Nachricht.

Are you at home? Ich bin in der Nähe. D

Lächelnd wählte sie eine erst kürzlich benutzte Nummer.

„Sagen Sie bitte Herrn Dr. von Wattenberg, dass Frau Schellenberger den T.H.U.G. bei sich hat und er sofort kommen soll, persönlich", erklärte Lexa kühl und befehlsgewohnt als sich am anderen Ende eine Empfangssekretärin meldete. „Fragen Sie nicht, tun Sie es einfach, ganz egal, was Herr Dr. von Wattenberg gerade macht, er wird es unterbrechen. Es ist eilig."

Dave stutzte und schüttelte dann den Kopf. Er wirkte enttäuscht.

Lexa ignorierte das und wählte eine andere Nummer, die immer noch in ihrem Kurzwahlspeicher war.

„Was willst Du? Ich bin grad im Dienst", erklang es gereizt am anderen Ende.

„Komm sofort in meine Wohnung", rief Lexa mit wie sie hoffte, überzeugend panischem Unterton. „Und das meine ich dienstlich, denn es geht um Leben und Tod."

Dann legte sie auf und warf ihr Handy gerade als es läutete, in die Spüle zwischen das schmutzige Geschirr, wo es scheppernd und klirrend nach zwei quäkenden *Hallos* verstummte.

„Bring ihn ins Schlafzimmer zurück", wies sie Dave an. „Wir lassen das jetzt die Normwelt lösen."

Dave zögerte zwar, erfüllte dann aber Lexas Bitte und brachte Baghira zurück ins Schlafzimmer.

„Why?"

„Ich lasse mich jetzt retten", erklärte Lexa ruhig. „Und zwar in einer Weise, die allen Fragen zwar keine Antwort, aber eine Lösung liefern wird." Sie dachte an Herbert und an den Hinterhof der Kultfabrik. Dann musterte sie Baghira, der schlaff in Daves Armen hin. „Und Du kannst Dich entscheiden, ob Du leben oder sterben willst", sagte sie kalt.

Notdürftig baute sie ihr Bett wieder auf.

„Dieses Konstrukt stürzt bei der geringsten Berührung ein", bemerkte Dave skeptisch.

„Das hoffe ich." Lexa lächelte und besah sich Baghira und zog ihm seine Hose zu den Knöcheln. Sie würde ihn kurz halten müssen, aber der Mensch sieht, was er erwartet. Das war der kritische Punkt.

„Bitte geh jetzt", sagte sie zu Dave.

„Are you nuts? Ich lass Dich mit dem Thug doch nicht allein", protestierte Dave. So wie er dabei sein

Kinn vorschob, war er kampflustig.

„Dann bleib als Hund", schnappte Lexa. „Als muskulösen Retter kann ich Dich gerade gar nicht brauchen."

In dem Augenblick klingelte es an der Haustür Sturm.

„Mach schon!"

Dave zögerte.

„Lexa", rief es an der Haustür unter lautem Pochen. „Lexa, bist Du da?"

„Hilfe", rief Lexa laut und winkte Dave, während sie Baghiras kraftlose Arme um ihre Schultern legte und dann sein Gewicht aufnahm.

„Polizei!", donnerte es an der Haustür. „Wir brechen die Tür auf!"

Dave warf Lexa einen bösen Blick zu und verschwand im Bad.

Keine Sekunde zu früh, denn dann war Christian eingefallen, dass er ja immer noch Lexas Schlüssel hatte und stürmte dem Lärm nach in den Flur.

„Du kannst um Hilfe schreien oder mich schreien lassen", zischte Lexa Baghira zu. „Ganz wie Du willst."

„Hilfe!", schrie sie dann. Im Bad heulte ein Hund und kratzte an der Tür.

Schritte stürmten über den Flur.

„Du elendes Flittchen", rief Baghira aus Leibeskräften, während Lexa mit ihm in den Armen rückwärts aufs Bett zutaumelte und sich fallen ließ. Seine bernsteinfarbenen Augen bohrten sich in die Ihren und Lexa hätte in diesem Augenblick nicht sagen können, was darin zu lesen war. Angst, Hass, Verzweiflung, Hunger? Oder doch eine Verbundenheit, die jenseits allen Wahnsinns ihre Berechtigung hatte und die sie so nie wieder erleben können würde.

Sie landeten und wie von Dave prophezeit, gab

das Bett laut krachend unter ihrem Gewicht nach, gerade in dem Augenblick als Christian das Schlafzimmer stürmte.

„Hilfe" schrie Lexa erstickt in ein Kissen.

„Ich bring Dich um", brüllte Baghira und hob den Kopf soweit er dazu noch in der Lage war. „Halt! Polizei!"

„Ich bring Dich um".

„Lassen Sie das Mädchen los oder ich schieße!"

Über allem das wütende Geheul eines Hundes.

Lexa zappelte unter Baghiras Gewicht. „Hilfe!"

„Du wirst mich nie mehr los!", fauchte Baghira ihr ins Ohr und küsste sie auf die Wange. „Nie mehr. Ich werde..."

Ein Schuss fiel. Baghira verstummte. Sein Blick wurde starr und sein Kopf schlug schwer gegen Lexas Schläfe.

Nicht anders als Dave vor ihm, riss Christian Baghira von Lexa fort und blieb dann vor ihr stehen. Ein weiterer Polizist kam herein, wurde von Christian aber sofort rausgeschickt. „Hier ist sauber", rief er. „Die Wohnung ist sicher. Finaler Rettungsschuss. Verständige Notarzt und Einsatz."

„Da ist niemand sonst", bestätigte Lexa und blieb vor Christian stehen, der seine Waffe sicherte und wegsteckte, bevor er kreidebleich neben Baghiras Leiche auf den Boden sank.

„Was ist denn passiert", fragte er dann, ohne aufzusehen, während Lexa ihn ihre Laufhose und ein T-Shirt schlüpfte.

„Du hast mich vor dem Vampirmörder gerettet", sagte Lexa und setzte sich zitternd neben Christian auf den Boden.

„Das ist...?"

Lexa nickte nur.

20 – WAHNSINN

Lange Augenblicke saßen sie so nebeneinander auf dem Boden, während in der Küche Christians Kollege verschiedene Telefonate tätigte. Schließlich gingen sie gemeinsam in die Küche. Lexa ließ den großen Husky aus dem Badezimmer, der sie besorgt beschnüffelte, ins Schlafzimmer rannte und sich dann ruhig im Flur niederlegte.

„Seit wann hast Du einen Hund?", fragte Christian, während in der Ferne eine Sirene erklang. „Was ist mit Grizzly?"

„Dem geht es prächtig." Lexa lächelte. „Der Hund ist von einem lieben Freund. Ich passe nur ein paar Tage auf ihn auf."

Karel kam gemeinsam mit der Polizei und dem Notarztwagen. Lexa sah ihn, stand auf und zog ihn ins Wohnzimmer. Der Husky folgte. In knappen Worten erzählte Lexa Karel, was sich zugetragen hatte. „So viel zur Wahrheit", sagte sie dann. Karels Augen wurden schmal. Als Rechtsanwalt witterte er natürlich sofort, dass jetzt eine andere Version kam.

„Sie werden mit Christian, ich meine Kommissar Weihrich sprechen", erklärte Lexa deshalb. „Baghiras Verletzung entstand durch den infolge des Schusses ausgelösten Sturz. Die Bisswunde an seinem Hals hingegen erfolgte in Notwehr, als ich versuchte mich zu befreien. Eine genauere Untersuchung muss verhindert werden."

„Warum sollte Kommissar Weihrich diese Geschichte stützen", fragte Karel skeptisch.

Lexa lächelte und offenbarte den dritten Teil ihres Plans: „Weil er unbedingt zum BND oder wenigstens zu Interpol wechseln will und es nicht schafft. Aber als Verbindungsoffizier für die Schatten, so wie in Nordamerika und Nahost auch, käme er dort automatisch hin und deshalb wird er es tun. Er ist ein guter Mann für diesen Job. Glauben Sie mir, ich habe ihn gründlich getestet und seine Ansichten decken sich in vielerlei Hinsicht mit den Ihren."

„Ach", bemerkte Karel pikiert, „dann ist dieser Christian Weihrich, der Polizist, den sie zu ihrem letzten Lebensabschnittsgefährten erwählt hatten, ja?" Er zögerte. „Europa hat sich bislang immer gegen einen solchen Posten ausgesprochen."

Der Husky knurrte. Ihm war die Option, die das Wort *bislang* enthält, offenbar entgangen.

„Dann sind dieser Vampirmörder und die in diesem Zusammenhang besser nicht zu stellenden Fragen eine gute Gelegenheit, überholte Positionen aufzugeben", erklärte Lexa unerschütterlich.

Karel sah aus, als hätte er auf eine Zitrone gebissen.

„Und was ist, wenn Herr Weihrich moralischer ist als von Ihnen angenommen?"

„Das denke ich nicht." Lexa lächelte und neigte sich näher zu dem Obervampir. „Erstens ist Christian ein großer Freund praktischer Lösungen, auch wenn sie unkonventionell sind. Und zwar gerade, wenn sie ihm dienen. Zweitens würde er mir nicht schaden wollen und drittens..." Lexa machte eine kleine Kunstpause. „... möchte er nicht, dass ich eingehender dazu befragt werde, woher die Bilder stammen, die ich im Netz veröffentlicht habe."

Karel trat ans Fenster und starrte auf die Straße, die unstet im blauen Licht der Einsatzwägen flackerte. Lexa kraulte den Husky, der zu ihr gekommen und seinen Kopf auf ihre Knie gelegt hatte, und wartete.

„Sie sind eine bemerkenswert entschlossene Frau", sagte Karel schließlich. „Ihr Lösungsansatz besticht durch psychologisches Gespür und schlichte Eleganz. Ich werde mich wirklich mit Herrn Weihrich unterhalten."

Lexa lehnte sich vor und küsste den Husky vor Erleichterung auf die Nase. Der zog sich irritiert zurück und setzte sich dann mit fragend schief gelegtem Kopf.

„Das war erst der Anfang", versprach Lexa sanft und kraulte zärtlich das weiche Fell hinter den Ohren.

„Ich habe die Schatten vor Entdeckung und die Welt vor einem Thug gerettet. Mit dieser Geschichte steht Karel in meiner Schuld, ebenso wie Christian, dem ich die einflussreiche Position verschafft habe, von der er immer geträumt hat – also so ungefähr jedenfalls. Dann habe ich mich von Baghira befreit – also so einigermaßen – und schließlich konnten wir Deinen Tatbeitrag komplett vertuschen." Noch einmal umarmte sie den Hund und hauchte ihm einen Kuss ins Fell. „Und mit dem Biss habe ich eine Erklärung dafür, warum sich ein Vampir auf einen Werwolf einlässt. Das ist Wahnsinn..."

„Lexa, Schatz?" Christian war von hinten an sie herangetreten und legte seine Hand auf ihre Schulter, streichelte sanft über ihr Haar und zog sie fort. „Der psychologische Dienst ist da."

Der Hund winselte leise und lief zwischen den ein und ausgehenden Leuten von der Spurensicherung, dem Notarzt, der gerade Baghiras Leiche abtransportieren ließ, und Maya nach draußen.

Lexa sah ihm traurig nach, während Christian sie im Arm hielt. Dann ließ er sich von Maya verdrängen, die Lexa wortlos an sich drückte. Karel hatte erstaunlich einfühlsam darauf bestanden, dass Lexa eine Vertrauensperson hinzuziehen durfte und Christian hatte daraufhin Maya angerufen.

EPILOG – AN DEINER SEITE

Es regnete und das war gut so.

Dunkle Schirme schlängelten sich wie mobile kleine Inseln durch die Wassermassen. Auf den säuberlich geharkten Wegen hatten sich Pfützen gebildet und zwangen den Trauerzug, der sich gemessenen Schrittes hinter einer unscheinbaren Urne ihren den Weg über den Ostfriedhof suchte, zu einem ungebührlich unregelmäßigen Kurs.

Lexa war es egal. In der Aussegnungshalle hatte ein hochkarätiges internationales Ensemble Herberts letztem Wunsch folgend ihr wunderbares Konzert mit *Memories of you* beendet und damit hässliche Erinnerungen an jenen Hinterhof der Kultfabrik geweckt.

Trotz des schlechten Wetters waren viele gekommen, um sich sehen zu lassen. Die üblichen Verdächtigen des Münchner Boulevards, zusammen mit weithin bekannten Musikern und Vertretern der Vampirgemeinde, auch wenn das natürlich niemand wusste. Karel unterhielt sich gerade mit dem Leiter der Münchner Philharmonie, als er Lexa sah und sie freundlich grüßte. Seit dem Showdown in ihrer Wohnung hatte sie ihn nicht mehr gesehen, aber Mary hatte ihr erzählt, dass er Lexas erstaunliches Geschick, Wahrheit zu gestalten, mehrfach positiv erwähnt habe. Sehr zu Thomas' Leidwesen, der sie vielleicht deshalb auch nur widerwillig gegrüßt hatte. Aus Karels Sicht war alles gut gelaufen, zumal er Ron zufolge in den Schatten hochgelobt wurde, weil er endlich einen noch dazu äußerst vielversprechenden Verbindungsoffizier für die Zusammenarbeit mit den Behörden in Europa benannt hatte.

Nachdem Christian während der Messe mitfühlend neben ihr gesessen hatte, stand er nun ihr gegenüber neben Thomas vor dem Grab stand. Auch er musste zufrieden sein, denn nun würde er tatsächlich nächsten Monat schon zum BND wechseln, wo er ein kleines aber hochqualifiziertes Team zu leiten hatte, dessen genauen Zweck in der Normwelt nur Eingeweihte kannten. Angesichts dieser Entwicklung hatte Christian ihr sogar großzügig angeboten, mit ihr einen Neuanfang zu wagen, doch das hatte Lexa gerührt abgelehnt. Auch wenn sie niemanden an ihrer Seite hatte, war ihr Herz doch nicht frei.

Tränenblind sah sie zu, wie die Urne in das Grab hinabgelassen wurde.

Für Herbert dagegen hatte sich gar nichts zum Guten gewendet.

Maya, die es sich natürlich nicht hatte nehmen lassen, zu ihrer moralischen Unterstützung mitzukommen, drückte ihr mitfühlend den Arm. Lexa lächelte schniefend. Eine Geste sagt oft mehr als tausend Worte.

Ein Regenschirm stieß gegen den, den sich die beiden Freundinnen teilten.

Hauptkommissar Kellerer.

„Warum sagten Sie mir nicht, dass sie eine Freundin von Herrn Savary sind", fragte er leise, obwohl der Fall doch – nicht zuletzt dank Karels diskreter Intervention und den übereinstimmenden Aussagen von ihr und Superbulle Christian – offiziell als aufgeklärt und beendet galt.

„Wie kommen Sie darauf, dass es so ist", fragte Maya neben ihr. „Die Hälfte dieser illustren Gesellschaft kannte Herrn Savary auch nur von irgendwelchen Konzert-Plakaten."

„Weil Frau Schellenberger nicht illuster ist."

Lexa lächelte und tupfte vorsichtig mit einem behandschuhten Finger Tränen von den Augen. Sie hätte besser auf Schminke verzichten sollen.

„Es hat nicht viel gefehlt und ich wäre hier ebenso beerdigt worden", sagte sie dann ruhig. „Das schafft Raum für Mitgefühl und Anteilnahme. Aber, Herr Kellerer, das ist gar nicht der Punkt. Herbert von Savary war ein wunderbarer... Mensch. Ich habe diese Freundschaft, die ich sehr schätze, nur deshalb nicht erwähnt, weil Sie mich nicht danach gefragt haben und es für die Beobachtungen, derentwegen Sie mich sprachen, auch völlig irrelevant war."

„Dem hast Du es aber gegeben", raunte ihr Maya zu, als Hauptkommissar Kellerer daraufhin mit knappen Gruß wieder gegangen war, um sich zu Christian zu gesellen, der gerade von Thomas einem breitschultrigen Mann vorgestellt wurde, der vermutlich als Vertreter der lunalupiden Gesellschaft gekommen war.

Lexa nickte nur. Ein dicker Kloß im Hals stemmte sich jeder ohnehin erst zu findenden Antwort entgegen.

Der Weg zurück zur Straße fiel Lexa mit jedem Schritt schwerer. Herbert hatte nie allein sein wollen. Er war ein warmherziges, freundliches, geselliges Wesen, das es nicht verdient hatte, nun allein in einem kalten Grab zu liegen.

„Schau mal wer uns abholt!", rief Maya erfreut und wies auf die einzelne große Gestalt, die sich nun langsam aus dem Dunst schälte, der sich auf der Suche nach Schutz vor dem Regen unter den uralten Bäumen verkrochen hatte.

Ron. *Natürlich!*

„Geh schon mal vor", sagte Lexa,, während sie aus

dem Schutz des Schirms in den Regen trat und den aufgeweichten Kiesweg zurück zu Herbert lief.

„Du bist nicht allein", schluchzte sie vor dem Grab, das nun von zwei Friedhofsbediensteten in dunklen Regenmänteln geschlossen wurde. „Ich wohne wirklich gleich um die Ecke. Nur den Weg hier hinunter und dann an dem vermoosten Grabstein dieser Apothekerfamilie rechts und durch den Seiteneingang... Es tut mir so unendlich Leid. Bitte sei nicht böse."

Wie auf ein Zeichen hörte endlich der Regen auf.

Oder auch nicht. Lexa blinzelte verwirrt und drehte sich dann um.

Dave hielt Mayas Schirm über sie, während der Regen sein Haar kräuselte.

„You'll catch a cold, wenn Du hier im Regen stehst."

Weil Lexa so gar nicht wusste, was sie sagen sollte, schniefte sie erst einmal.

„You see?", grinste Dave.

„Wo warst Du?", fragte Lexa dann schließlich beklommen. „Ich habe seit... dieser Sache... nichts mehr von Dir gehört." Ihre Augen füllten sich schon wieder mit Tränen. „Warum?"

„Well", Daves Augen strahlten sogar bei so scheußlichem Schmuddelwetter. „Ich brauchte Zeit. *Diese Sache*, wie Du es nennst, war auch für mich schwierig. Du bist schwierig..."

Lexa hob fragend eine Augenbraue. Sie war also schwierig? Na gut, dass der Herr Werwolf so einfach war.

„Don't look at me this way", grollte Dave. „Du bist eine tolle Frau. In der Wohnung... Da warst Du so hilflos und als ich Dich retten wollte, so stark. Das war werewolflike. Und dann mit Baghira, so hart, wie ein Vampire. Doch nebenbei so human... so damn clever."

„Was weder erklärt, warum Du gegangen bist, noch warum Du Dich nicht gemeldet hast."

Dabei war sie so sicher gewesen.

„Und nun so straight...", grinste Dave. „Ich bin gegangen, weil Du mich weggeschickt hast. You remember? Und eigentlich bin ich gegangen, weil ich als Mensch wiederkommen wollte. Doch dann war da dieser Cop und hat Dich in den Arm genommen, nicht wie ein Freund, sondern wie ein Lover..."

„Wie ein Ex-Lover", korrigierte Lexa. „So viel Zeit muss sein."

„Ah." Romane schwangen in dieser einen Silbe und Lexa war das alles plötzlich peinlich. Sie sah zu Herberts Grab, doch der würde ihr nicht mehr raten können.

„Ich hab Dich weggeschickt, weil sonst der Plan nicht aufgegangen wäre und Du wolltest Baghira einen so verdammt ehrenhaften Tod erlauben. Ich hätte ihn ja einfach Karel übergeben. Aber Christian hätte mich nie gerettet, wenn da noch wer gewesen wäre. Und wenn er nicht von einem Superbullen wie ihm mittels finalem Rettungsschuss erlegt worden wäre, hätte Karel nie die Autopsie verhindern können. Das habe ich getan, damit Du keine Schwierigkeiten kriegst..."

„Aha." Auch ungeschriebene Romane haben ab und an ein Sequel.

„Genau! Weil Du doch gesagt hast, ich sei Dein Mädel und Du würdest mich nicht hängen lassen..."

Dave, der immer noch im Regen stand und den Schirm über sie hielt, sagte nichts. Aber er sah sie sehr seltsam an.

„Ich meine, dann lass ich Dich doch auch nicht hängen", setzte Lexa kläglich nach. „Stay with the Pack, wie ein Werwolf sagt. Aber ganz ehrlich – so besonders ist das gar nicht. Da wo ich herkomme, macht man das genauso. Das ist nämlich der Sinn einer Freundschaft. Und erst recht..." Sie biss sich auf die Lippen.

„Ja?"

„Willst Du nicht unter den Schirm kommen? Draußen regnet es."

Dave zögerte, doch dann hob er den Schirm und trat er einen Schritt auf sie zu. Er war ihr nun ziemlich nah. Sein Aftershave hing über dem Geruch nasser Kleidung. „Und jetzt?"

Lexa konnte seinen warmen Atem auf ihrer viel zu kalten Haut spüren. Es war schon spät im Jahr und der Regen mühte sich redlich, ein Vorgefühl von Winter zu vermitteln.

„Jetzt sollten wir gehen", sagte sie zaghaft.

„Denkst Du nicht, Herb will sehen, was aus seinem Schützling wird?"

Mit seiner freien Hand strich Dave sehr behutsam das nasse Haar aus Lexas Gesicht.

„Was?", piepste Lexa. Wer war Herb? In Moment jedenfalls schien die Welt nur aus Dave zu bestehen und deshalb war es auch völlig in Ordnung, als Dave mit den restlichen Zentimetern, auch die letzte sie noch trennende Distanz überwand, indem er sie behutsam zu sich heranzog und endlich, endlich küsste.

Seine Lippen lagen weich und trocken auf ihrer klammen Haut und in dieser Berührung lag all die Wärme, die dieser kalten Welt fehlte. In ihrem Magen erwachten frühlingshafte Schmetterlinge. Willig gab sie sich dem Kuss hin und öffnete ihre Lippen, als Dave sie noch fester umarmte, und erst langsam, dann leidenschaftlich ihrer Einladung folgte.

„Du wolltest gehen", sagte er deutlich später, als sie beide wieder zu Atem gekommen waren.

„Ja. Zu mir", sagte Lexa. „Mit Dir."

Dave grinste anzüglich. „Das würde ich gern. Vollmond ist rum."

Lexa zog an seinem Arm. „Das ist gut. Dann nimm Dir bis zum nächsten nichts vor."

Natürlich ließ sich ein Kerl wie Dave nicht durch die Gegend zerren und bewegte sich keinen Meter. „Das ist nicht das einzige Problem. Vampire und Werewolf– das wird Gerede geben."

„Das bin ich gewohnt."

„Weil es ist schwierig. Hast Du eine Ahnung, wie schwierig?"

Lexa hörte auf zu ziehen und küsste Dave nochmals. „Nicht so schwierig wie nicht meinem Herzen zu folgen."

Dave stutzte und sah dann lange zu Herberts Grab. Offenbar hatte er das Zitat in Lexas Worten erkannt. „Good Chap."

Als sie gemeinsam durch den leeren Friedhof gingen, fiel der Regen wieder dichter.

Doch das störte sie nicht.

ENDE